U0010292

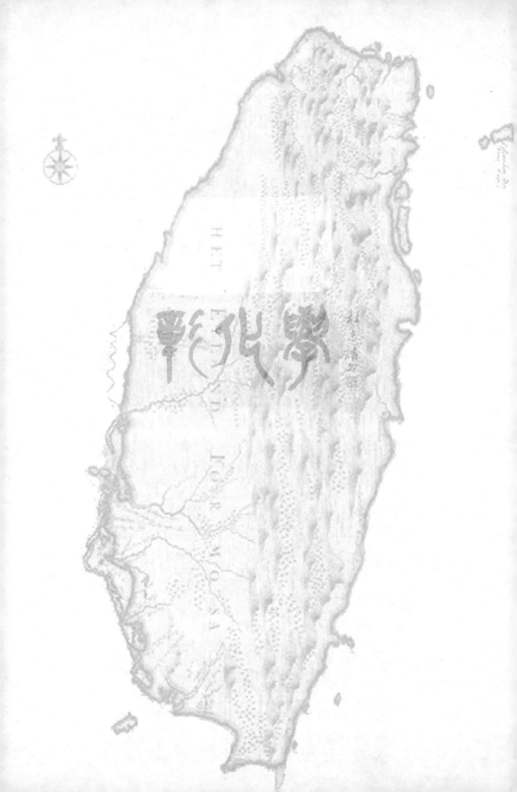

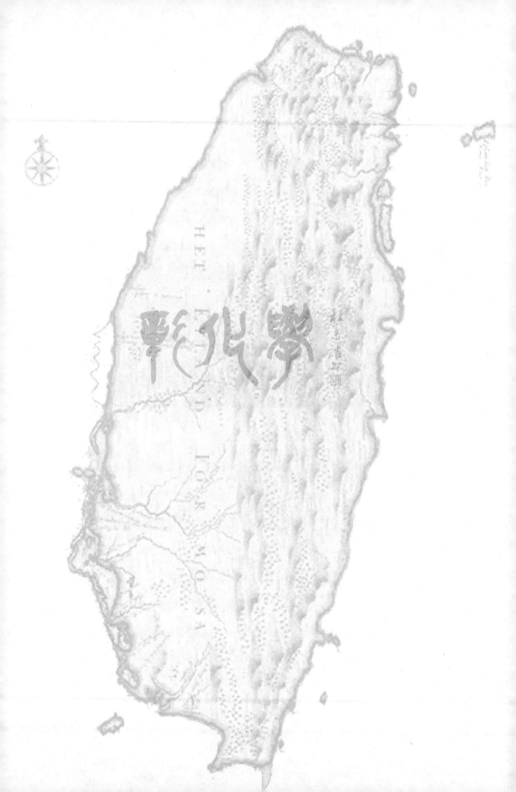

彰化學 012

錦連的時代
——錦連新詩研究

蕭蕭・李佳蓮◎編

晨星出版

【叢書序】

啓動彰化學
——共同完成大夢想

林明德

　　二十多年來，台灣主體意識逐漸抬頭，社區營造也蔚
爲趨勢。各縣市鄉鎮紛紛編纂史志，大家來寫村史則方興未
艾。而有志之士更是積極投入研究，於是金門學、宜蘭學、
澎湖學、苗栗學、台中學、屏東學……，相繼推出，騰傳一
時。

　　大致上說來，這些學術現象的形成過程，個人曾直接或
間接參與，於其原委當有某種程度的了解，也引起相當深刻
的反思。

　　一九九六年，我從服務二十五年的輔大退休，獲聘於
彰化師大國文系。教學、研究之餘，仍然繼續台灣民俗藝術
的田調工作。一九九九年，個人接受彰化縣文化局的委託，
進行爲期一年的飲食文化調查研究，帶領四位研究生進出
二十六個鄉鎮市，訪問二百三十多個飲食點，最後繳交《彰
化縣飲食文化》（三十五萬字）的成果。

　　當時，我曾說過：往昔，有一府二鹿三艋舺的符碼；今
天，飲食文化見證半線風華。這是先民的智慧結晶，也是彰
化的珍貴資源之一。

　　彰化一帶，舊稱半線，是來自平埔族「半線社」之
名。清雍正元年（1723），正式立縣；四年（1726）創建孔
廟，先賢以「設學立教，以彰雅化」期許，並命名爲「彰化

縣」。在地理上，彰化位於台灣中部，除東部邊緣少許山巒外，大部分屬於平原，濁水溪流過，土地肥沃，農業發達，有「台灣第一穀倉」之美譽。三百年來，彰化族群多元，人文薈萃，並且累積許多有形、無形的文化資產，其風華之多采多姿，與府城相比，恐怕毫不遜色。

二十五座古蹟群，各式各樣民居，既傳釋先民的營造智慧，也呈現了獨特的綜合藝術；戲曲彰化，多音交響，南管、北管、高甲戲、歌仔戲與布袋戲，傳唱斯土斯民的心聲與夢想；繁複的民間工藝，精緻的傳統家俱，在在流露令人欣羨的生活美學；而人傑地靈，文風鼎盛，舊、新文學引領風騷，成果斐然；至於潛藏民間的文學，既生動又多樣，還有待進一步的挖掘與整理。

這些元素是彰化的底蘊，它們共同型塑了「人文彰化」的圖像。

十二年，我親近彰化，探勘寶藏，逐漸發現其人文的豐饒多元。在因緣俱足之下，透過產官學合作的模式，正式推出「啓動彰化學」的構想。

基本上，啓動彰化學，是項多元的整合工程，大概包括五個面相：課程設計結合理論與實際，彰化師大國文系、台文所開設的鄉土教學專題、台灣文化專題、田野調查、民間文學、彰化縣作家講座與文化列車等，是扎根也是開拓文化人口的基礎課程，此其一；爲彰化學國際化作出宣示，二〇〇七彰化文學國際學術研討會聚集國內外學者五十多人，進行八場次二十六篇的論述，爲彰化文學研究聚焦，也增加彰化學的國際能見度，此其二；彰化師大文學院立足彰化，於人文扎根、師資培育、在職進修與社會服務扮演相當重要角色，二〇〇七重點發展計畫以「彰化學」爲主，包括：地理系〈中部地區地理環境空間分析〉、美術系〈彰化地區藝

術與人文展演空間〉與國文系〈建置彰化詩學電子資料庫〉三個子題，橫向聯繫、思索交集，以整合彰化人文資源，並獲得校方的大力支持，此其三；文學院接受彰化縣文化局的委託，承辦二○○七彰化學研討會，我們將進行人力規劃，結合國內學者專家的經驗與智慧，全方位多領域的探索彰化內涵，再現人文彰化的風貌，爲文化創意產業提供一個思考的空間，此其四；爲了開拓彰化學，我們成立編委會，擬訂宗教、歷史、地理、生物、政治、社會、民俗、民間文學、古典文學、現代文學、傳統建築、傳統表演藝術、傳統手工藝與飲食文化……等系列，敦請學者專家撰寫，其終極目標乃在挖掘彰化人文底蘊，累積人文資源，此其五。

彰化師大扎根半線三十六年，近年來，配合政策積極轉型爲綜合大學，努力參與社區總體營造，實踐校園家園化，締造優質的人文空間，經營境教，以發揮潛移默化的效果，並且開出產官學合作的契機，推出專案，互相奧援，善盡知識分子的責任，回饋社會。在白沙山莊，師生以「立卦山福慧雙修大師彰師大，依湖畔學思並重明德化德明。」互相勉勵。

從私立輔大退休，轉進國立彰師大，我的教授生涯經常被視爲逆向操作，於台灣教育界屬於特例；五年後，又將再次退休。個人提出一個大夢想，期望結合眾多因緣，啓動彰化學，以深耕人文彰化。爲了有系統的累積其多元資源，精心設計多種系列，我們力邀學者專家分門別類、循序漸進推出彰化學叢書，預計每年十二冊，五年六十冊。並將這套叢書獻給彰化、台灣與國際社會。

基本上，叢書的出版是產官學合作的最佳典範，也毋寧是台灣學的嶄新里程碑。感謝彰化縣文化局、全興、頂新、帝寶等文教基金會與彰化師大張惠博校長的支持。專業出版

社晨星的合作，在編輯、美編上，爲叢書塑造風格，能新人耳目；彰化人杜忠誥教授，親自題寫「彰化學」三字，名家出手爲叢書增色不少，在此一併感謝。

回想這套叢書的出版，從起心動念，因緣俱足，到逐步推出，其過程眞是不可思議。

「讓我們共同完成一個大夢想吧。」我除了心存感激外，只能如是說。

· 林明德（1946～），台灣高雄縣人。國立政治大學中文博士。現任國立彰化師範大學國文學系教授兼副校長。投入民俗藝術研究三十年，致力挖掘族群人文，整合民俗藝術，強調民俗是一切藝術的土壤。著有《台澎金馬地區區聯調查研究》（1994）、《文學典範的反思》（1996）、《彰化縣飲食文化》（2002）、《阮註定是搬戲的命》（2003）、《台中飲食風華》（2006）。

【序】
錦連的時代

蕭 蕭

　　詩人錦連（1928～）自有屬於他自己的時代，但卻不是錦連著繡、繡連著錦。

　　因為，這一百年的台灣、台灣人、台灣詩人，都沒有錦上添花的榮華歲月，繡陌綺門的得意空間。

　　小小的台灣島，足夠錦連以一生去駐足流連，即使是小小的國度，都扮演著錦連生命裡重要的背景：屬於父祖輩以上的住居地，那是台北縣三峽地區，偶爾還可以成為二二八事件餘波盪漾時的喘息山坳；自己的出生、成長、奮鬥，最是悲欣交集，則在彰化市，詩心湧動，無法平息；晚年則遠赴台灣南端，頤養於高雄，整理、審視自己年輕時的脈搏，二十一世紀的今天又該如何回應？從北到南，從山區、平原到海灣，從山城、縣城到都城，錦連不由自主地在自己的土地上流連又流浪。

　　所謂流浪，是由不得自己的，就錦連這一代的台灣詩人而言，倒也不一定是土地上身體的移動，或居家由不得自己的頻繁搬遷。所謂流浪，最主要的意涵竟是：在自己的土地上卻不能講自己的言語，要在指定的聲韻中，或者不同的腔調裡，尋找、翻譯自己心底的情意，就好像斑鳩被指定發出鴿子的聲音，海濤只能被翻譯成江浪的瑣瑣碎碎。

　　錦連的時代，從母親懷胎的那一天開始，聽的是台灣話，初生以後親人間的溫潤、情人間的溫存，說的是台灣話；但，

可笑亦復可悲的歷史卻早已悄悄滲進台灣土地，學齡的兒童，在「清國奴」、「支那人」的呼叫聲中，卑怯學習あいうえお，技術之所需、傳達之必要，錦連學好的是連日本人也自嘆不如的流利日文。只是當語言這一關都底定了，天地卻又開始翻覆，乾坤逐漸挪移，米國的飛機應該轟炸北方的日本，卻終日盤旋在台灣的上空；日本武士應該直接衝到南洋廝殺，保衛他們國家既得的利益，卻讓台灣充員小小年紀惶惑於南洋叢林裡。好吧！這樣的乾坤也有底定的時候吧！台灣的天地卻又開始翻覆，錦連說得輪一樣轉、圓一樣滑的台語、日語，新的執政當局明訂為禁忌，禁用日語，忌諱台語，錦連這一代的詩人，二、三十歲的年紀被逼得重新學習如何捲舌發出「ㄓ」聲，才發現蜘蛛吐絲，談何容易，才發現自己也是一隻傷感而含齒的蜘蛛；緊接著還得學習上顎如何輕輕含住下唇，讓氣從唇齒間「奮力」、「憤怒」竄出。音調也要重新調整：「噴水」要說是「ㄆㄨㄣ水」，不能說成你和你的祖先已習慣幾百年、幾千年的「ㄆㄨㄣˋ水」。當然，語序也得重新調整：說「風颱來了」是會被當作笑話的，「颱風」才有侵台的威勢；你可以看破他的「腳手」，卻要說成「看破手腳」才不會又鬧了另一個笑話。

可笑呵！這些語言扭轉的歷史。

可悲啊！這些歷史翻轉的傷痕。

一樣深受其苦的詩人林亨泰，說這是「跨越語言的一代」。不曾身受其害的詩人莫渝，以錦連熟悉的火車軌道轉轍器為例，以「轉轍」代替「跨越」，不論哪個詞彙精準一些，其實都無法滅除那種唇舌被削、被修、被翻轉的苦痛。

錦連創作的高峰期，是一九四九到一九五七的九年間，全都以日文書寫，默默吐絲，默默封繭，偶爾自己抽出幾絲絲讓人驚豔。大部分的作品卻要以五十年的時間去沉澱那種驚慌，

要以五十年的歲月去沉思語言與語言之間如何改弦易轍，如何跨越海溝山澗。

岩上曾經探尋錦連詩中的生命脈象與訊息，認為錦連前期的詩作裡，充塞著哀愁、痛楚、孤獨、寂寥、煩惱、不安、反抗、悲哀的情緒，哪一樣是聯合國規定人類不可或缺的人權？哪一項是台灣憲法執意要緊密列管、仔細保障？岩上說，這些負面的情緒直接與他當時所處的時代背景、工作環境關係密切，可以說他的作品隱藏著時代的惡露和詩思密碼交感的存在信號，呈現了個人與社會群體的焦慮。

這就是錦連和錦連的時代，台灣的焦慮台灣的詩。

以「孤獨」來說吧！錦連創造了這樣的意象：從病房窗口能遙望的白色燈塔，向幽暗的天空和黝黑的海面投射青白交替的亮光；隨興轉換視線或方向，卻呱呱啼鳴的曉鴉，牠們有著和人內心相似的空洞和淒涼。這樣的意象，其實暗示著「孤獨是詩」的意涵，白色燈塔的指引作用，曉鴉報憂的譏刺功能，正是錦連寫詩的內在動力；燈塔投射的是青白交替的亮光，曉鴉啼鳴的是和人內心相似的空洞和淒涼，這兩個孤獨意象，暗示著錦連詩作的陰冷色調，暗示著錦連那個時代，那個時代的台灣。

這樣的悲哀，很多人都看出來了，莫渝就直接表明：錦連應該以「悲哀論」去型塑，說「悲哀」一詞，似乎是潛藏於錦連內心深處，是他創作歷程中無法驅除的元素。

或許，這就是錦連詩中所說的〈蚊子淚〉吧！一種人類血液中無可豁免的悲哀：

蚊子也會流淚吧……

因為是靠人血而活著的。

而，人的血液裡，

有流著「悲哀」的呢。

　　壁虎、蜘蛛、蛾、蚊子，這些小昆蟲常常是錦連詩中的主角，因為牠們確實是錦連生命中最親密的夥伴。錦連一輩子最主要的生活場景，四十年不曾或離的是台灣鐵路局彰化火車站的電報房，侷促昏黃的狹窄空間，寂寥的夜班值勤時間，積年累月，錦連終究會有「幽閉恐懼症」吧？白天黑夜，陪伴他的，不過是壁虎、蜘蛛、蛾、蚊子這些小生命，微細的存在，微弱的聲音，流著悲哀的、象徵的、蚊子的淚，誰會看見呢？

　　終究會有人看見的，詩人郭楓指出：錦連以〈順風旗〉這首詩，十分鮮明地描繪出自己抗拒流俗而堅決不舉順風旗的孤絕性格，說他在順風舉旗、搖旗吶喊的社會浪濤中，孤絕屹立，不能不說是一種非凡的人品。

　　這樣說來，前面的蚊子淚種種，不是真正的錦連的時代，頂多是時代中的錦連而已。

　　錦連堅決不舉順風旗，即使在現代主義現世、超現實主義超速的時代，他是可以引領風騷的，他是可以亮出金牌的，但他像鐵軌一樣剛直的性格，並未利用熱氣流旋昇自己。二十世紀的五○年代，錦連就已創造出現代性濃、前衛性強的作品，趁勢而為，那是炙手可熱的一塊鐵！但他不在順風處舉順風旗，不在有利益的地方彎腰拾取利益。

　　錦連的時代，不會是蚊子淚，不會是順風旗，也確然不是錦連著繡、繡連著錦的時代。但是值得挖掘，值得尋找支點，值得發現台灣現代詩一個新的海的起源。

感謝

高雄市政府文化局
Bureau of Cultural Affairs Kaohsiung City Government

指導完成「錦連的時代——錦連詩作學術研討會」

蕭蕭　謹誌於彰化明道大學

【目録】 contents

歷史的斷片
——錦連五○年代形構之詩的「前衛性」與「現代性」意義

阮美慧[*]

一、前言

　　台灣「現代詩運動」，最早受到西方「現代主義」影響，提倡「超現實主義」者，始於日治時期楊熾昌（1908～1994）所創立的「風車詩社」，他主張「爲文學而文學」的寫作觀。戰後，「現代詩」的發展，一度中斷，直到一九五六年，紀弦成立的「現代派」，才又再次發展。當時紀弦於《現代詩》13期（1956年2月），刊出了「現代派」的「六大信條」，其中第二條「我們認爲新詩乃是橫的移植，而非縱的繼承」最受爭議，還曾因爲這一信條，與覃子豪就「橫的移植」與「縱的繼承」的問題，展開激烈的論辯。除此之外，五○年代針對「現代詩」寫作，所引起的各種論爭[1]，也直接刺激台灣詩壇對「現代詩」各個層面的思考與反省，包括詩的形式技巧、詩的文學作用、詩與大眾間的距離等，無形中也使台灣「現代詩」有往前躍進的機會，使「現代詩」擺脫二、三○年代詩剛發軔時的簡單概念，純就「文言與白話」、「格律與自

---

*　東海大學中文系教授。

1　五○年代的現代詩論爭，可分爲詩壇內部與詩壇外部，內部主要以紀弦與覃子
　　豪爲主；對外，則有蘇雪林與覃子豪、言曦與余光中等的論爭。對此議題，可
　　詳參蕭蕭〈五○年代新詩論戰述評〉，台北：文訊雜誌社出版，1996，頁107-
　　121。

由」，或「新與舊」的思維框架，而是注入詩更多的現代精神與意義。

當時，「現代詩」在「現代派運動」的推波助瀾下，詩的寫作形式，多樣化、實驗性強，尤其是以「創世紀」為首的詩人群，他們自認：「本刊（按：《創世紀》）是當前中國詩藝術發展運動中之一個力量（甚至是主流）」[2]，可以推知，他們是帶動這波藝術風潮的主要團體，並且起而效尤西方「現代詩」的形式技巧[3]，提倡詩的「世界性」、「超現實性」、「獨創性」與「純粹性」[4]，許多詩的評論者，對「現代詩運動」，特別是在，詩的技巧上的開拓，給予大力肯定的，如奚密等人[5]。在「現代詩」發展的歷程中，仍有許多歷史的斷片，被夾藏在歷史的縫隙中，為人所習焉不察，隨著文學資料不斷地出土與被整理，這些散落在歷史洪流中的熠熠光點，才有再度閃爍在我們面前的機會，因此，若重回歷史時空，重新檢視那些歷史的斷片，當可豐富台灣早期「現代詩」的表現形

2　〈編輯人手記〉，《創世紀》12期，1959年7月。

3　洛夫曾在〈超現實主義與中國現代詩〉表示：「我國現代詩人的超現實風格作品並不是在懂得法國超現實主義之後才出現的，更不是在研究布洛東的「宣言」之後才按照它的理論來創作的，他們最多是在技巧上受到國際性的廣義超現實主義者的所詮釋所承認的作品的影響；且由於超現實主義的作品在我國並未作有系統的介紹，這種影響也極為有限。」（參見洛氏著《洛夫詩論選集》，台北：開源出版公司，1977，頁94。）在這樣「粗略地」接收西方超現實主義的情況下，台灣五、六〇年代的「超現實主義」的詩作及理論，其優劣是還有許多可商榷的餘地。

4　一九五九年《創世紀》擴大改版之後，從原本的「新民族詩型」，一改成「超現實主義」的表現路線，在張默〈「創世紀」的發展路線及其檢討〉的回顧中說：「我們抖落早期那種過於偏狹的本鄉本土主義，實因我們對中國現代詩抱有更大的野心，即強調詩的世界性，強調詩的超現實性，強調詩的獨創性以及純粹性。換言之，這裡所指的『世界性』、『超現實性』、『獨創性』與『純粹性』就是後期『創世紀』一直提倡的方向」。參見張漢良、蕭蕭主編《現代詩導讀——理論・史料篇》，台北：故鄉出版公司，頁426。

5　奚密曾為文〈邊緣、前衛、超現實——對台灣五、六〇年代現代主義的反思〉提到：「五、六〇年代台灣詩人對超現實主義的理論與作品雖未見得有全面深入的認識，但是超現實通過個人的想像力的解放和心靈自由暗示一種美學和人生開闊與提升的可能，這點對台灣詩人有相當大的震撼」（參見氏著《現當代詩文錄》，台北：聯合文學出版社，1998，頁163，對「超現實主義」在台灣的發展，給予大力讚揚。

態，使戰後「現代詩」的發展，有更多面、翔實的呈現。

在這些歷史的斷片中，尤屬錦連早期的作品，具有時代的異質色彩，表現高度的實驗性。這些作品，大多收錄在第一本詩集《鄉愁》（1959）及中、日版對照詩集──《守夜的壁虎──1952～1957》（2002），使我們可以看到，錦連戰後「現代詩」的寫作軌跡，其中，羅列許多頗具「創新性」、「前衛性」的作品，特別是對詩的形式結構實驗，如：「符號詩」、「圖象詩」、「電影詩」的表現，帶領讀者在純詩的形式結構中，「觀看」一首詩的完成，如同看一幅畫或欣賞一段影片，加強詩在空間上的意義，打開對詩直接的視覺感受，突破以往對詩「線性時間」的閱讀，因此，詩的文類有更大的發揮空間。此亦是本文所界定的「形構之詩」的範疇。

而據他自述，這些作品是「在那個時期，想要突破寫作上的老套和惰性，也曾經有樣學樣嘗試過各種表現手法」[6]的作品，這樣的寫作動機，正說明那個時期，寫詩極欲創新及時代風尚所趨的心情。這些「形式」的實驗之作，表現頗具新穎，於五〇年代「現代詩運動」，是秀異獨特的，但在台灣的詩史上幾乎是被忽略。其因在於：這些作品因未出土而被埋沒在歷史的塵埃中；另外，也攸關評論者在論述時，特定選取採樣固定的對象，至使許多的作品不易被發覺，使得錦連在「現代詩運動」的過程中被漠視[7]。

錦連五〇年代的「形構」作品，較為人所知，曾收錄在其他詩刊、詩集中的，有〈女的記錄片〉（發表於《現代詩》

6　錦連：《守夜的壁虎・自序》，高雄：春暉出版社，2002，頁2。
7　如學者丁旭輝在其論著《台灣現代詩圖象技巧》（高雄：春暉出版社，2000年）一書中提到：「在台灣現代詩中，圖象詩的寫作源遠流長，由早期的詹冰、林亨泰、白萩、洛夫、羅門、非馬，到杜國清、蕭蕭、羅青、蘇紹連、杜十三、陳黎、羅智成、陳建宇，到林燿德、羅任玲、顏艾玲等。」（頁1-2）在其研究「圖象詩」的界定是寬泛的，包括任何符號的填入、結構的各種有意的安非等，其中所探討的對象並未見錦連，顯示錦連在早期「圖象詩」的寫作及貢獻中被忽視的狀況。

16期，1957年1月）、〈轢死〉（發表於《創世紀》13期，1959年10月）等，後來收錄在《錦連作品集》（彰化文化中心，1993年）之中；另外在《守夜的壁虎》，更有〈劇本〉（頁334）〈主人不在家〉（頁327）、〈紀錄〉（頁336）、〈眼淚的秩序〉（頁351）、〈那個城鎮〉（頁356）等（以上各首見《守夜的壁虎》）一系列的「電影詩」，及〈化石〉（頁310）、〈火車旅行〉（頁324）、〈布魯士舞曲〉（頁364）、〈搬家的家當〉（頁326）等，表現立體形式的「形構之詩」，這些詩作的表現，具有開創性意義，對台灣早期「現代詩運動」，當有重要的位置，能夠增補與開創台灣的「現代詩運動」，因此，是不該被忽視的。這些作品不僅只是「一個平凡青年，在平凡的生活中所寫下的庶民事物感懷」而已[8]，同時也記錄五〇年代詩壇的發展動向，應將它們置於五〇年代「現代詩運動」的脈絡，使台灣戰後「現代詩運動」的面貌與價值，有更多元化。

由於，錦連曾為「笠詩社」及「跨越語言一代」詩人，這些特質，使歷來詩評家常在未深究的情況下，陷入先入為主的觀念，斷定錦連的寫作風格，為樸實、知性、批判等概念，而忽略或不知錦連早期這些具實驗、前衛的現代詩，是以，本文即是回到，台灣早期「現代詩」正沸沸揚揚發展之際，除了我們所熟悉的發展脈絡──從紀弦的「現代派運動」以降到「創世紀」的「超現實主義」主張──另外去找尋這些歷史斷片，爬梳、探究錦連在這方的表現及業績，藉此填入台灣「現代詩」發展的縫隙中，使台灣「現代詩」的發展史，能有新的視角與基礎。

二、錦連「現代詩學」理論的探求

8　錦連：《守夜的壁虎・自序》，同前揭書，頁4。

環顧西方「形式結構」學派的發展，重要者有三條脈絡，掀起西方廿世紀以來，對形式結構思潮的反響，首先，是二〇年代中葉，興起於俄國「形構主義」，到了三、四〇年代延燒至布拉格；其次，爲二、三〇年代，肇始於英、美二國的「新批評派」；其後，崛起於六〇年代法國巴黎的「結構主義」[9]，其主要的核心概念，都來自於對文學「內向性」的探究；捨棄過去以作者爲中心，而外向性地討論作家的生存時代、成長背景、社會環境等的理論，對文學本身，反倒忽略作品成爲一套獨立系統的可能性，因此，西方的「形式結構」學派，大抵都先表彰文學具有獨立的性格，是一門獨立的系統科學，換言之，是對文學「本體論」的一種審思，雖然，它與社會、歷史、時代等因素有關；但那並非文學最重要的內涵，而是應該回到文本脈絡，在字與字、詞與詞、行與行、段與段之間逡巡，思考作品的表現規律及隱喻效果，使作品達到更精細地解讀，挖取出更豐富的意涵。而值得一提的是，這些理論學說的精神，都是試圖要打破內容與形式的二元對立，從更多元的面向切入文學的內在結構，並非只取形式技巧而忽視內容意義的價值，換言之，在高度表現形式技巧的同時，背後文學的深意亦不可偏廢，否則文學只成爲戲耍的技倆，而喪失文學眞正的本質，因爲，「文學不僅僅是一個讓我們把語言填進去的框架。因爲即使把每句話都按照詩的風格擺在紙上，也並不說明它們都可以成爲文學」[10]。

那爲何會發展出這些「形式結構」學說？其目的與宗旨爲何？幾乎所有「形式結構」的理論，都是在於打破制式、規範的文學體式，希冀在文學的表現層次上能推陳出新，製造出更

9　參考自方珊：《形式主義文論》，濟南：山東教育出版社，1999，頁1-6。以及，劉萬勇著：《西方形式主義溯源》，北京：昆侖出版社，2006，頁20-42。

10　參考卡勒（Jonathan Culler）著，李平譯：〈文學是什麼？它有關係嗎？〉，《文學理論》，香港：牛津大學出版社，1998，頁30。

彰化學

多形式的可能性，因此，推及最後，都免不了要對「語言學」有一番分析與借用，例如索緒爾[11]開創了結構主義語言學；雅克慎[12]則促使語言學與詩歌的關聯，突顯其理論與「語言」分析產生緊密的關係，並且在一套「封閉」、「自足」的文學系統，透過文學語言的形構，完成文學內在豐富的意義，因此，在此理論架構下的作品實踐，會特別重視形式符號的安排，極盡可能地，使詩有更大的表現空間，打破詩作「時間性」的閱讀過程，轉而以直接「空間式」的畫面，來呈現詩的意義。

對於詩作的實驗與創新精神，錦連如何吸取這些「現代詩學」的概念與知識，並進而加以實踐。在《那一年（1949年）錦連日記》附錄，羅列錦連在日記中，所提及閱讀過的日文書籍，其中與詩文學相關的部分有：

《詩の朗読》
《プロレタリア闘争詩・史》（菊岡久利）
《自由詩以後》（百田宗治）
《詩集・山鳴》（田中冬二）
《現代日本詩人論》
《田中冬二詩集》

---

11 緒爾爾（Ferdinand de Saussure，1857年11月26日～1913年2月22日），生於日內瓦，瑞士語言學家。索氏是現代語言學之父，他把語言學塑造成爲一門影響巨大的獨立學科。他認爲語言是基於符號及意義的一門科學──現在一般通稱爲符號。他的弟子 Charles Bally 及 Albert Sechehaye 等於1916年將索緒爾課堂講義的內容寫成《通用語言學》（又譯《普通語言學教程》Cours de Linguistique Générale）一書。該著作成爲二十世紀現代語言學及結構主義語言學之開山之作，現代語言學的許多理論基礎都來自於此書。

12 雅克慎（Roman Jakobson，1896～1982）是「莫斯科語言學圈」的主導者，也是布拉格學派的創建人，以他對語言學、文學理論、結構語言人類學、符號學的貢獻來說，堪稱二十世紀最具影響力的知識份子之一。他在語言學的三個見解直至今日仍扮演重要地位：1. 語言普遍性（linguistic universals）2. 語言形態（linguistic typology）3. 顯著性（markedness）。他指出語言的詩功能「是以話語本身爲依歸，投注於話語本身者。」也即是說，詩功能不指向語言行爲所含攝的其他五個面（說話者、受話者、指涉、接觸、語碼），而指向話語自身。

《詩集・荒地》（菱山修三）

《現代日本詩人論・村山槐多》（草野心平）

《ランボウ詩集》（《韓波詩集》）

《ユ──ゴ──詩集》（《雨果詩集》）

《詩を思ふ心》（西條八十：《思考詩的心情》）

《木下杢太郎詩集》

《僕等の詩集》（サトウ・ハチロウ）

《詩人の使命》（萩原朔太郎）

《詩の生うまる迄》（西條八十）

《現代日本詩史》

《詩集・黃菊の館》（西條八十）

《現代詩人全集》

《ゲェテ詩集》

《現代日本詩人全集・白鳥省吾集》

《現代日本詩人全集・生田春月集》

《プロ詩集》

《高村光太郎詩集》

《抒情詩集》（ヴィクトル・ユ──ゴ──）

　　雖然，這只是一個極爲簡單的書單；但從這些琳瑯滿目的詩文學著作，不難推知，錦連早期對詩的涉獵與認知，其實是用功甚篤（這點也可從以下「詩人備忘錄」的討論中得知），並非一無所知，僅是模仿形式而已。他透過日文，接觸到面向極廣的詩學之說，從中獲得到許多詩的涵養與方法，因爲，日本「現代詩」在廿世紀二〇年代，受到「意大利的未來主義、瑞士的達達主義、德國的表現主義、英國的意象主義、法國的超現實主義等歐洲的新興前衛藝術開始傳入日本，對於現代詩

的問世起到了直接催生的作用」[13]，連帶地，錦連也在這樣的詩學脈絡中，率先對詩的各種前衛性表現，有所了解，特別是在戰後初期百廢待舉的台灣文壇上。

上述的書單，內容多元且寬廣，其中包含有：詩學理論、各種詩派主張、詩史、詩集等論著，例如：《高村光太郎詩集》，高村氏（1883～1956）在日本「現代詩」的發展上，佔有舉足輕重的地位，日本詩史研究者稱他為「大正詩壇的一座高峰」[14]；另外，荻原朔太郎（1886～1942）是日本「象徵派詩歌藝術的代表者，而且是成功地把平民白話用於唯美派詩歌的創新者」[15]，錦連日記中也說到：

> 讀完了荻原朔太郎的《詩人的使命》。他的「純正詩論」作為藝術至上主義者來說，無疑是正確的態度。[16]

由此顯示，錦連的詩學養分及對詩的認識，都已超出一般泛泛之輩，不僅能夠對詩有所的掌握，也能夠了解到不同詩的表現方法。其次，張德本也從錦連當年向圖書館借閱的抄錄筆記，獲知另一分書單，從這分書單看出錦連的閱讀，是從「日本明治以降迄昭和時代現代詩人的作品，並透過日譯瞭解浪漫主義時代，法國、英國、德國、比利時詩人的作品」[17]。此外，錦連於《笠》36期（1970年4月）開始，長時間譯介「詩

13 葉渭渠、唐月梅等著：《日本文學史——現代卷》，北京：經濟日報出版社，2000，頁210。
14 羅興典：《日本詩史》，上海：上海外語教育出版社，2002，頁124。
15 同上註，頁127。
16 錦連：《那一年（1949年）錦連日記》，高雄：春暉出版社，2005，頁94。
17 張德本：〈台灣鐵路詩人——錦連的現代美學〉，《台灣鐵路詩人錦連論》，台北：台北縣政府文化局，2005，頁38。

人的備忘錄」專欄[18]，選譯日本各家詩學理論的精華片斷三十輯，由此逆推，合理地猜測，錦連平時對詩學的涉獵，是多樣且勤奮的，同時，也顯示其詩學理論的紮實根基。例如提到「詩語的純粹性」：

> 所謂詩語的純粹性，必定在聽覺性的實質和視覺性的實體之間保持著均衡之時，始能帶著充實的光輝而成的。因此認爲：被高度打磨的意象，必定內含著產生安定的內部音樂之必然性。[19]

又說到「詩」的理想狀態，應是：

> 透過向外部的澄亮的凝視，在混沌的內部檢出實存的條件：祇有這種想像力的自我運動的作用，才產生新的語言秩序……[20]

而詩（人）的根本特質，是什麼呢？

> 詩人絕不是祇能捕捉抒情性或機智性的詩（poem）之語言的技術者，而是指有能力追溯到所謂「詩」（poesies）的那種人類精神的獨特現象之根源，捉住語言之能使「詩」（poesies）結晶傳達的獨特機構的現場，進而能

---

18 錦連譯介「詩人的備忘錄」，第一輯於《笠》36期（1970年4月），之後有斷續，最後一輯於《笠》117期（1983年10月），共三十輯。另收入於《錦連作品集》，彰化縣立文化中心，1993，頁138-226。而「詩人備忘錄」的內容，即是錦連大量摘譯日本現代詩學的理論主張，如瞱川信夫〈現代與詩人〉、乾武俊〈現代的意象〉、〈詩與記錄影片〉、飯島耕一〈超現實主義詩論序說〉等。

19 錦連譯：〈詩人的備忘錄──菅野昭正〈現代詩的康復〉〉，《笠》50期，1972.8，頁140。

20 錦連譯：〈詩人的備忘錄──岩田宏〈詩論的試論〉〉，《笠》51期，1972.10，頁128。

在文體之中使其復生的人而言的。[21]

這些零星片語，是錦連寫詩時的理論參照，就詩的方法論來說，強調詩的音樂性、形式結構、意象經營，同時，詩人要不斷凝視實存的境況，表現獨特的精神特質，並且發揮高度的想像力，使詩能產生新的顫慄感。這些詩論，提供了我們對錦連一個側面的觀察，使我們進一步獲知錦連「現代詩」認知體系的理論基礎。

此外，錦連也是戰後本土派詩人，參與詩壇活動較早的一人，他曾與林亨泰、張彥勳等人，參與後期「銀鈴會」的活動，在其機關雜誌《潮流》發表過作品，如〈在北風下〉（原載《潮流》1948年），呈現詩人飄然孤寂的身影，「你冷然望著四季的悲哀／完全是一雙認命的寂寞眼神／分外明亮的天空啊／你究竟在思索什麼」（轉引節錄自《錦連作品集》，彰化縣立文化中心，1993，頁4），情感內蘊低沉憂悒。「銀鈴會」於一九四九年被迫解散，原先的本土派詩人，則因政治或語言轉換的因素，四處零散棲息。

五〇年代之後，錦連與林亨泰參與紀弦所發起的「現代派運動」，親身見證台灣「現代詩」發展的進程，其意義在於：急欲打破傳統、陳舊的表現方式，標舉「使用新的工具，表現新的內容，創造新的形式：這就是新詩之三新；三新齊備，是謂之現代化」[22]。在這樣的時代氛圍下，「跨越語言一代」詩人透過日文的管道，能夠較早吸收到西方或日本的「現代詩論」及作品，接觸到許多形構新奇、實驗創新的詩作，進而加以學習或仿作，是極為自然之事。如羅青所言：

---

21 錦連譯：〈詩人的備忘錄——大岡信〈不破的蛋——關於近代詩的幾個問題〉〉，《笠》69期，1975.10，頁27。
22 紀弦：〈社論二：誰願意開倒車誰去開吧〉，《現代詩》11期，1955年秋季，頁89。

四、五○年代，在台灣的一些詩人如林亨泰、詹冰等，受了日本的影響，在這方面繼續有所作。這些詩人，或在日本受教育，或在台灣受日本教育，時間多半在二、三○年代左右，正是達達主義、超現實主義東傳日本風行一時的時候。他們受到圖象詩的影響，乃是當然的事。[23]

因此，當五○年代的「現代詩運動」提倡寫詩要有「新的工具」、「新的內容」、「新的形式」的狀況下，「跨越語言一代」詩人，受到日本前衛詩學，以及語言轉換困難、詞彙不豐的情況下，對於純粹追求形式實驗的作品，自是在語言轉換的過渡階段，容易加以學習與模仿的。例如：林亨泰有以「形式」實驗的詩作，嘗試以各種不同手法創新詩的可能性，如刊載於《現代詩》的「圖象詩」、「符號詩」：〈輪子〉（11期，1955年秋季）；〈房屋〉、〈鷺〉（13期，1956年2月）；〈第20圖〉、〈ROMANCE〉、〈騷音〉（14期，1956年4月）；〈車禍〉、〈花園〉（15期，1956年10月）；〈進香團〉、〈電影中的佈景〉（17期，1957年3月）等，白萩的〈流浪者〉等作品，皆為早期「形構之詩」的代表之作，廣被人論及。

錦連則有〈女的記錄片〉發表於《現代詩》16期（1957年1月），同時，也在《創世紀》11期（1959年4月）擴大改版，提倡「超現實主義」詩風時，發表具實驗性的作品，在13期（1959年10月）發表〈轢死〉；15期（1960年5月）發表〈地獄圖〉、〈夏〉；19期（1964年1月）發表〈揮手〉等，當時正逢詩壇對「現代詩」加以摸索階段，到底詩要如何表現具有

---

23 羅青：《詩的照明彈——從徐志摩到余光中》第二冊，台北：爾雅出版社，1994，頁246。

「現代性」的特質，莫衷一是，大多僅從西方的詩作形式學習模仿，或表現具實驗性、個人性的作品，進而帶動一波「現代詩」的寫作風潮，幾乎可說，五、六〇年代的台灣詩壇，正在這樣一片「現代主義」詩潮的籠罩下，詩人莫不用盡心力，去挖掘、開拓「現代詩」的種種形式，使詩具有怪誕、新奇的特色，承如張雙英在《二十世紀台灣新詩史》指出：

> 他們為了能夠讓作品呈現出迥異於「過去」的「新」面貌，不但在語言、結構和形式等作品的外形上，經常選用「誇張」、「扭曲」、「零碎」、「跳躍」、「紛亂」以及「朦朧」、「模糊」等特殊的表現手法；同時，在作品的題材上，也偏向喜好「疏離」、「病態」、「異化」、「頹廢」、「灰色」等異乎尋常的現象。[24]

五、六〇年代，這樣的詩風及寫作方式，對戰後必須轉換語言的錦連來說，根本是無力反擊與批判，他曾說：

> 在這段語言轉換的時期，充滿著心酸與無奈。因此，寫詩，對我而言，並非為了追求名利，我僅是默默地，小心地用那僅有的貧乏的中文紀錄我的生命。[25]

因此，錦連在極小的詩域中，嘗試「現代詩」的實驗之作，一方面來自於，他透過日文早已吸收到「現代詩」的各種理論、作品，加上當時台灣「現代主義」詩潮的影響；另一方面也礙於他中文能力的薄弱，以符號、圖象、短語等簡約書

24 張雙英：〈政治壓抑與西化解脫（五、六〇年代）〉，《二十世紀台灣新詩史》，台北：五南圖書公司，2006，頁138。
25 錦連：《錦連作品集・自序》，同前揭書，頁1。

寫，替代繁複的文字，反倒是容易發揮的。錦連直到一九六四年「笠」詩社成立後，回歸到「笠」詩社的陣營，其詩風轉向「透過鮮明的心象風景來呈示詩的精神，或以敏銳的時代感覺，或以連結歷史的、時代的追憶，人生的思考，來表現強烈的現實感和實存意識」[26]，才降低「現代詩」的形構創新。

　　從這些「現代詩」的學習歷程看出，錦連在戰後雖然歷經語言轉換，但對詩始終抱有熱情，同時，寫詩也是他自我存在的一種象徵，他曾說：「在那個語言障礙的困難時期，爲了想用一種非常陌生而生澀的語言去從事創作，卻因一直受折磨和挫折而感到異常地沮喪和痛苦，然而我也清楚地瞭解，即使在那樣的日子裡，精神生活中如果沒有詩，我一定會更加絕望」[27]。因此，對詩的寫作，他在戰後獨自於黑暗中摸索，僅靠有限的時間與能力，渡過語言轉換的艱辛時期，是以，五〇年代這些形式頗具實驗的詩作，某個程度也反應了，錦連那個階段「語言」困頓的狀態，以及對詩的方法與實踐的探索。

　　然而，縱使這些頗具實驗性的「形構之詩」，是錦連一個過渡階段或台灣某一時空下的產物，如今，再回頭檢視這些作品，仍可從中探測到錦連詩心的純然，相較「創世紀」詩人群所編的《六〇年代詩選》（高雄：大業出版社，1961），其中羅列諸多具創新、實驗的作品，如季紅〈裸女〉（頁56-57）、〈兒女們〉（頁57）；紀弦〈跟你們一樣〉（頁81-83）、〈未濟之一〉（頁83-84）；碧果〈愓樹園〉（頁195）、〈鈕釦〉（頁195-196）等，不僅具有形式的創新之外，更有豐厚的詩質意涵，在「現代詩運動」狂飆的時代下，其詩更有代表意義。

26　陳明台：〈清音依舊繚繞——解散後銀鈴會同人的走向〉，《台灣文學研究論集》，台北：文史哲出版社，1997。

27　錦連：《錦連作品集・自序》，同前揭書，頁1。

三、「電影詩」──鏡頭的剪接、組合

　　西方近代文藝，因受到「形式主義」、「結構主義」理論的影響，對作品文本的重視更甚以往，如俄國馬雅可夫斯基（1893～1930），提出「梯形詩」，對後來蘇聯的現代詩創作具有很大的影響，「到了一九三五年，馬雅可夫斯基的詩體已經被規範化爲一種體系，一種後代勤於效仿的模式」[28]。另外，「視覺詩」，即「電影詩」的出現，亦可視爲對此理論的實驗之作，同時，也受到「未來主義」的啓發，主張「蔑視傳統，反抗習俗，革新技巧，視舊習爲污泥，以新穎時髦，藐視模仿，崇尚創新，斬斷過去，迎接未來」的精神[29]。回顧台灣「電影詩」的寫作，最早應可推至錦連開始，所謂「電影詩」是指，詩運用句段關係和聯想方法，使詩產生如鏡頭般定格，在一連串的定格畫面中，每個畫面與畫面之間的重新組織、聚合、交錯，打破表層、單一的結構系統，詩在共時／歷時、時間／空間的相互撞擊下，衍生出多重意義，揭示一種文本間（intertextuality）互涉的複調。如電影「蒙太奇」（montage）的手法一般：

> 它消滅了邏輯的統一性和戲劇性的統一性。每一個鏡頭是一個個別的眞實映象，可是經過剪輯的整個效果，要比較一個實質報告有效得多。它可以變成一個夢境或者一句謊言，它也可以給予我們一連串迅速瀏覽的刺激，一連串具有旋轉快樂椅的映像。[30]

　　電影「蒙太奇」的表現，利用了畫面的重新剪接、組合，

28　張冰著：《陌生化詩學──俄國化詩學》，北京：北京師範大學出版社，2000，頁131。
29　方珊：《形式主義文論》，同前揭書，頁19。
30　參肯選輯、哈公譯：《電影：理論蒙太奇》，台北：聯經出版社，1975，頁7。

突破傳統、線性的敘事結構,而製造令人震撼的閱讀效果,在組合過程中,「蒙太奇」拋棄了敘事的「統一性」,挑戰被僵固的敘事意義,釋出鏡頭更多的想像空間,如愛森斯坦(Sergei Mikhailovich Eisenstein,1898～1948)[31] 所言:

> 個別鏡頭中的衝突是潛在的蒙太奇,在它的密度發展時,衝碎了這一鏡頭的方盒,使這次衝突爆炸成爲蒙太奇單元間的蒙太奇衝力,正如模仿行爲中一項曲折進行的動作,就這一次衝擊中,把整個情況都砸碎成爲一幅不規則的圖形。[32]

　　每個單一的鏡頭,並不僅在「連接」的動作上,而是要使鏡頭能夠像一項程序、機體、細胞一樣,可以在分裂組合後,將整部片子具有向前推動的衝力。其作用在於:愛森斯坦將電影的剪接理念,提高思考的層級,他把兩個完全相反或具衝突性的畫面剪接排列組合,製造出比原來直線式安排的畫面,更具有衝擊力及影響力,換言之,「蒙太奇」即是:

> 由鏡頭內的衝突(平面、比例、體積、量、深度、空間、燈光等),擴展爲鏡頭之間的蒙太奇撞擊,即由不同質的形式張力呈現出概念。[33]

　　愛森斯坦認爲,鏡頭不能獨佔意義,意義應在鏡頭之外產

---

31 愛森斯坦(Sergei Mikhailovich Eisenstein,1898～1948),爲俄國電影大師,亦是一個電影理論家,在他的電影理論中,以「蒙太奇」一項影響後世最深,如《Battleship Potemkin》及《October》等。

32 愛森斯坦:〈概念的衝突〉,收入麥肯選輯、哈公譯:《電影:理論蒙太奇》,同前揭書,頁25。

33 齊隆壬:〈書寫與蒙太奇──德希達與愛森斯坦〉,《電影符號學》,台北:書林出版社,1992,頁136。

生，因此，直線連貫式的剪接，並不能產生畫面的戲劇張力，必須利用「蒙太奇」的相互撞擊力，才能刺激民眾深刻的感覺和內在的情感，達到美學的思維效果。而台灣最早借用電影「蒙太奇」的敘事模式為詩者，應可推自錦連，錦連透過「意象」的撰擇與串組，加強對詩的感受。

　　由於，「意象符號」是構成詩的重要因素，它可使詩的情感打破固定的時空，不斷地被召喚，因此，如何使閱讀者在「意象符號」下，獲得一定的情感空間，是詩最基本的要求。而「電影詩」「擬」畫面的方式，將每行的詩句，設計成類似電影的一個「鏡頭」，替代詩的「意象符號」，同樣地，這些「擬」畫面，則表現出視覺的新奇感，進一步去組織、連結、建立一定的情感空間。例如錦連〈女的記錄片──Chiné Poéme〉，以電影分節慢動作的手法，立體地刻畫女性嫵媚動人又易感的形象：

1.潛在著的賀爾蒙

2.萌芽

3.刺激

4.分離

5.結合

6.以驚人的速度

7.充實

8.膨脹

9.飽和

10.爆發

11.紅潤

12.怒放

13.花凋謝了

14.TheEnd

——《守夜的壁虎》，頁282-283

　　詩中每一個編碼的詩句，如同電影的一格格畫面，訴諸直覺、感官的「意象」，瞬間凝固女性「性」的生理過程，將女性內在纖細易感的情思，與對愛情的渴望，展示在一連串「畫面」背後，揭露詩內在最大的隱喻意義。錦連的「電影詩」，基本上延伸了「意象派」的表現手法，利用極度客觀、凝練的手法，彰顯詩的情感張力：

> 意象派主張詩具有藝術的凝練和客觀性，文字要言簡意豐，感情要含蓄，意象要鮮明、生動、具體。使詩在整體上富有雕塑感，線索明晰有力、堅實優美，色彩濃郁。[34]

　　在〈女〉一詩，直接以簡約的「畫面」，刻劃荳蔻年華的女性，受到賀爾蒙（Hormone）的刺激，開始具有性趨力，身體內在蘊藏極大的生命動能，一旦和情愛的對象相遇，內在的熱情與反應，全部集中在瞬間的性愛，具有高度的情感爆發力，此時，生理與心理都受到強烈的撞擊，在雙重的隱喻下，女性如綻放的花朵一般殷紅，色彩繽紛濃烈。此詩錦連並不只是庸俗地在展現女性性愛的刺激，最後，「TheEnd」，同時暗喻「青春」有限的哀愁，當情感的爆發力趨於平緩，愛情成為漫長的「等待」時，女性華美的生命，像凋謝的花朵一般，隨風飄零。這樣的心情，如湯顯祖《牡丹亭》的杜麗娘，悠悠唱出：「沒亂裡春情難遣，驀地裡懷人幽怨。則為我生小嬋

---

34 智量、熊玉鵬主編：《外國現代派文學辭典》，上海：上海文藝出版社，1999，頁90。

娟，揀名門一例一例里神仙眷。甚良緣，把青春拋的遠。」[35]
等待與哀愁的形象同時躍然紙上，令人對女性的自覺意識有深
刻的沉思與反省。〈女〉一詩，以定格的「畫面」，建構詩的
豐富意涵，每一個畫面具有極大的想像空間，在早期形式表現
盛行的台灣詩壇上可謂獨樹一幟，不僅在「形式」上具前衛精
神，在「詩思」上，也對現代女性有主體自覺的啟發。

　　另外，錦連的「電影詩」，形式手法新穎，相較純粹抒
情意象的作品，更具故事與情節的發展過程，他利用單格「畫
面」的剪接、連續、組合，使得平面的敘事，成為立體的構
思，鋪陳的「故事」或「情節」，往往戲劇張力強烈，撞擊出
作品深厚的思想。如〈轢死──Chiné Poéme〉：

1.窒息了的誘導手揮舞著紅旗
2.啞巴的信號手在望樓叫喊
3.激──痛
4.小釘子刺進了牙齦
5.從理念的海驚醒而聚合的眼眼眼睛
6.染了血的形態的序列
7.齜牙的輪子停住了
8.一塊恐怖
9.在輪子與輪子間
10.太陽轟然地墜落了
11.所有的運動轉換方向
12.大地震顫的音響和密度的聲浪
13.圈圈縮小
14.麻木的群眾仰望著

---

35 湯顯祖撰，吳書蔭校點：《牡丹亭》，瀋陽：遼寧教育大學出版社，1997，頁
　　24。

15.有些東西徐徐上昇・然而

16.灰塵似的細雨從天上落下（人們想到淚珠以前）

——《錦連作品集》，頁88

　　錦連由於長時間服務於鐵路局，因此，現實生活中，有關火車、鐵路常成為他捕捉的一個「意象系統」[36]，如〈操車場〉、〈軌道〉等代表作，錦連常利用原始性的語言機能，不多加華美的修辭或冗長的贅語，僅以意義明確、穩定的詞語，對火車、鐵軌深刻地觀察，因常疊進台灣的歷史意識，因而能建構出龐大的主題與詩思。此詩，錦連以十六個單格的畫面，將鐵路信號與列車調度碰撞的外象變化，透過詩人內在細微的心象想像，捕捉了現實中個人對生命的觀照。

　　詩一開始，在黑暗的鐵道上，「窒息了的誘導手」、「啞吧的信號手」，營造出時空的沉悶感，和一場無法逃脫的車禍災難，原本單調、機械性的列車與列車、列車與鐵軌之間的碰撞、磨擦的景象，頓時成為深刻的「意義」展現，震撼在偌大的操車場上。鐵軌「激」——的磨擦聲響徹雲霄與列車「痛」——的碰撞聲頓重沉厚，內化成人肉體的生理反應，「小釘子刺進了牙齦」一種尖銳、撕裂的疼痛感，使人感到驚悚、恐怖。「染了血的形態的序列／齙牙的輪子停住了／一塊恐怖」，描寫事件的發生「死亡」的畫面逼視，所有死亡的氛圍，在輪子與輪子之間，緩緩地移動、渲染，直至所有的聲響逐漸遠去，留下一片死寂與麻木無知的群眾，「有些東西徐徐地上昇／灰塵似的細雨從天上落下」，最後，詩人以「仰角」的鏡頭，讓生命的哀傷自天而降，在濛濛的細雨中紛飛。錦連

---

36 因為錦連的詩，常與鐵路、火車等意象有關，因此，這方面的詩作也就格外引人注目，如張德本有〈台灣鐵路詩人——錦連的鐵路詩〉，刊載於《台灣文藝》47期，2003年7月。另收入張德本《台灣鐵路詩人錦連論》，台北：台北縣政府文化局，2005，第一章。

此詩的風格程序，以火車行進在鐵軌時的「細節」，使每格畫面令人引起極大的注意與想像，如同電影的特寫鏡頭一般：

> 這種用細節來代替物體的手法，使注意力進行轉換：在一些指示方向的符號下，各種對象被展示出來（整體和細節），這一轉換好像分割可見物品一樣，使它成爲一系列的帶有一些符號意義的物品，即帶有電影意義的物品。[37]

由此，可見錦連的「電影詩」，相較於西方「形構主義」的詩作實驗，大大地挖掘詩語的視覺審美潛力，它不僅只是具形、靜態的圖式安排而已，他同時以畫面的構圖，「動態式」的推衍故事情節，形成戲劇張力。就廣義的「視覺詩」而言，錦連五〇年代的「電影詩」，相較台灣四、五〇的「視覺詩」，如詹冰、林亨泰、白萩等人的實驗，是更具超越範式的前衛表現[38]。詹冰等人的「視覺詩」，大多仍偏重在「圖象」、「符號」的外向結構，反觀，錦連在五〇年代的「視覺詩」中另闢蹊徑，從電影的「鏡頭」獲得創作的靈感，藉此開啓「視覺詩」的另類表現，打開詩語「介質」（texture）的多樣性，使語言的「視覺讀寫」，有更多可能的再現，將「語言

---

37 尤里・泰恩雅諾夫（1894～1943）〈論電影的原理〉，收入伍蠡甫、胡經之《西方文藝理論名著選編》，北京：北京大學出版社，1996三刷，頁403。按：泰恩雅諾夫曾於一九二七年，編著《電影詩》論文集一書。

38 丁旭輝《台灣圖象詩技巧研究》一書指出：「台灣現代圖象詩開始於詹冰一九四三年留學日本時的圖象詩創作，但當時並未在台灣發表，一直到一九六五年，隨著詹冰的第一本詩集《綠血球》出版，這些圖象詩才正式出現在台灣現代詩壇，……林亨泰的「符號詩」創作始於一九五五年，連續幾年之內，他在《現代詩》與《創世紀》二本詩刊上，大量發表符號詩作，並輔以符號詩論，帶起了台灣現代圖象詩的創作風潮；而白萩則是林亨泰符號詩作的呼應者，並於一九五八年起，以圖象詩創作做爲實質的響應。……詹冰、林亨泰、白萩，爲圖象詩的發展，鋪下一條大道，開啓台灣現代圖象詩的發展史，對整個台灣現代詩產生了重大的影響。」參同前揭書，頁23-24。由此也可見到，台灣早期詩人，透過日本現代主義詩學的吸收，已率先對西方「形構主義」思潮的了解與掌握。

話語」（文本）和「視覺藝術」（形象）綜合的最佳模式。換言之，錦連實踐了「圖象理論」的前衛理念，「建構一種可視語言，把視覺和聲音、圖像和語言結合起來的一種形式——它使我們看生動的例子、戲劇的動作、清晰的描述和驚人的比喻」。[39] 從以下〈記錄〉一詩，可再次應證此說。

1. 冰冷的冬季北風
2. 種種雜音和它的波動
3. 遠遠的歌聲
4. 從熱滾滾的生活撒下來的色彩之幅射
5. 枯草和泥土的香味
6. 有淡淡鹹味的淚水
　僅僅殘留於皮膚面的感覺就這樣地被記錄下來
　（夜似乎已深了）
　以像膜拜似的姿勢
他　一個乞丐趴伏在廊下的角落
　　等待著
　　……那樣地
等待著

——《守夜的壁虎》，頁336-337

　　錦連將鏡頭拉到街角，靜靜地注視著趴伏在地上的乞丐，鏡頭靜止在冰冷的冬季，呼呼的北風，使得周遭的環境，更顯淒涼、蕭索，憑添社會底層人物的滄桑無奈。另外，錦連以「雜音的波動」、「遙遠的歌聲」、「幅射的光線」、「枯草和泥土」的畫面並置，藉由聽覺、觸覺、味覺、視覺的等多重

39　（美）W·J·T米歇爾著，陳永國、胡文征譯：《圖像理論》（Picture Theory），
　　北京：北京大學出版社，2006，頁100。

感官的疊合，製造豐富的語境（contex），強化四周的靜默悲愴的氛圍，之後，再以特寫的鏡頭，將乞丐的空洞的眼神及風乾的淚水記錄下來，使乞丐獨自一人感受人生寂寥的況味，最後，在階梯式的結構下，意示著乞丐以膜拜的方式，緩慢地匍匐前進，邁向淒冷的黑夜及無知的未來。由於，鏡頭維持在一定的位置及角度，僅由人物在固定的框架下移動，透過外在環境氛圍的渲染，這樣的表現手法，是有利於「單調的、憂傷的、枯燥的或是靜寂氣氛底經營的」[40]，而加深乞丐的形象。

此詩，錦連以旁觀冷靜的眼光，投射這段頗為生動的畫面，簡潔有力地呈現社會幽暗邊緣的人物形象。而詩語成為一種「可視語言」，並且使整首詩產生詩語的複義（ambiguity）及戲劇的張力，換言之，在錦連的「電影詩」中，不只是看到「可見之人」、「可見之物」的本身而已，而是在每一個選擇的畫面間相互關聯，相互撞擊，提供情節推洐的最大可能。如〈眼淚的秩序〉映照內心極為細膩、幽微的情感，推洐青少年心中，為了生存而不得不離鄉背景的複雜心境，在「跟著頭髮稀疏的他（按：父親）的腳跟走的有乾湖沼的故鄉小山路」，以句法拉長的詩行，換喻「鏡頭」在悠緩的運鏡下，一位對「敗北的預感而哭泣的」少年，深刻地展現在畫面上，最後，踏著去途的青少年「7向礦車沿著山麓疾馳的記憶遠處滑行的一條點線／8風吹過／9回想起輕微的飢餓感／10它立即飛到眼球深處的無可奈何的仰慕並停滯又溶化了」（節引自《守夜的壁虎》，頁351），內心的情感達到飽和，凝結成淚水溢出，隨著逐漸疾馳遠去的火車，飄逝在茫然、未知的遠方。此詩情感空間轉移分明，張德本所言：「由外→內→外層層反覆壓縮

40 溫任平：〈電影技巧在中國現代詩裡的運用〉，收入張漢良、蕭蕭主編《現代詩導讀》（理論・史料篇），台北：故鄉出版社，1979，頁321。

情景交感，內部力量充沛」[41]。

上述錦連的「電影詩」，不僅開拓了台灣戰後「形構之詩」的新模式，以詩語代替成電影的鏡頭，使詩行轉化成為電影一幕幕的語言符號，擺脫了外部的文學理由，純就詩行內部的意義，展現在「鏡頭之內」（詩行之間）的藝術性。在每個鏡頭（詩行）的連結、組合，透過鏡頭在時間上前後出現的貼近性（contiguity），碰撞出更多詩的意涵與驚喜，在「形構主義」理論的實踐下，開創出詩語更大的視覺效果。

此外，錦連的「電影詩」，也不只是徒具形式的遊戲之作而已，在「鏡頭」的選擇下，仍然不時透顯錦連深刻的人道關懷，如〈女〉一詩，對青春美好的空寂等待；〈轢〉一詩，將實際的生活體驗，極細部的描繪，使人逼視死亡、黑暗的生存樣態；〈記〉一詩，刻畫街角下的乞丐，在北風下無語地等待。這些畫面的構圖、光影、氣氛，透過錦連的選擇、安排下，成為一幕幕靜默沉思的鏡頭，反覆回憶、敘述著人生中的幾許況味。

四、「符號詩」──意符的變異、隱喻

五〇年代的「現代詩運動」，錦連除了開創「電影詩」的新範式之外，「符號詩」[42]也表現得極為出色，這些日後整理出土，頗具實驗、前衛的作品，對於戰後台灣「現代詩運動」，提供了更多可茲憑藉的「現代詩」體式，若檢視五〇年代台灣「現代詩」正處於摸索、實驗的階段時，錦連的「符號詩」，無疑替五〇年代「現代詩」的形式表現，增加其表現的

---

41 張德本：〈台灣鐵路詩人──錦連的現代美學〉，《台灣鐵路詩人錦連論》，同前揭書，頁77。

42 此節所論述的「符號詩」，採取廣義的界定，詩作若有以各種形式的「符號」，替代文字的部分，而書寫、加強詩意時，皆在本節「符號詩」的圈限之內。

樣式，時至今日，五〇年代的「現代詩」研究，隨著錦連這些「符號詩」的出現，應有更新的討論空間及更準確的研究方向。

「符號詩」最初在歐美發展時，旨在打破傳統、舊有、外部的文學典範，希望回到文學的「本體論」（ontology）[43]，脫離文學本身之外的因素，如社會、政治、文化、宗教的干擾，重新針對「文本結構」（textual structure）予以探討，賦與文學獨立的生命。同時，文學也要擺脫過去只憑浪漫、感性的唯心主張，使文學可以成為一門具「科學性」的學科，在這樣的思維下，從五〇年代紀弦發起「現代派運動」，提出六大「現代派信條釋義」，其中第四條主張，「知性之強調。這點關係重大。現代主義之一大特色是：反浪漫主義的，重知性，而排斥情緒之告白」[44]可見，當時，如何將「現代詩」帶到冷靜、知性、計算的創作之途，而非漫無邊際的主觀情懷，是「現代詩」摸索之初，備受關注的焦點之一[45]。也在這樣的詩論影響下，五〇年代已受過日本「現代主義」詩學習染的「跨越語言一代」詩人，如詹冰、林亨泰、錦連等人，會起而效尤，提出具前衛性、現代性、實驗性強的作品，是不難推知的。

這恰與俄國形式派代表什克洛夫斯基（1893～1984），要求藝術必須講究「程序」的思維相仿，什氏認為「程序」中，

---

43 所謂「本體論」（ontology）「本是一哲學名詞，蘭色姆把它引入文學研究，主要是為了說明文學特異性。他認為道德論、感情論、感覺論、表現論都不能恰當地說明文學獨有的性質，只有把作品作為本體才能真正地說明文學」（參見方珊著《形式主義文論》，同前揭書，頁178）

44 《現代詩》13期，1956年2月，頁4。

45 然而檢視五〇年代的作品，在理論與實踐的表現上，仍是有所落差的。如古遠清《台灣當新詩史》（台北：文津出版社，2008，頁304）提到：「不僅理論上，紀弦的詩作也沒有足夠的前衛性，和他的「主知」主張不一致。……就是那些跟紀弦靠攏的人，也不可能因加盟「現代派」脫胎換骨，在一夜之間就寫出「知性」的詩。他們大多數對現代主義的本質與精神均缺乏深刻的認識，無論在氣質上和藝術追求上彼此並不一致。」

最重要的是「反常化程序和難化形式的程序」[46]，如此可以避免題材、物象的單調性與庸俗性。換言之，五〇年代的台灣詩壇，對「陌生化美學」的關注，透過「跨越語言一代」詩人的實踐，正開啓了「現代詩」創作的新局面。

錦連的「符號詩」，跨越了詩「形式」的局限，加入許多實驗的符號元素，使詩文本的具有異常性和不合語法性，讀者必須打破平時對字詞的依賴或慣性，而積極創造詩文本的意義，同時，他要對整首詩的語言及文化框架，要能重新再編碼（recording），換言之，「詩人創作和詩歌發揮作用時，就是要抵制習慣感知模式、習慣思維模式和習慣話語模式這三種系統的慣性」[47]。以下錦連的〈火車旅行〉（頁324-325），即是透過符號的排列，隱喻、加深所要言詮的生命觀照。

〈火車旅行〉

疾馳的
黑色原木

裸露的
╳
╳
╳

---

46 方珊：《形式主義文論》，頁50。而什克洛夫斯基所謂「藝術即程序」的理念，主要表彰如何使作品具有「藝術性」的總和，換言之，「程序不僅僅是手法或技巧，因爲在形式派看來程序是指使作品產生藝術性的一切藝術安排與構成方式，這包括對語音、形象、情感、思想等材料的選擇、加工與合理安排；對節奏、語調、音步、韻律、排偶的精心組織，以及詞的選擇與組合，用詞手法、敘述技巧、結構配量和布局方式等等，總之一句話，凡是使材料變形爲藝術品的一切方面都可稱之爲程序」（參見方珊《形式主義文論》，頁49。）

47 （美）羅伯特·司格勒斯（Robert Scholes）著、譚一明審譯：《符號學與文學》，台北：結構群出版社，1989，頁65。

×
×
×
穿過舞孃們的胯襠間
●
命中標的
○
穿過標的
指
向
寬
廣
的
長
長
的
一
條
線
↓

　　詩中以黑色原木的火車頭在鐵軌上疾駛，帶動整列火車向前邁進，穿過「●」黑暗深邃的山洞，象徵男性陽剛有力的陽具，「穿過舞孃的胯襠間」，進入到女性陰柔幽深的陰道，觸動人類最深的靈魂深處，開啟生命的律動，展現一種原始生命的媾合與完成，當「○」火車奔馳穿越山洞，在長長的直線指標指引下，邁向寬廣、漫長的生命方向，一切人生的困頓、挫折，在原始生命的蘊育後，找到了存活的力量及生命的出口，因為，現實人生中，「生」的極致是「死」，「死」與「性」

並置後，常是「愛」和「重生」另一次元的轉喻。因此，詩中對「性」的刻劃，其真意在於，背後的「生」。由於，整首詩在形式與內容上，達到高度的和諧感，因能擴大「符號詩」的表現層次，使「符號詩」的內涵，有多重的意義互涉，不像一般「符號詩」，只重視形式的安排而太過於乾澀、簡約。此外，符號也常使靜態的描述，轉化成動態、具體的感受，如〈化石——給Kin〉：

尖銳的
　　一支細長天線的神經周圍
　我的風景
　　失去了重心而靜悄悄地在移動著
　　　　●
　　　　●
　　　　●
　　　　●
　　　　●
　悲傷達到飽和
　　我變成了化石

　　　　　　　　　——《守夜的壁虎》，頁310-311

　　在連續五個「●」的排列後，將上句「失去了重心而靜悄悄地在移動著」的動態感呈現出來，使心情的變化具體可感，而最後心情如「化石」一般枯硬、澀冷，也與「●」的形象一致，「●」的意符含括內外兩層，既是內在心情的變化過程；也是心情最後的結果。除了對整首詩的結構設計安排外，錦連也喜用獨白的方式，同時也常以括弧旁白或「……」的方式，例如〈布魯士舞曲〉（《守夜的壁虎》，頁364-365）以五組

相同的句構，兩兩相對，意示共舞的姿勢，每組詩句，分別用「／……還有」排比而成：

> 數不盡的時間的腳之並排
> 　　　　　……還有
> 熟人和不相識的人與熟人和不相識的人
> 　　　　　　　……還有
> 終於向花蓮港出發的心願和蝴蝶
> 　　　　　……還有
> 和薄幸又幸福的死去的發明家熱烈握手
> 　　　　　……還有
> 被遺棄於遙遠地平線盡頭的大海的倦怠
> 　　　　　……還有

而整首詩的形式上，利用句尾的「……還有」，加強舞池中紛雜凌亂的人彼此相互交錯著，加強語言文字的限制、簡略，所造成的詩意不足。這顯示他因跨越語言困難，在有限的詞彙中，如何充分表現內心細密情感的難處，因此，他以省略、簡約的方式，增補未盡之言，正說明他在語言使用上的挫折與感傷。但相對而言，這也造成詩在形式上的特殊安排及表現，猶如中國山水畫的留白，所謂「言有盡而意無窮」，增加作品的餘韻。如〈寂寞〉（《守夜的壁虎》，頁328）：

> 感動（因血球群濃縮所引起的心臟之負荷）
> 淚水（過剩的水分之溢出）
> 綠色（色素沉滯的結論）
> 愛情（生理性的欲望和傳統性的美化作用之製品）

> 今天我感覺寂寞
> 　　如同存在徐徐地在落在溶解般
> 　　　　　寂寞

　　錦連的詩向來以明晰、冷硬的風格著稱，如陳明台分析其詩，說他是：「硬質而清澈的抒情」詩人[48]。此詩雖是描寫內心一種無以言說的感受；但詩人卻極簡地抽取人內在許多情感反應加以羅列，在括弧中冷靜、知性地分析每一種反應的內在原因。表面上人的情感流露，似乎只是生理反應而已；但人存在即有生之哀愁，「寂寞」即是人存在的普遍性情感，在血液中流動的「寂寞」不時會滲透而出，使人感到生命的寂寥。此詩如同錦連在〈蚊子淚〉一詩所展現的意涵：「蚊子也會流淚吧……／因為是靠人血而活著的／而人的血液裡／有流著『悲哀』的呢」（《錦連作品集》，頁9），人共同的「悲哀」之感，藉由蚊子吸人血，而突顯出人存在的本質性。詩的最後一段，可以看到詩人易感敏銳且對美耽戀的心，詹冰曾在其詩集《綠血球》後記中說：「追求美的時候，我的血管裏彷彿在流著綠血球。」[49]「綠色」、「愛情」連結「寂寞」，正是詩人善感、多愁的一種特質表現。

　　另外，〈搬家的家當〉以外在的「符指」（Signifier），加強讀者的「視覺性」之外，同時，又隱喻內心的意指（Signified），兩兩相互並時共構，碰撞出現實人生的哀愁：

　　以M
　　和Y

48　陳明台：〈硬質而清澈的抒情——純粹的詩人錦連論〉，《台灣文學研究論集》，台北：文史哲出版社，1997。

49　詹冰：《綠血球》後記，笠詩刊社，1965，頁92。

和g的
亂七八糟的姿態
　有個男子靜止（睡著）不動

《假設》……如果車子突然停了
　　　　體積過大的這些家當
《預測》……會解體而分離散亂吧

——引自《守夜的壁虎》，頁326

　　首先，詩中以「M」、「Y」、「g」三個符號，象徵搬家時，各式各樣的家當橫置錯放，造成堆疊凌亂的景象。有個男子，或許是這個家的男主人，抑或是搬家工人？總之，因疲累而靜止（睡著）不動，詩的前段，客觀冷靜地刻畫「所見之物」及「所見之人」，後段，轉而進入內在的思維層面，《假設》、《預測》，「如果車子突然停了／體積過大的這些家當」、「會解體而分離散亂吧」，映現之前靜止（睡著）不動的男子的內心世界，「家當」正是構成家的象徵物，現實中家庭沉重的負擔，正透過家當的重量隱喻，使得詩前段的「視覺性」，外延其表層的意義，而內擴其深層的意義，而加強詩的情感效度，沈謙曾在論及〈試論圖象詩的體式結構作用〉中說到：

　　體式建構是圖象詩的根本詩點，它增加了詩人情感的傳遞途徑，豐富了詩的表現力，以調動讀者的視覺感官，讓讀者通過「看」，詩的表層圖象達到理解詩的深層內涵。[50]

50　沈謙：〈試論圖象詩的體式結構作用〉，《四川大學學報》，哲學社會科學出版，1999年第1期，頁55。

雖然，沈謙這段話是針對「圖象詩」而言，然若就「視覺性」的作用來說，其效用亦是等同於對「符號詩」的，兩者都利用「視覺」效果，傳遞內在的情感，且打破外在視覺表相的拘限，挖掘詩的深層內涵。

綜上所述，錦連早期具形式主義的創新之作，或因時代風潮的影響，或因語言跨越的困難，而有不凡的表現，除了在形式別出心裁之外，更重要的是，他並非只耽溺在形式的遊戲之中，反而利用形式去加強內容的深意，提高形式與內容的表現層次，呈現對生命的一種深厚觀照。這樣的作品，放在五○年代台灣「現代詩運動」的脈絡來檢視，與目前常被人論及的作品，如林亨泰〈風景〉、詹冰〈水牛圖〉、白萩〈流浪者〉等，可謂毫不遜色，同時，這些作品也可豐富五○年代台灣「現代詩」運動發展的面貌，使台灣「現代詩」的表現，有更多不同的詩例可以加以豐富五○年代的詩史論述。

五、結論

錦連五○年代的「形構之詩」，令人驚豔的是，在詩的形式開拓上，替台灣早期「現代詩運動」注入許多新的元素，特別是「電影詩」與「符號詩」的寫作，使早期「現代詩」具實驗、創新的風格，可以更加強其論述的內容，豐富「現代詩」寫作的精神與意涵。五○年代，這些具有「前衛性」與「現代性」意義的詩作，不僅翻轉了戰後「反共詩」的制式與單調；同時，也替「現代詩」的形式美學打開多元的管道，使詩人在這樣的時代氛圍下，可以純然就文學的「本體性」、「內在性」進行思索。

然而，錦連又不僅是追求空洞的形式而已，從他對「現代詩學」的理論探求，可知他透過日文的閱讀，早已涉獵許多前衛的現代詩論，奠定「形構之詩」的理論基礎，與純就新

穎、奇異的形式追求的詩作有異。這也使得錦連這些「形構之詩」，在「形」與「意」上有較好的結合，不致使形式凌駕在內容之上，而造成詩意單薄化。

從錦連「電影詩」的表現，可以見到，五○年代形式風格的創新，將詩句轉化成一格格的「畫面」，透過「畫面」之間的組合、連接，展現詩的豐厚意涵，同時，在時間與空間的互涉之下，衍生出多重的意義，這樣的表現法，也打破原本傳統的線性敘事結構，而釋出更多的想像空間。因錦連的實驗詩作，具有理論的支撐，因此，這些「擬」畫面的詩作，往往又不會只是一種「形式」的實驗而已，而是具有深厚的生命觀照，如〈女的記錄片〉、〈轢死〉、〈記錄〉等詩。另外，「符號詩」則透過簡約、省略的意符，取代文字的直接詮解，將「意符」化為客觀的代數、幾何圖式、符號等，這也是利用「看」的效果，深刻地展現詩的內在情感，透過符號的變異、隱喻，達到詩的文本的厚度，使詩的美學形式，可以推陳出新。

若將錦連「電影詩」、「符號詩」的作品，置於五○年代的歷史脈絡中，對比單一、沉悶的「戰鬥」、「反共」文學，以及「現代詩」的寫作，仍處於實驗摸索的階段時，無疑地，錦連的「形構之詩」，在「五○年代」及「現代詩」的意涵下，都展現出不凡的「前衛性」與「現代性」意義。

最後，值得玩味的是，錦連五○年代實驗性極高的形構詩作，到了六○年代中期後幾乎輟筆不寫，其因為何？除了回到「笠」具本土派詩風的社團外，若就詩的創作本質，那些頗具實驗精神之作，與他後來六、七○年代的作品，如〈挖掘〉、〈龜裂〉、〈操車場〉等詩質綿密，思考典重的作品相較，是否仍無法展現詩人內在繁複的詩意及思想，使錦連在六○年代中期後，會停止「形構之詩」的寫作；抑是，他在中文能力逐

漸增強後，對語言的掌握較能從心，以更多的語言文字，來承載他內心的詩思，而非簡單的符號或形式可以達成？這些問題，或許都是日後可再深究的議題。

錦連詩創作前後期的比較

岩上[*]

別人在痛苦中沉默不語，神給我啓示，叫我説出煩惱。

——莎士比亞

語言不只是人所擁有的許多工具中的一種工具；唯語言才
提供一種置身於存在者之敞開狀態中間的可能性。唯有語
言之處，才有世界。

——馬丁·海德格爾

一、前言

　　如果詩是表現詩人生命的感受或對命運的詮釋，往往第一
首詩即能預感詩人一生的詩學歷程和命運的趨向。

　　詩人錦連的第一首詩〈在北風之下〉發表於一九四九年，
詩中景場描述作者在屋頂上嚮往碧藍的天空，但北風吼著吹過
來，在灰色的陰影中，「帶著莫大的悲哀」。詩末三句寫著
「完全是一雙認命的寂寞眼神／分外明亮的天空啊／你究竟在
思索什麼」。這首詩明顯地表現了一九四八年二次世界大戰
後，日本遣返與國民黨政府陸續來台，時代政局變遷交接的險
惡環境下，如北風冷酷的嚎吼。「你究竟在思索什麼」？這是
對人生前途茫然的提問，那時錦連二十一歲。六十年後，二
〇〇八年二月，錦連在《入暮——父親忌日》[1]一詩裡，其中
有這樣的語句：「不知何故我感到陌生的孤寂／我將往哪裡走

---

* 　詩人，《笠》前任主編。

1 　該詩發表於《文學台灣》2008春季號，文學台灣雜誌社。

呢？／命運是什麼？」

錦連前後整整一甲子的詩歷，孤獨和對人生的思索與提問，一直是他作為詩人基本的調幅。孤獨的影子，心靈的孤寂感一直伴隨著詩人的詩歷前進。應該說祇有孤獨的心靈才能貼近詩的本體；還是詩是一種心靈孤寂顫慄的火光？詩人在那火光閃耀的引誘下支撐一份對詩神擁抱的痴戀。也只有對人生存在的迷惘不斷地提問，才能敏感地發現詩虛靈的奧妙所在。那麼答應呢？

詩是對世界的一種感情態度，重要的是經驗的感悟，不是給出答案。而詩的歷程腳印，是詩人存在的紀錄。

二、前後期創作的分界

錦連從發表第一首詩到現在前後六十年，共出版六本詩集。《鄉愁》[2]、《挖掘》[3]、《錦連作品集》[4]內容有重覆作品，三本共實得詩八十一首。《守夜的壁虎》詩集分中文、日本兩種版本二冊，收錄一九五二年至一九五七年的詩作二百七十一首，原文是日文，後自譯成中文。其中一部分收錄在《鄉愁》和《挖掘》裡。二○○二年由春暉出版社印行。《海的起源》二○○三年四月初版，收錄九首六○年代以前作品，其他的寫於一九九四年以後，全部一百○六首。《支點》是日文詩集有部份譯成中文列入前述的詩集裡。以上六本詩集作品總數量四百五十八首，除去日文詩以中文發表的不到二百首。

從《文學台灣》46期（二○○三夏季號）到日前64期（二

2　《鄉愁》錦連第一本詩集，收錄詩29首，1956年8月15日新生出版社。

3　《挖掘》詩共56首，其年包含《鄉愁》26首，實際只30首。1986年2月，笠詩社。

4　《錦連作品集》共收入詩77首，包含《鄉愁》26首，《挖掘》29首，實際只有22首。所以三本詩集合計實數共81首。

○○八春季號）每期固定有詩二首發表共三十六首。最近筆者與錦連先生通電話，他說尚有四、五十首詩未發表。如果固定每期在《文學台灣》發表二首，該刊一年四期僅得八首詩，要把目前存稿發表完，就得五年之久，所以錦連可說是產量少的詩人。

「錦連活躍現代詩壇大概自民國四十三年至六十年，自此之後，他甚少發表詩作」[5]。七○年代中和八○年代上半葉，錦連幾乎沒有發表作品，創作停頓約十年之久。一九九四年以後，作品再陸續不斷出現，這些年詩作幾乎全在《文學台灣》發表。

由於錦連詩的創作歷程，在七○、八○年代之間長期的斷層；又五○、六○年代和八○、九○年代及之後前後的詩壇環境與景象也有很大的演變；加上詩人年齡的老化，面對政治、社會、經濟等現實狀況變遷，思緒與詩想有相當多的調整與變易，所以把錦連詩創作歷程分成兩個階段，就是五○、六○年代歸於前期，八○年代中葉之後爲後期。筆者曾於〈錦連詩中的生命脈象訊息與意義〉[6]一文，依前後期劃分以錦連創作前期作爲探討範圍，論述錦連詩創作前期的時代背景，詩作表現的特徵及其意義。

本文將再識見前期作品及其現實經歷背景與後期詩作，作爲比較探討詩人的詩作內涵與詩藝，是爲本文論述的重點。

三、前後期生活背景

錦連一九二八年出生於彰化。一九四一年十二月日本突襲珍珠港，太平洋戰爭爆發美國對日宣戰，台灣捲入第二次世

5　見張默〈現代詩壇的瀕況錄（上）〉刊於《文訊》月刊25期1986年8月。
6　2004年11月7日眞理大學台灣文學系主辦「福爾摩沙文學·錦連創作學術研討會」，此文即爲其中一篇發表的論文。

界戰爭的漩渦。一九四三年十一月廿五日美軍首次飛機轟炸台
灣新竹空軍基地，一九四四年一月起美國軍機則全面轟炸台灣
各地。那時錦連十七歲，正值愛好文學，敏感的年齡，國民黨
政府接收台灣，二二八事變發生，實施戒嚴，台灣進入白色恐
怖的長期禁錮的年代。這些天大地大的時代悲劇都嚴重衝擊著
當時每個台灣人，錦連詩作的潛在原型，幾乎無法抹殺這些時
勢陰影。去年錦連在一次詩作品合評會時說：

> 我要先講我的困境，我出世就是日本人，無法清楚自己的
> 國家歸屬，一直用日文創作，在戰後，禁用日文發表，創
> 作工具不見了而使寫作停頓。因為我讀得懂日文詩，當年
> 彰化圖書館的日文詩書籍都是我借的，我加入「銀鈴會」
> 一年後，因為四六事件，逃的逃，就散了。我是在火車站
> 內電報室工作，很封閉。那時的經濟崩潰，治安很差，空
> 襲時，我在那裡。疏開時，東西沒得吃。進入戰爭時，台
> 灣人要當兵，火車站是都市的大門，看盡悲歡離合……。[7]

錦連在創作前期的三本詩集裡，作品中充滿著：悲哀／鄉
愁／流淚／夢想／哀傷／死亡／哭泣／恐怖／寂寥／孤獨／憂
鬱／寂寞／淒涼／空虛／失落／迷失／啜泣／瘋狂等語彙，可
以明顯看出時代的遭遇給年輕詩人帶來的苦悶、寂寞、孤獨和
焦慮感。

從另一面的事實來講，在戰爭與戰後種種台灣人不幸的接
縫裡，錦連卻幸運地逃過二次實地參與前線戰爭的災難。一次
是因為他少幾歲差一點而沒被日本徵召到南洋作戰；另外一次
是一九四六年國民黨政府接收台灣第二年，以欺騙抓丁的方式

強押當時十八、九歲台灣戰後失業的青年，到中國參加國共內戰，共有二萬多人，劫後餘生者僅存八百多人[8]。以當時錦連十九歲年齡又不是富家子弟更不是取得政府資源者，因他那時已在鐵路局電報室工作而逃過一劫，否則我們將會失去一位台灣唯一的「鐵路詩人」也說不定。

除了時代衝擊下的社會共同焦慮，對錦連一生最大的考驗是語言的重新學習。

其實一位詩人，一生的奮鬥都在突破語言的障礙，從語言的生疏到熟練，或語言的再學習。

詩是一種原初的直覺，用語言的觸鬚去感觸。如同幼兒對世界初識學習語言去表達和學習另一種語言，在未成熟之前都同樣有詩的不確定跡象。

語言成熟之後，原初的感覺就消失，在創作詩的時候必須再次以暴力來破壞熟爛了的語言，才能創造新穎的作品。

「跨越語言一代」的本省作家，都經歷過一段語言切斷臍帶而重新再造的陣痛。筆者曾經問過連錦在七〇年代至八〇年代前段停止創作的原因，他說有感於日文詩作無發表的園地及中文操作使用的不夠熟練，那期間潛心專注讀書。語言的障礙和再學習可說是肇使錦連創作前後期的分水嶺。

錦連和同世代的作家詩人一樣，經歷的不只是國族的變換，國家認同的困境，更嚴峻的是語言的使用以及與語言直接相關的文化鄉愁。

海德格爾說：「唯有語言之處，才有世界」。我們也可以說唯有詩的存在，才有詩人。而詩人的存在必需不斷地超越過去了的自我語言的圍限。

經過了數十年自我學習與自我訓練，錦連創作後期中文

8　見岩上詩集《更換的年代》〈隔海的信箋〉一詩的註。該書2000年12月春暉出版，頁225。

的程度已相當流暢高明，作為一位詩人早已無語言障礙的顧慮了。所以後期錦連的創作，已達到揮灑自如，喜怒哀樂皆可成詩的境地。

而值得一提的是後期錦連個人生活的移動、住所的遷徙與政治、社會的變景也直接影響而刺激詩人寫作的提擬境況。

一九八二年錦連五十五歲自鐵路局退休，是工作束縛的解放，一九八七年戒嚴三十九年解除，是精神禁錮的解放。一九九八年退出《笠》詩社，同年遷居高雄鳳山，是另一層面的釋放與新環境的接觸，產生新感覺，蛻變詩思考的契機與差異性的再生。

後期詩創作與前期的無形對抗力，已大大擴展了詩的面向與視野。而詩人的孤寂感與對人生的提問探索，卻依然存在著！

四、詩觀

一般來說詩的創作都在未有明顯確定個人詩觀之前就開始，然後一方面修正詩觀一方面創作。對詩學有特別強烈進求的詩人，甚至大發鴻論發表詩論。因而有的創作和詩觀詩論很一致；有的詩論是這樣，詩創作卻是那樣，涇渭不一。

（一）創作前期的詩觀

錦連並沒有在很多地方發表他的詩觀，在創作前期階段裡，有二次表達對詩創作的看法，都是重要的資料。因為他意簡言賅的詮釋，正是他詩創作的動向與意涵的解說；更是他詩觀原點輻射的亮光。

1.〈笠下影〉錦連詩觀：[9]

9　見《笠》詩刊第五期1956年2月15日出刊。

我是一隻傷感而吝嗇的蜘蛛。

（1）傷感——對存在的懷疑，不安和鄉愁，常使我特別喜愛一種帶有哀愁的悲壯美（當然也不妨含有一寫冷嘲和幽默的口吻）。

（2）吝嗇——我珍惜往往抵用了一次就容易褪色的僅少的語彙（身上錢既少，就不許揮霍的）。

（3）蜘蛛——爲了捕捉就得耐心等待（並非等著靈感的來感）。

「我是一隻感傷而吝嗇的蜘蛛」這是一句有待解說隱喻性詩觀的告白，三個交叉支點，錦連都有自我解說。不過我們還可以再依此三個立向，各做兩個層面的析說，則更能清楚詩人的詩觀與五零、六零年代詩做相附和的樣相。

「傷感」的悲壯美是錦連創作的策略；另一面時代背景的現實人生悲情，刺激詩人「對存在的懷疑，不安和鄉愁」的詩興，是研究錦連創作生涯不能忽視的課程。

「吝嗇」除了詩人用「極少的語彙」寫出當時幾乎都是簡短的詩章外；另一個含意，是對新語言接收的能量還有限，而不得不如此的現象。

「蜘蛛」除了表達「耐心等待」捕捉詩的靈感外；另一層面意思：蜘蛛的吐絲如詩人的吐詩，是生命感受嘔出心血，才能結網詩吟。

概略的說：「傷感」是詩的對待心情；「吝嗇」是詩的節制態度；「蜘蛛」是詩的方式表現。

2.《美麗島的詩集》錦連的詩觀[10]：

「我對寫詩沒有什麼特別的動機。也許少年時代的過剩的傷感、自憐、多病、害羞、孤獨和遠離家鄉等等，以及光復前

10　《美麗島詩集》，笠詩社，1979年6月。

後的迷失和彷徨，使藉讀書逃避現實的我，不知不覺地誤入了寫詩的迷途。因光復前就在鐵路局工作的關係，始終沒有機會正式在學校讀國文。因此現在仍然拙於造詞砌字。故我不得不珍惜我懂得極少的語彙去謹慎的安排作品。我一直處於一方面羨慕那些文法嫻熟，語彙豐富的人，而一方面有點惋惜他們對詞藻的幾乎是揮霍的一種矛盾心理中。我沒有偉大詩人輝煌多彩的經歷，祇是個極為平凡的想要寫詩的人。因此我願在平凡的生活現場中，用平凡的語彙寫出忠於自己的，同時也包括對我們生存的環境表出一些批判性、諷刺性，甚至是逆說性的東西。」

這段自我告白式的詩觀，和前項所述有一些補充說明，但在語言使用上，已注意到語彙稀少與豐富在詩的創作上產生的矛盾，和指出以詩的批判性、諷刺性來指向生存的環境。這些已可看出錦連創作理念，在視野與態度上有了某些釋放的契機。

（二）創作後期的詩觀

錦連創作後期，並沒有明顯再提出詩觀的新看法，他的詩觀融入在他的詩作裡。以詩論詩，錦連說《海的起源》詩集中〈「詩」的隨想〉裡面有他的詩觀。[11]

> 什麼題材的詩／什麼內容的詩／什麼形式的詩／不是都能夠容忍的嗎？／／讓人們的良心感到不安的詩／自慰性自我陶醉的詩／要在水墨山水畫裡當神仙的詩／在生活中猛鬥惡纏的詩／／因愛情至上血液逆流而發昏的詩／無產階級的普羅列塔利亞詩／連自己的存在也想要予以否定的虛無主義的詩／像刮鬍刀片那麼銳利無比的詩／／說是沒有

11　同註7，頁100。

韻律就會導致窒息的詩／揮舞鋒利的白刃而不沾血便無法回鞘的詩／以獎金爲目的一味迎合權勢的詩／從頭到尾盡是惡語咒罵感染熱並抓狂的詩／／自嘲自虐尖酸刻薄的詩／保持柔軟身段阿附權貴的詩／達觀人生認爲不必要的都是有害的詩／揉和文字和麵粉做成拉麵般的詩／排列成蚯蚓般軟癱癱行狀的詩／到底在打盹或冥想中進入禪境都無法區別的詩／沉溺於性幻想而想用精液把世界淹浸的詩／坦言不諱自己爲同志並強調世界虧欠於他的詩／／那本來不就是蠻好的事情嗎？／想讀詩的人／想寫詩的人／早就有寬容的大詩人說他們已經都屬於詩人／／它本身既會留下自己的人生軌跡／其毀譽褒貶也將由他本人承受／他的詩是否會流傳後世或被遺忘掉都只能由時間來決定／至少不會與地球溫暖化或環境污染有關聯／所以／／什麼題材的詩／什麼內容的詩／什麼形式的詩／既不與我們吃飯有關就不必特意去吹毛求疵的吧？

　　此詩逐條式的，如大海吸納百川，例舉二、三十項各類形詩的樣相，而後說「既不與我們吃飯有關就不必特意去吹毛求疵的吧？」，也就是說詩只要不影響「吃飯」（詩怎麼會影響吃飯？因爲詩人不能靠寫詩生活）都可以允許各種不同的內容和表現的方法。如果說錦連的詩觀有所改變，就是他的創作後期已釋放了自我約束而能接納更多寬廣的詩的世界。但同樣收錄在《海的起源》詩集中，另有二首詩，更可以表達他的詩觀，卻回到前期詩的觀點，直蹶蹶地又道出詩人孤獨、苦悶、寂寞的詩觀美學。在〈孤獨〉[12]裡開頭就說「他喜歡孤獨……」之後，列出十六項不同孤獨的舉項，接著一段是：「孤

12　錦連：〈孤獨〉，《海的起源》，春暉出版社，2003年4月，頁116-117。此詩寫於2001中秋，發表於《文學台灣》41期2002年1月春季號。

獨／孤獨是一種熱情／是一種追究／是一種宗教／是絕對的命題」，最末一段兩行：

> 那是唯獨願意爲它殉情的人所擁有的一種美
> 孤獨是詩！

把詩的孤獨當作一種宗教的命題，詩人對孤獨的鍾愛，已不只是喜歡而已，而更是他堅持的美學觀點。

另一首〈我盼望在那種氣氛中過日子〉[13] 可以說對「孤獨」再做深一層的詮釋，其中第二段共三行：

> 詩是從心靈的孤獨中產生的
> 詩是在苦悶中凝視自己時產生的
> 詩是對人類愛的匱乏感到寂寞時產生時
> 　　　　　　　（末字「時」可能是「的」的誤植）

二○○二年錦連已七十五歲高齡，一再表明詩的原點從心靈的孤獨、苦悶、寂寞中產生。一方面可看出他對詩一貫美學的堅持；另一方面也表示人生的孤寂感是他詩作中無法泯滅的詩感基調。可以說詩人在長達六十年詩創作的長河裡，界分的前後有其相當多的差異性，但寂寞、哀愁、苦悶的孤獨詩學況味卻一直貫穿著他詩性的脈流。

五、錦連詩作前後期表現差異的比較

藝術的創造性在於表現作品的差異感；詩的創作也是。差異在於比較和改變，用以提昇自己包括同時代作品的爭競與對抗，這是比較條件下必然呈現的特質，無關乎界線標準以作

13　同註12，頁152-153。此詩寫於2002年8月4日。

為價值的判斷。差異感不一定存有否定的殺傷力，但至少是不再重複自己和不模仿、不再現已經存有的現象，這是一種創作理念的提醒。在藝術的差異感來說，將意味著創作者超越的能耐；否則差異只是一種墮落。

錦連創作歷程長達六十年，既給予分界前後期，必然存有差別的徵候，包括表現技藝形式的改變和內容的牽動。根據詩人作品顯露的差異給予的感受，以下將例舉詩作列示六項加以說明比較。

（一）苦悶的積鬱與心靈的疏放

苦悶與孤寂所積鬱的心緒，轉換為詩思呈現於詩意的脈象肌理，一直是錦連詩作歷程貫穿的明晰現象。

在諸多錦連的詩作裡，或語言率性直陳胸臆，或以迂迴隱喻方式表達，詩人個人心緒的表達不論前期或後期都是重點主題之一。

在呈現詩人苦悶積鬱，感嘆人生孤寂的作品中，託物傳神之作，早期以〈壁虎〉一詩堪稱代表。

> 守著夜的寧靜
> 不轉眼珠的小壁虎
> 以透明的胃臟
> 靜聽著壁上的大掛鐘
>
> 連空氣都欲睡的夜半
> 我亦孤獨的清醒著
> 守著人生的寂寥

——《守夜的壁虎》，頁15

這首詩有著詩人深夜裡值班在電報房工作的實際生活體驗，加上對人生的孤寂感為藉物景抒懷之作。

〈腎石論〉（《守夜的壁虎》，頁17）藉託腎石指呈心緒，「腎石是由鹽份結成的—醫生說／腎石是由憂鬱與悲哀凝結而成的—我想」。

在〈我〉（《錦連作品集》，頁14-15）一詩裡，「我很著急……／我很痛苦……／我很害怕……／我很煩惱……／我因孤獨而快要發瘋了」，以四節不同面向，直接表達「我」的心緒。

〈我的病〉（《錦連作品集》，頁25-27）指呈的也是詩人的心病，個人的哀愁與孤獨，所帶給自己的傷痛。

在錦連創作前期裡，孤寂、苦悶的傷感，純屬個人感觸，詩想由個人到個人積鬱的凝結。在詩作裡所呈露的除了憂鬱還是憂鬱，當時年輕的詩人，沒有鬱結出口的管道。

後期，同樣的主題所表達的卻是完全不同的想法和內涵。

〈孤獨〉[14]一詩，其中一大段如此寫著：

但他卻喜歡孤獨／天才的孤獨／俠客的孤獨／隱士的孤獨／喧譁中的孤獨／獨居者的孤獨／權利者的孤獨／異端者的孤獨／暗殺者的孤獨／殉道者的孤獨／絕望者的孤獨／傲骨者的孤獨／背德者的孤獨／不妥協者的孤獨／獨來獨往者的孤獨／堅持大是大非者的孤獨。

雖然作者指出很多項的孤獨，但已經不是在宣洩個人孤獨感的情緒，而是指稱孤獨者的現象是「一種熱情／是一種追求／是一種宗教／是絕對的命運」。這個命題是錦連「願意為它

14　同註12，頁166-188。

殉情的人所擁有的一種美」更重要的是「孤獨是詩！」。錦連轉移個人情感苦悶的積鬱，釋放了他的悲情，將孤獨感提升爲宗教，也成爲獨特的詩觀。

「孤獨」這首詩，以直賦陳述的方式表達。「花」[15]這首詩看似詠物，實則不描形寫狀，仍是託物抒懷，其中兩節如下：

> 那些花成爲我生命的一部分
> 濕潤我的心成爲一種慰藉
> 從腐敗墮落的世界解放我
> 撫癒我心靈的創傷
>
> 我把它叫做「詩」
> 它成爲我的眷戀
> 我的執著和喜悅
> 終究變成我的信仰甚至是宗教

從花的意象移位到詩，成爲宗教的信仰，是一種慰藉、眷戀、喜悅的詩想轉移與執著。詩人疏放了過往苦悶的積鬱，詩已成爲他的宗教，也是心靈安放的場域。

甚至詩人已不再單單圍囿於個人孤獨寂寞的心獄裡，而把從孤獨寂寞時產生的詩，擴展到「詩是對人類愛」，希望〈我盼望在那種氣氛中過日子〉[16]，那種氣氛就是孤獨感。前期詩作的孤寂感是個人感性積鬱的呈現；後期的則是一種詩觀知性的詮釋。

15　同註12，頁127-130。
16　同註12，此詩第二段，頁152。

（二）言語的拘謹與自如揮灑

一九七○年代至八○年代初，錦連停筆創作逾十年，他曾謙虛地表明是因有感於中文操作使用不夠熟練。錦連在日治時代接受的教育使用日文，早期寫詩也用日文，中文是戰後靠自修完成。的確，如果與同年代來自中國的詩人作家相比，錦連那一世代「跨越語言」的詩人作家在使用中文書寫是有些怠滯和不夠熟練。那是時代運命所造成，非個人怠惰之過。

錦連早期的詩作，難免有些語言使用的拘謹和生澀。例如其代表作之一的〈蚊子淚〉（《挖掘》，頁8）全詩只三十個字加二個標點符號，末段兩句「而人的血液裡／有流著『悲哀』」的呢」，其中末句，的確拗口不流暢，應該是日語語法轉譯所造成的。

〈石碑〉（《挖掘》，頁12）詩前段：「石碑是乾淨的／古老的面容上／我找不出些時間的繼起」，在三句的接連和末句的語法，以中文來說是不夠流暢的。

又如〈檬果〉（《挖掘》，頁9）一詩中末句：「隨著汗水而滲出的有色人種的鄉愁與夢」，語句冗長和詩中的語調不搭配，都是語言使用上有待講究的一些瑕疵。

錦連是《笠》詩刊創辦人之一，早期《笠》的作品曾遭受不少惡意的批評，其中一點就指《笠》的詩語句不夠流暢。其實這是時代的傷害，應可原諒的。但新世紀以來東大圖書公司編的「高中國文」課本教師用書補充教材資料介紹《笠詩社》時，乃指出「語言未至圓熟」則有欠公允和顯示編書者不夠用心，僅使用舊有早先的資料未再評讀台灣現代詩發展的現況。

不要說新一代的詩人語言已非常流暢成熟，就是錦連同代的詩人們，在語言使用上也揮灑自如，甚至詩藝臻於高峰。

後期錦連的詩作，早已甩掉語言拘謹的腳步，不僅詩語言

流暢自如，詩的題材內容，更是海闊天空，任我遨遊！

英國重要評論家考德威爾在《幻象與現象》一書第一章〈詩的誕生〉裡說：「好的詩作可能出自相對而言尚未成熟的人之手」[17]。這說明詩的原創性與初民的語言是深具詩性意味的。

詩的原創性具有語言不夠流暢的特質，語言太過遛口順暢反而失去詩性的新鮮感。錦連前期作品，詩質濃厚不能排除語言不夠流暢所營造的新鮮詩味。他後期的詩作，語言非常流利，嬉笑怒罵皆可成詩，就詩質來說，並非每首都是精品，所以語言是決定詩作成敗最重要的利器。

（三）畏縮心態與放膽批評

詩人唯一能掌握的權力就是寫詩，詩的武器在於尖銳的語言。把詩武器刺向自己，就是無遮攔的內在世界的裸裎；把詩指向外在世界就是嚴厲的社會批判。

如果詩人畏縮，不敢行事，就會把利器收藏起來。

早期錦連在詩裡，處處表現自我的畏縮，不敢任意揮動詩劍，指向外在困厄的現象，除了自感擁有的不多（包括中文語彙的使用）與個性保守外，外在生存環境因戒嚴而長期被思想禁錮才是主因。

錦連以「我」為題目寫過兩首詩，都自稱我是「偽善者」。第一首〈我〉全詩如下：

疲憊之極
我倒在床上而哭泣

我的淚球

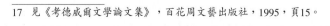
17 見《考德威爾文學論文集》，百花周文藝出版社，1995，頁15。

渗透了感傷的核心

我——

我是個天才的僞善者

——《挖掘》，頁13

　　這首詩除了呈現畏縮而躲在床上哭泣的現象之外，並無成爲「僞善者」的外爍或內斂的原因。這是如佛洛依德心裡分析所謂的壓抑作用所造成，如果不了解作者的生活或時代的背景會誤以爲是「爲賦新詞強說愁」的少年愁緒的無的傾訴。其實這首詩在於表現作者因不敢，不能洩漏眞情而畏縮僞善的心態。另一首〈我〉直接表露「我是個性懦弱的人／我是個徹底矛盾的人／我是個天才的僞善者……」（《錦連作品集》，頁15）。更帶有自殘以宣洩苦悶的意味，懦弱、矛盾、僞善表面是畏縮的語意，弦外之意有反諷的作用，呈現那個年代詩人的無奈。

　　後期作品，錦連禁錮的心靈解放了，像疏開流通的河渠，詩思的活水洩洪般潮湧奔流。詩人心理由畏縮不敢言說，轉變爲敢說敢言，言語原先迂迴曲折多所保留，之後則直沖無礙，語調批評中帶諷刺。例如〈時代進步了〉（《海的起源》，頁29-34）：

　　因爲時代進步了／／所以現在：『三個字的比兩個字的多』：／指揮官比士兵多／總經理比經理多／作文家比作家多／作詩家比詩人多／學問家比學者多／愛國者比烈士多／於是整個社會構造也變了／上層結構就衍生了：／『ＸＸ』議和團／『本土』火雞派／『文壇』膨風黨／『看人』熬油幫／／下層構造自然也有了：『鬥魚』異己組／『招軍』買馬組／『結黨』成群組／『暗中』較勁組

／『笑裡』藏刀組⋯⋯這是厚顏無恥的時代／⋯⋯這是眾人把良心拋給野狗啃食的時代⋯⋯。

此詩到後段像喊話的直接宣昂口氣，是前期作品所未出現的語調。這首詩指對整體性時代、整體社會的批評，對單項社會現象的批評如〈為時已晚？〉（《海的起源》，頁36-37）：

每逢颱風侵襲　大地就激烈發作而悲鳴不已
山崖崩塌　土石流淹沒民宅　住戶慘遭活埋
道路寸斷　橋樑損毀　人畜被沖走
大官小官趕來　民代頻頻出現災變現場
媒體蜂擁而至　爭先恐後伸出麥克風

這首詩共廿三行分五節，在此僅錄其中一段。此詩寫台灣每年都有的颱風災情，諷刺批評大小官處理災情的方式只在為個人作秀，無心真正防治災難。外現直描，內感也直陳，看不出任何語言的委婉或遮攔，這種直接刺破社會現象瘡膿與直接語言的表現方式，是錦連後期創作慣用的手法；就是託物詠懷，語言脈絡也不轉折，再如〈石碑〉（《海的起源》，頁41-42）：

最大的撒謊者
說著最漂亮的話
並且
竟然也把它刻在石碑上！

最怯懦的偽善者

扮成最高貴的聖人
並且
竟然也把它刻在石碑上！

最卑賤的騎牆派
喊著最激昂慷慨的口號
並且
竟然也把它刻在石碑上！

最酷愛勳章的人
常吐出恬淡無欲的言詞
並且
竟然也把它刻在石碑上！

　　台灣充塞著不少詩中的人物，特別是民意代表或政治人物，此詩以對比的方式呈現矛盾的雙重人格者流，卻在我們社會裡能一致性平穩存在的現象。刻字立碑是何其聖德崇高的敬重行為，我們的社會太浮濫了！不得不讓詩人指責叫罵！

（四）自卑苦悶與詼諧自在

　　行動的畏縮不前幾乎是和自卑的心理聯在一起的，詩人詩中的自卑意志正反映了時代社會重壓下的無奈與無力感。

　　都會的鐵橋下，曾經是五、六○年代由鄉下到都市謀生的苦力，聚集和晚間休睏避風雨的場所。錦連在〈鐵橋下〉（《錦連作品集》，頁32）一詩首段寫道：

彼此在私語著
多次挫折之後他們一直蹲著從未站起來

習慣於灰心和寂寞他們

對於青苔的歷史祇是悄悄地竊語著

人處於橋下已具有壓力感，再加鐵，是雙重的壓迫，詩題已有象徵作用。歷史已生青苔表示不易掀開，不能曝光，在鐵橋下從未站起來只能一直蹲著，不滿「祇是悄悄竊語著」不敢大聲，其怯弱、畏縮、自卑可以想見。

如果詩是由苦悶悲愴壓縮流淌出來的淚光，那些光亮將閃爍詩人詩藝錘鍊的神韻，前期錦連的詩作與悲劇性就蘊含著藝術高超的條件。〈鐵橋下〉一詩，就是實例之一。

當一個人在嚴重的憂鬱狀態下，可能會將原本對外界的恨或攻擊朝向自己，這就是佛洛依德所說的內射作用（Introjection）。而且藉用自我傷害的形象來譴責對方，當然這是一種壓抑所產生的病態結果。詩人藝術家常不能避免病態心理而轉移成為作品。

〈咒語〉（《挖掘》，頁70）以超現實的異化手法寫出，其中兩句：「冰冷的指甲內藏著顫動的悲愁／悲愁的脊樑上刻著咒語」。詩句意象相當峻切而鮮明，刻劃被壓抑成為自伐而無奈的咒語，最後詩末句：「無數無數的眼睛都爆出了眼球」，豈非病態內射作用產生的自傷表現？

早期錦連詩中的自卑、自責、自殘、自慚形穢的意念與詩中的意象，縷縷在詩句中閃爍著悲愁的磷光。〈趕路〉（《挖掘》，頁77-78）則具體明顯呈露了作者自我行穢的形象。「生命被不可抗拒的哀愁的風圈／緩慢而確實地逼向死亡……打寒著向陌生的下一個城鎮趕路／踉蹌地像隻狗」。詩人為趕路把自己比喻為一隻狗，是因為生命被不可抗拒的哀愁風圈所逼迫。這種強烈的自卑形象的詩意表達，在後期的作品裡消失不見了。

一九九四年四月發表於《笠》184期的〈山頂〉，寫詩人佇立在山頂上面對蒼茫的天地，雖仍有本源上的孤獨感但已不再自卑、自責而充滿了自信的希望。「我必須叱訓自己不可停滯不前……不斷地催使我向前走向未來奔……我把夢放在口袋裡已走了六十多年——／這時我哀切的感到我仍然需要有明天」。真的！這十幾年來，詩人寫下了不少差異性突展的詩作，為後期詩的天空揮灑更多的雲彩。

因自信而轉向自我嘲弄，自我揶揄，也是後期錦連詩作的一種特質。〈石膏腳與秋天〉必須全錄，才能呈現全境的詩意。

我把上了石膏的右腳高高墊起
把水泥柱般硬梆梆的腿伸至落地窗

前天清晨
腳趾頭上有高速公路的車群像工蟻般忙碌地在趕路

昨天晌午
淺墨色的雲朵　像綾羅般輕輕輕罩上我的腳脖子

今天傍晚
微微的太陽　停在我腳尖慢慢的烘烤起來

明天何時
秋色漸濃的天空　是否會有驚天動地的事件發生？

這首詩寫於二〇〇〇年，應該是錦連與家人旅遊日本腿傷所寫的作品（《海的起源》，頁77-78）。

腳傷而無任何傷感慨嘆的語彙和情緒。詩在現狀的觀察知性思索中，因聯想移位的藝術處理，而營造出自我嘲弄揶揄的詩趣，不論在手法表現上或詩思的情意上，都褪掉了灰色的意象，而改以較明朗欣悅的色調書寫晚境的生活圖像。

再如「老而不死是為賊」這首詩，語言更為直接而且戲弄自己更清晰。「在路上遠遠看見警察先生／我就會害怕會不會被誤認為宵小之徒……大家瞧瞧！我確實是體能減退腳步跟蹌的老傢伙」。這是什麼時代了，怎會無緣無故怕警察呢？自我揶揄也帶有詼諧的意味吧！這種遇事坦然自如的詩思作品與前期自怨自艾的悲悶之作，差異顯明。

（五）視野侷限與開啟寬闊

錦連前期的作品當然不全部指涉自我，也有觸及現實外相，但外相因有顧慮而致詩意的形象概念化，變成為模糊的文化鄉愁。且多數作品自我著相影深，所以兩相比較，前期視野也較狹隘局限，後期的作品指涉的面向多樣而寬廣。當然這與九〇年代以來台灣多元的社會現象影響有關，錦連詩的觸覺也多層面且意向更為明晰而有質感。

前期的作品如：〈修辭〉、〈三角〉、〈歌頌〉、〈夏天〉、〈關於夜的〉、〈影子〉等，甚至以電影手法表現的〈女的紀錄片〉[18]，在詩意與意象之間去除潤滑的交感反而成為模糊的單薄面，失去針砭的下針焦點。

後期詩作如：寫〈立法院〉[19]批評直接鮮明；寫〈台灣〉[20]沒有含糊的語氣；寫〈妻子和他的母親〉[21]的故事詩情

18　〈修辭〉到〈女的紀錄片〉均收入《錦連作品集》。
19　《文學台灣》第50期2004年夏季號。
20　《文學台灣》第53期2005年春季號。
21　《文學台灣》第58期2006年夏季號。

節脈絡清楚；寫〈回鄉〉[22]重返墓園，意象轉移貫串；寫〈搬家〉[23]表達青年素志未酬，紙箱的書籍裡找不到人生的答案。以上等作品都詩思明晰，肌理清楚，沒有掩蓋的語詞或流離的意象，詩境的視野放寬出去，不再侷限於自我挖掘探索的泥濘境域。

因為詩人的心境舒坦而開闊了，使他後期的創作也像近期的作品〈有木麻黃的海濱〉[24]一詩中有著喜悅的心靈和寬廣如海的視野。僅錄此詩後三段：

如失去的東西再度出現
把這喜悅藏在心靈深處
將挫折和絕望拋在腦後

珍惜時間
我在清爽海風吹拂中信步踏走
在我所眷戀的這島嶼上

海藻氣味撲鼻
乾涸已久的唇邊漸漸濕潤
頓時海面上我的青春閃爍起來

在咒罵社會不公不義，心情憂鬱的另一面，我們看到了詩人晚景的另一張青春閃爍的情景畫面，詩人一生在探索人生的答案，應該有結果了吧！

22　《文學台灣》第60期2006年冬季號。
23　《文學台灣》第61期2007年春季號。
24　《文學台灣》第63期2007年秋季號。

六、「畫廊」與「寓言」的新意境

詩是文學的創作也是語言的藝術，藝術的演進在於否定過去的自我，追求差異性的表現。否定、差異是錘鍊也是躍昇，而否定與差異並非捨棄過去傳統所存有，改變那是一種態度與作法。

早期詩人錦連留下不少傳世的作品，如〈蚊子淚〉、〈壁虎〉、〈軌道〉、〈挖掘〉、〈龜裂〉等，不論表現自我心靈孤寂感、社會共同意識陷落的迷失或文化的鄉愁等，之所以一再被評論家給予引述和高度的評價，在於詩作品的營造上，詩的意旨與詩的藝術處理能均衡，達到具象與抽象之間的鴻溝能膠黏彌合，呈現意象鮮明組合的詩境。這些作品得來當非偶然，而後期有計劃的策略成績比之前期零星戰鬥的成果，則更爲輝煌。

從二〇〇三年七月起至今陸續每期在《文學台灣》連載的〈我的畫廊〉和〈現代寓言〉兩組系列的作品，綻放異彩，顯示詩人寶刀未老。不論在詩的形式建構或內容的蘊藉，都能溶鑄一體再創新的境界。

詩是能言的畫；畫是具象的詩。詩與畫有聽覺與視覺感官作用的不同，但在藝術的原創性是同源的，可互爲交感的。詩繪畫性的強調使錦連的創作推進另一個紀元。

〈我的畫廊〉共寫十幅[25]：

〈神秘——我的畫廊・第一幅〉寫老人生病死亡前的畫面。有實景的描繪和景場的多處移動。此詩在畫境上有黑白、紅黑、光影的對比；老人與年輕女子的對比。顏色和亮光的處理，使詩呈現神秘性的氣氛。

〈守靈——我的畫廊・第二幅〉全詩如下：

---

25 從《文學台灣》第47期至56期，除54期外，每期各一首。

親朋好友聚在一起
僧侶們在合聲誦經

掛有死者黑白照片的靈堂
一柱香快要燒燼

時間靜止已久
室內一片孤寂

徹夜守靈者都累得東倒西歪了
誦經團早已離開

遺像裡留著小鬍子的那個人
似有所示地　忽然露出了一絲微笑

　　這首詩每兩行為一節，共五節有四個畫面，第三節時間
靜止／室內一片孤寂，須由其他四節內容來襯托，它本身無法
成畫面。第四節的「誦經團早已離開」也不能在同一個畫面呈
現，時間性只能交給詩。

　　這首詩呈現的是人死亡之後，守靈的景場畫面，就詩的
效果來說最精采的是第二、第五節。第二節以「一柱香快要燒
燼」來象徵人的死亡，人生的「黑白」到此為止，有不可言說
的詩的隱喻耐人尋味；第五節末句，那個遺像「忽然露出了一
絲微笑」採取非理性非事實的超現實手法表現，卻能達到世人
為死去者所做的排場而有諷刺意味的一笑，是詩效果的突現，
這是詩眼銳利閃爍之處，也是畫面無法呈現的。而整體來說，
也因畫面具體描述所呈現的場景才能表現詩與畫交感而多層面

的藝術效果。

〈無人世界──我的畫廊・第三幅〉寫寂靜的山間鄉村小路小溪景象，從靜態描寫到「不可解的信息？」的提問。

〈老闆是素人畫家──我的畫廊・第四幅〉寫機車修理行的老闆也是畫家，末句有「驚嚇的他凍結在畫裡／凸目金魚的眼珠子掉落在地上」的超現實手法的恐怖畫面。意象鮮明而突出。

〈深夜──我的畫廊・第五幅〉寫深夜板屋簡陋屋裡「燈泡如鞦韆般搖擺」象徵深夜「有人過世了」的畫面。

〈左耳──我的畫廊・第六幅〉畫面背景有荷蘭水車，寫梵谷割左耳的變態情節，時空推向異國景場，寫實中有超現實畫面的魔幻驚艷。

〈大海──我的畫廊・第七幅〉有沙灘、腳印、波濤等海邊的景象，和地震大地傾斜的畫面。有寫實與形容的畫面。

〈海邊咖啡座──我的畫廊・第八幅〉全詩如下：

晶黑的咖啡杯
在鑲有花邊的桌巾上
留下
一顆鑽戒閃爍著

海潮聲中　艷麗女子起身離座
時近晌午

這個畫面演出一個簡單的情節：一位女子留下一顆鑽戒離開咖啡座，而其背後可能有很曲折動人的故事，讓讀者或觀眾做填補想像。

這座海邊的咖啡座，刪除了很多設備的形象描繪，特寫集

中在桌上的咖啡杯、桌巾、閃爍的鑽戒。這位豔麗的女子，為何留下鑽戒而離開？留給我們很多懸疑性的猜想，而另一個人（想必是男主角）一直沒有出現，才是情節有變的主因。靜中有動，動變潛伏在靜物裡。

詩分兩節，第一節有晶黑的顏色、花邊桌巾的特色形象、鑽戒閃爍的亮光，是畫面呈現的圖像效果；第二節海潮的聲音，和時近晌午的時間性是詩句才能表現的。畫面的具象和詩境的抽象陳述，在動與靜之間，交匯成為詩中有畫，畫中有詩的情境。詩與畫，就是這樣表現自足的效果，詩境中沒有另行指涉的目的，意象結構所呈現的就是詩的答案。

〈新巴比倫遺蹟──我的畫廊・第九幅〉所重現的是伊拉克戰場血腥的畫面，成為歷史遺蹟，詩亦在詮釋這是歷史文明留下的標誌。

〈溪流和花──我的畫廊・第十幅〉這首詩寫溪流岸邊有花，有流傳的故事像潺潺的水聲。但沒有鮮明的畫面和意象特殊的詩意，流於說明的成分較多而模糊了畫廊的圖像效果和詩境中的平庸，是十首詩畫中最不顯眼的一幅。

詩的繪畫性效果在營造詩境時，由意象的結構自然組成畫面，屬於內在架構的成分可增益詩的表現效果，是意境中的內在風景。詩中有畫，多加一層內蘊，且可使詩的語言免於說明，由具象來呈現，只見好處。但如果詩只描繪外在風景而無內涵，則不可取。錦連十幅畫廊的詩作，強調詩的繪畫性，亦詩亦畫，是後期有計畫創作重要的作品。因篇幅有限上述僅析釋二首，其他八首簡述帶過。

寓言allegory一詞，另有隱喻之意，可說是隱喻的延伸。寓言帶有故事的敘述，其中人物與情節都如隱喻賦有意在言外的效能。

錦連近期佳構續〈我的畫廊〉後，又推出〈現代寓言〉系

列作品至今共發表八首[26]。每一首詩都賦有寓言的隱喻意味，但每一場寓言的情結都無結局，因為詩作僅在表現詩的效果不在於寄寓其它的目的。

在已有的八首詩作，僅取一首作為樣板，以偏概全來說明他的詩意。先抄錄全首詩如下：

二刀流——「現代寓言」之四[27]

一手握筆鋒利的寶劍
一手抓住砍柴的鈍刀

衝進敵營一陣猛揮亂刺
倒在罪惡血泊中的敗類無數

風火熄滅號角漸息
寂靜的沙場聽不見蟲聲

以殺紅的眼睛掃過遍地屍首的戰野
現代的唐吉柯德交臂獨坐草地沉思

竟然落下一滴眼淚
高吟輓歌落寞地離去

劍客的行蹤
幾個世紀後仍然無處可尋

---

26 〈現代寓言〉系列作品從《文學台灣》第58期（2006年夏季號）至目前65期
（2008年春季號）每期發表一首，共八首。
27 〈二刀流〉發表於《文學台灣》第61期2007年春季號。

　　這首寓言詩，情節故事很簡單寫一位劍客殺死無數敗類之後，行蹤不明，不知所終。內容裡用了兩個典故，一是「二刀流」的物和「唐吉訶德」的人，增加了詩解說的必要。二刀流是日本江戶時代初期兵法、劍術家宮本武藏創立的劍法，在當時被稱為「天下第一劍」一生有很多生死決鬥的事蹟，據說鄭芝龍因得到此劍法嫡傳才平定東南亞海盜，而台灣也有自稱其傳人。寓言詩中的人物就是有如此高藝的劍客，而這位劍客就是現代的唐吉訶德。

　　唐吉訶德是西班牙作家塞萬提斯所著小說中的人物，小說內容描寫這位騎士劍客，由於讀了騎士小說而頭腦糊塗騎上老馬出門尋找冒險，小說內容帶有極荒唐的諷刺意味。

　　東方的劍法，確有其人其事；西方的人物，只是小說虛構的人物。一東一西；一實一虛的寓言內容是這首詩結構特殊所在，因而形成強大的張力；而戰鬥的場面只是詩中場景的布置襯托。詩意的可感在於這位劍客行蹤不明，而此詩寓言什麼呢？隱喻的言外之意沒有答案，才是耐人尋味的詩境。

　　「畫廊」與「寓言」是錦連後期詩創作在詩藝表現上最出色精彩部份。在內容和技巧上都超越了前期，另創新境界。

　　這兩組系列作品脫離了自我束縛的內視壓抑，且在語言技巧表現上自然成韻，不見雕鑿痕跡。對外在事物的觀照化作具象的呈現，是幾近圖畫無言的呈露和寓言的劇場演出，不靠語言的陳述和自白說明，達到物象本質融入的化境。

七、結語

　　日本藝能或武術，講究入道，如茶道、柔道、劍道等。詩人錦連接受日本教育，文學基礎來自日本的養分，多少有日本「道」的體悟。日本的「道」字與體悟應該與中國古賢所講的

道體有密切的關聯。

老子說：「道可道，非常道；名可名，非常名。」（《老子》第一章）

詩人吐詩（絲）爲萬物萬事命名，也可說是修道的行爲。

如果把入道視爲詩的境界，那麼老子所說的：「道之爲物，惟恍惟惚。惚兮恍兮，其中有象；恍兮惚兮，其中有物。」（《老子》第二十一章）正可用來解說詩的創作。

那詩人爲道之物，也是「惟恍惟惚」，正是純詩所要求的境界，自內在心「象」和外在的形「物」所營造的組構而成；是不可「名」指的、不可「道」說的層面。換言之，詩的創作伊始尚未以明確的語言意象捕捉到它的時候，是惟恍惟惚的；而詩境進入到詩性自足的純詩時也是道境的無形。而無形的虛處，是由「象」與「物」所形成。

錦連一生主要的職業工作在火車站從事電報密碼傳送，而最大的興趣是詩的創作。因此火車站、電報密碼、詩是錦連生命語言中三樣最重要的符號，而詩成爲一生精神生活領域最重要的存在位置。

從早前期以現代主義手法創作偏向個人的抒情，挖掘內心苦悶；到後期偏向現實主義的社會批評，詩人創作面向有明顯的分水嶺。而後期的詩畫、寓言詩複合體意象的創作，如果延伸作爲晚年時期，則錦連詩創作歷程約略可分三期：前期、後期、晚後期。

再以「我」與「非我」來看錦連詩的境界，前期作品處處我，詩思纏繞自我；後期作品詩思棄我，輻射外向世界；晚後期，棄我棄他進入詩性自足的境界。

〈我的畫廊〉是詩人內在風景的投射，走入詩的畫境；〈現代寓言〉是人間劇場的延伸，化入自在自性的人生體悟。

詩人如劍客；詩的創作也如道行。

　　詩的創作到達自性的呈現，則無他指或他求，只是當下，別無目的、更無答案。

2008年4月7日完稿

錦連：台灣銀幕詩創始人
——銀鈴會與銀幕詩影響下的錦連詩壇地位　蕭蕭[*]

一、前言：孤獨是詩

　　錦連（陳金連，1928～）出生於彰化，成長於彰化，長年工作於彰化，十六歲從鐵道講習所電信科中等科畢業，即進入鐵路局彰化火車站服務，直到一九八三年從鐵路局彰化電報房退休，人生的黃金歲月都與彰化息息相關。但是一提到彰化新詩人，不是談及創作台灣第一首新詩的追風（謝春木，1902～1969），就是論述台灣史詩之祖的賴和（1894～1943）；即使同樣是「跨越語言的一代」，「銀鈴會」的關鍵人物，指向林亨泰（1924～），「笠詩社」的代表人物，也以林亨泰爲指標。職場上錦連長期窩居在小小的電報房，詩壇上卻也同樣蜷縮在濕冷的角落裡，即使後來移居高雄，高雄的太陽也只是偶爾照射到錦連的詩作上。

　　李魁賢（1937～）曾經指出：「檢驗五〇年代的台灣詩壇，在《現代詩》的組派以前和《創世紀》改版以前，以及《藍星》充滿浪漫主義抒情和現實主義戰鬥號角的時代裡，錦連詩中現代主義之精神和節制的語言運用，類比於當時林亨泰高度同質性的詩風，顯示相當進步的姿勢。」[1] 高度同質性的

---

* 　明道大學副教授。

1 　李魁賢：〈存在的位置——錦連在詩中透示的心理發展〉，眞理大學台灣文學系：《福爾摩沙文學・錦連詩作學術研討會論文集》，台北：眞理大學，2004年11月7日，頁7。

詩風裡，在林亨泰的盛名下，錦連往往被讀者所忽略了，但他卻顯示相當進步的姿勢。

詩評家郭楓（1933～）更洞悉「同質性詩風」中微細的差異：「在『跨越語言的一代』詩群中，錦連與林亨泰、詹冰（1921～2004）等三個人，彷彿相似的風貌：詩作的主題基本上以自我世界為中心；詩作歷程的演化，都經過『戰中期』的浪漫抒情、『五〇』的現代主義洗禮、『解嚴後』的現實歌吟。然而，透過風貌的表層去窺視，錦連在本質上與林亨泰、詹冰有很大的不同；這不同的本質是，錦連終生孤獨，孤獨吟唱著浸透了寂寞之感的生存、生活與生命。」[2] 這樣的孤獨感，不同於自然主義者梭羅（Henry David Thoreau，1817～1862）將心開向自然的孤獨，一八四五至一八四七年梭羅在華爾騰湖畔離群索居兩年，寫出令人流連不已的《湖濱散記》（"Walden"），一八五〇至一八六一年間他從小木屋搬回康考特（Concord）市中心，仍然關心自然生態，留下超過兩百萬字的日記手稿當見證。梭羅認為保持獨處是有益身心的：「孤獨並非以一個人與他的同伴之間距離多遠來衡量。在劍橋學院擁擠的空間中，一個真正用功的學生是如同沙漠裡的苦行僧一般孤獨的。」[3] 然而不可忽略的是即使隱居在華爾騰湖畔，為了抗議美國政府支持奴隸制度，梭羅因而拒繳人頭稅而被關了一天，甚至於寫出了有名的〈Civil Disobedience〉（和平抗爭），甚而影響了後來甘地（Mohandas Karamchand Gandhi，1869～1948）[4]、金恩牧師（Martin Luther King, Jr.，

2　郭楓：〈守著孤獨、守著夜、守著詩──錦連篇〉，《福爾摩沙文學·錦連詩作學術研討會論文集》，頁43。
3　梭羅：〈孤獨〉（Solitue），梭羅著、林玟瑩譯：《孤獨的巨人：梭羅的生活哲學》，台北：小知堂文化事業有限公司，2002，頁21。
4　莫罕達斯·卡拉姆昌德·甘地（英文：Mohandas Karamchand Gandhi，1869年10月2日～1948年1月30日），帶領印度人以不合作運動對抗英國殖民政權，印度人尊其為「聖雄」。

1929～1968）[5] 所提倡的「不合作反抗運動」。錦連其人其詩，在這點上卻又與梭羅的精神相會通，人是在孤獨狀態中，心卻不與社會相疏離。

「順著感情過無意義的生活，往往會讓自己的思考和行為，無法做出善惡的判斷。不！可以說是處於習慣性的無感覺狀態。這不是純屬惰性的生活嗎？可是有時也會去正視自己，這時什麼妄念也不會讓我煩心，甚至會讓人透過平靜的諦念，非常鮮明地去回想離去的身影。此情此境，感覺到我喜歡孤獨的生活。走出去跟很多陌生人擦肩而過，一直在街上漫步。一直——這是我唯一的慰藉。」[6] 錦連早期的日記（1949）如實顯影自己生活的孤獨感，「跟很多陌生人擦肩而過」的同時，他卻也「非常鮮明地去回想離去的身影」，他是孤獨而不疏離的社會中人。

美裔加拿大學者非力浦・柯克（Philip Koch）[7] 曾釐清與「孤獨」之意相近的詞彙，他認為：「寂寞中的人會渴望別人的慰藉，隔絕中的人會意識到別人和自己空間上的距離，希望保持隱私的人會防範別人的窺探，疏離的人感受到別人的敵意或排擠」，這些人的意識無不受到「別人」的約制，都是一種「我中有他的意識」（consciousness of self-in-relation-to-other）。但孤獨的狀態則沒有這一層約制，在兩極性結構中，「別人」的那一端固然不存在，「我」的那一極也會悄然隱退。所以他給「孤獨」所下的簡要定義：「孤獨，就是一種與別人無交涉的意識狀態。」[8] 孤獨者處在一種完全自由、完全

5　馬丁・路德・金恩（Martin Luther King, Jr.，1929年1月15日～1968年4月4日），著名的美國民權運動領袖，1964年獲得諾貝爾和平獎，有金恩牧師之稱。

6　錦連：《那一年（1949年）錦連日記》，高雄：春暉出版社，2005，頁45。

7　非力浦・柯克（Philip Koch），生於美國威斯康辛州麥迪遜市，先後求學於康乃爾大學、加州大學（柏克萊校區）和華盛頓大學。現為加拿大公民，愛德華王子島大學哲學系教授。

8　非力浦・柯克（Philip Koch）著、梁永安譯：《孤獨》（Solitue），台北：立緒文化事業有限公司，2004，頁63-64。

自然、完全自在的空間裡，不與外人、外物有所交涉，以這樣的觀念來看錦連的孤獨感，檢驗他的三首〈孤獨〉同名詩應該十分有趣：

第一首〈孤獨〉首次出現在《錦連作品集》（1993）中，註明是「戰後初期作品」，詩中主角是第三人稱的「他」，第二次出現在《守夜的壁虎——1952～1957錦連詩集》（2002），詩中人稱改爲第一人稱的「我」，其餘文字不變。

> 他曾經在夕陽即將西沉的／荒涼的平原上走著／尋訪著一個陌生人／孤單而蹣跚地走著
>
> 沒有遇上要尋找的人／拖著疲憊的腳和無依不安的心／卻還抱著一線希望／在怪寂靜的荒野上／孤獨而呆呆地走著
>
> 離鄉背景的孤獨和寂寥／深切地湧上心頭
>
> ——如今和那一天相似的心思／重現於他的胸懷／從他的雙眼／就是再掉下了眼淚／又有什麼不可思議？[9]

這首〈孤獨〉以外在身影的孤獨襯托內在心思的孤獨，時間設定爲夕陽即將西沉的時刻，空間設定爲開闊的荒涼平原，其人是離鄉背井的異客，其事則爲尋訪陌生人而未遇，其情不免傷感落淚，其數則一再重複出現，時空極大而個人極小，以這樣的情境訴說孤獨的你、我、他，籠絡住整個人類的孤獨心思。

9　錦連：〈孤獨〉，《錦連作品集》，彰化：彰化縣立文化中心，1993，頁30-31。又見《守夜的壁虎——1952～1957錦連詩集》，高雄：春暉出版社，2002，頁4-5。

第二首〈孤獨〉寫於二○○○年九月、日本北海道千歲市立醫院病房，詩前引錄松尾芭蕉（Matsuo Basho，1644～1694）的詩句：「病倒於旅途，我的夢在荒郊裡流竄」，呼應寫詩時的遭遇與心境。

孤獨孤獨是什麼？

孤獨就是獨自呆立於海角
白天默然地思索著什麼
夜裡不停地緩緩旋轉又旋轉
向幽暗的天空和黝黑的海面投射青白交替的亮光
並一再撫慰這寂靜的城市卻只謙卑地暗示其存在
那個從病房窗口能遙望的白色燈塔

孤獨孤獨是什麼？

孤獨就是晨光微現的冷冷空中
留下像有什麼意思似的航跡
以對人間世俗毫不在意的表情歇腳於屋頂或電線
隨興轉換視線或方向呱呱啼鳴的曉鴉
牠們細嚼著與穿過我內心的空洞相似的淒涼
互相傾訴著愛和哀愁的那種無奈的身影[10]

在這首詩中，錦連創造了兩個傑出的意象，一是「從病房窗口能遙望的白色燈塔」，向幽暗的天空和黝黑的海面投射青白交替的亮光；一是「隨興轉換視線或方向呱呱啼鳴的曉

---

10 錦連：〈孤獨〉，《海的起源》，高雄：春暉出版社，2003，頁66-67。原載《文學台灣》第37期，2001年春季號。

鴉」，牠們有著和我內心相似的空洞和淒涼。這兩個意象，其實已在暗示「孤獨是詩」的意涵，白色燈塔的指引作用，曉鴉報憂的譏刺功能，正是錦連寫詩的內在動力；燈塔投射的是青白交替的亮光，曉鴉啼鳴的是和我內心相似的空洞和淒涼，這兩個意象一樣暗示著錦連詩作的陰冷色調。

　　這首詩以自問自答的方式完成，間接暗示「溝通」無望，人總是陷入自言自語的淒涼中，詩的功能、作用或許也未必能發揮出來。不過，如果沒有讓自己在空間上或時間裡保持孤獨，或許也未必能激發出心靈詩意，那就更遑論詩的功能與作用。「因此，如果要使頭腦起最大的作用，如果一個人要發揮最大的潛能，似乎就必須稍微培養獨處的能力。人類很容易疏離自己最深處的需要與情感。學習，思考，創新，與自己的內在世界保持接觸，這些全都要藉助孤獨。」[11] 錦連藉助孤獨讓自己成為一位「思考型」的詩人，所以他的第三首〈孤獨〉，推出「孤獨是詩」的命題。

　　寫於二○○一年的第三首〈孤獨〉，強調「孤獨是一種熱情／是一種追究／是一種宗教／是絕對的命題」，「那是唯獨願意為它殉情的人所擁有的一種美／孤獨是詩！」[12] 交互表達：孤獨是詩、是美，詩也是熱情、追究、宗教、絕對的命題，錦連將孤獨推向哲理的思考，孤獨、詩、哲學，三者等高。

　　這樣獨具孤獨感的詩人曾經出版五部詩集：《鄉愁》（彰化：新生出版社，1956）、《挖掘》（台北：笠詩刊社，1986）、《錦連作品集》（彰化：彰化縣立文化中心，1993）、《守夜的壁虎──1952～1957錦連詩集》（高雄：春

11　安東尼‧史脫爾（〔英〕Anthony Storry，1920～）著、張嚶嚶譯：《孤獨》（Solitude），台北：知英文化公司，1999，頁35。
12　錦連：〈孤獨〉，《海的起源》，頁116-118。原載《文學台灣》第41期，2002年春季號。

暉出版社，2002，此書有相對應的日文版詩集《夜を守りてやもりガ……》）、《海的起源》（高雄：春暉出版社，2003，此書有相對應的日文版詩集《支點》）。六十年以上的創作生涯，這樣的創作量不算多，何況其中前四部作品有許多詩作重複出現，而《守夜的壁虎》是青年期的作品，遲至五十年後才出版，雖讓人驚豔，卻也不免踽踽獨行的命運。但在這種「詩是孤獨」的處境中，錦連的異采卻值得我們去挖掘。

二、錦連：銀鈴會最後加入的會員

　　錦連是「銀鈴會」最後加入的一位同仁，其時錦連虛歲二十二歲，是最年輕的一員。對錦連而言，參加「銀鈴會」是刺激錦連走上詩創作最有力、最直接的驅動力，如果沒有銀鈴會的刺激，或許就不會有一九五二至一九五七年《守夜的壁虎》那樣旺盛的創作生命。

　　銀鈴會在台灣新詩史上，是繼一九三三年超現實主義「風車詩社」之後的第二個現代性強的新詩社團，主要成員是以朱實為核心的台中一中校友、台灣師範學院同學及彰化地區文學愛好者，成立於一九四二年四月，結束於一九四九年「四六事件」。一般將一九四二年四月至一九四五年八月日本無條件投降為界，稱為「銀鈴會」前期活動，此時油印發行的刊物稱為《ふちぐさ》（邊緣草），態度謙卑。日本無條件投降後至一九四九年，銀鈴會同仁自主意識抬頭，不顧政局、社會趨勢、文學界的低迷與暗淡，反而更積極而勇敢地重振旗鼓，招收新兵，以《潮流》命名同仁油印雜誌，有著領導時代思潮的自我期許，自一九四八年五月開始，採季刊方式發行，一年間共出刊五期，成為戰後台灣第一本（中日文混合）詩雜誌[13]。朱實、張彥勳（1925～1995）、林亨泰是其中最重要的領導

13　林亨泰：《台灣詩史「銀鈴會」論文集》，彰化：磺溪文化學會，1995。

者，詹冰、錦連則是後期加入的知名新同仁。

詹冰於一九四八年一月參加銀鈴會[14]，錦連則晚至一九四九年三月二十八日「隨信附寄一萬元會費加入《潮流》的銀鈴會。」[15]在最近出版的錦連一九四九年日記本《那一年（1949年）錦連日記》中，十多次詳細記述二十二歲的文藝青年錦連對《潮流》雜誌及其主要負責人朱實的憧憬與崇敬。如三月七日第一次發現同仁雜誌《潮流》，他的感動是：「啊啊！我發現了多麼歡喜的事呢！我發現了多麼棒的伙伴。一直在孤獨中生活的我，怎麼可能不加入《潮流》。」（頁38），其後五天三月十二日錦連就「謄寫了十首短歌，十二句俳句和七篇詩」，投稿《潮流》春季號，自承這是他生平第一次投稿（頁40）。三月十五日的日記提到「綠炎、朱實、子潛、有義、微醺、淡星等似乎有長期文學經驗的人不少。讀這些前輩們的作品，深感自己的無力（不如）。」（頁42-43）

四月二日同是彰化人的朱實因休假回家，順道造訪錦連，這是錦連第一次見到朱實，他對朱實的第一印象：是個「溫厚沉著的人」（頁52）。其後四天台灣師範學院（今台灣師大）發生「四六事件」，朱實牽連在內，避居僻處，錦連在四月份的日記有十一、二處提到《潮流》，興奮之情不減，擔憂之心亦增，四月二十八日的日記記載：「收到紅夢兄的信，說要暫停集稿。」（頁64），這封信或許就是一般談論銀鈴會活動結束於一九四九年四月的原因。不過，在錦連《那一年（1949年）錦連日記》中，銀鈴會五月份還出版過《會報》第二期、第三期，甚至於七月二十一日躲藏在鄉下的朱實突然返家，還跟錦連等人說「《潮流》還是要暫時停刊」（頁103），顯示

14　根據詹冰詩集《實驗室》（台北：笠詩刊社，1986）書後〈詹冰年譜〉，詹冰於一九四八年一月參加銀鈴會，詩作品發表在《潮流》（張彥勳主編）。
15　錦連：《那一年（1949年）錦連日記》，高雄：春暉出版社，2005，頁48。

實質性的同仁聯繫、交換閱讀，還在持續中，只是不再出版有形的文字資料，免得成為執政當局鉤索羅織的具體證據。

根據《那一年（1949年）錦連日記》的日記，錦連所接觸的銀鈴會同仁，先後有王湘雲、紅夢（張彥勳）、陳素吟、黃彩雲、朱實、春秋（朱實之弟朱商秋）、施金秋（施學運）、子潛、淡星（蕭翔文）等人。林亨泰則未出現在那一年的日記裡，但在六月五日這一天他向朱實借閱了林亨泰的日文詩集《靈魂的產聲》，在詩作欣賞上終究有所碰撞[16]。銀鈴會同仁中，錦連其時尚未認識林亨泰，其後朱商秋又遠赴台北彰化銀行，這時，彰化中山國小的教師施金秋是他在彰化唯一的詩友，錦連說：「施先生年約三十，可能是當時銀鈴會同人當中年紀最長的。」在〈記銀鈴會二三事──朱實與施金秋〉文章中，錦連曾提到他去探望患有肺病的施金秋，金秋先生拿出朱實離台前夕寫在他筆記本上的詩給錦連看，錦連心中感受複雜：「我僅有的兩位詩友，一位隨時可能因病而會從這個世界消失，另一位則已離開他所熟悉的故鄉，而留下來的我無助又孤獨。」[17] 即使有銀鈴會這樣的同仁團體，錦連心中的孤獨感似乎一直揮之不去。

不過，錦連是一個用功至勤的詩人，根據《那一年（1949年）錦連日記》書後所列出的〈附註〉，那一年間閱讀了包括《現代日本詩人論》、《現代日本詩史》、《現代詩人全集》等五十七本書籍，接觸了菱山修三、萩原朔太郎、白鳥省吾等人的作品，創作了包括第一首〈孤獨〉在內的九十多首詩作[18]。曾經出版過錦連專論的張德本（1952～），則根據錦連用「台灣省交通處鐵路管理局電報紙」裝訂成的筆記本所記錄

16 錦連：《那一年（1949年）錦連日記》，頁85。
17 錦連：〈記銀鈴會二三事──朱實與施金秋〉，《台灣詩史「銀鈴會」論文集》，頁121。
18 錦連：《那一年（1949年）錦連日記》，頁175-185。

的，當時從圖書館借閱書籍所做的筆記，洋洋灑灑列出二十八部詩集，做了二十一個詳註，確認錦連閱讀「日本明治以降迄昭和時代現代詩人的作品，並透過日譯瞭解浪漫主義時代，法國、英國、德國、比利時詩人的作品」，已和日本詩爲主的世界文學接軌。[19]

因此，論述「銀鈴會」在台灣新詩史上的地位，以彰化籍的詩人而言，朱實的精神領導地位、林亨泰的理論鋪陳功力，是不能不著墨的地方，但是如果缺少錦連的大量詩作做爲佐證，「銀鈴會」的傳承功能也就會大打折扣。特別是錦連於二○○二年出版五十年前的詩作，二○○五年出版《那一年（1949年）錦連日記》，更爲這段歷史起了潒沉昇隱的作用。

錦連的創作有三次高潮期，第一次可以稱之爲「銀鈴會時期」：是指參加「銀鈴會」後的九年間（1949～1957），錦連創作了《守夜的壁虎》、《鄉愁》、《挖掘》、《錦連作品集》裡的大部分作品，但未能公之於世，之後因爲白色恐怖的陰霾與跨越語言的艱難，有極長一段時間荒廢詩業，留下大白，遺下大憾。直至一九六四年《笠》詩刊創立後的「笠詩刊時期」，做爲爲發起人之一的錦連，努力克服語言障礙，試著以漢字撰寫新作，並翻譯自己或日人的日文詩作及詩論，此時適值中壯年的創作鼎盛期，理應有大規模的盛舉，惜其數量無法與銀鈴會時相比，六○年代中期正是台灣現代主義、超現實主義風行之時，錦連冷眼旁觀，既未將自己五○年代初期所作之現代主義日文詩大量譯出，亦未沿襲五○年代初期現代主義之餘習大量翻製，因此其知名度無法與其他同屬跨越語言的一代如陳千武、林亨泰等人相比，僅偶爾讓人驚豔於《現代詩》、《創世紀》之一隅，最是讓識者扼腕。錦連創作的第三

---

19 張德本：〈台灣鐵路詩人——錦連的現代美學〉，《鐵路詩人錦連論》，台北：台北縣政府文化局，2005，頁36-41、108-116。

次高潮，則是二十世紀九〇年代退出《笠》詩刊，移居高雄以後，詩作大量增加，以《文學台灣》爲發表之主力場，可以稱爲「文學台灣時期」，此一時期，錦連更著手整理一九五二至一九五七所寫日文詩作，自譯爲中文，以中日兩種文字同時出版五十年前舊作《守夜的壁虎》（中文）、《夜を守りてやもりが……》（日文），[20]集結一九六四年以後的新作爲《海的起源》（中文）、《支點》（日文），[21]識與不識，眼睛同時爲之一亮。

如是以觀，「銀鈴會」時期的錦連創造了他這一生最引人矚目的作品兩百七十一首，自作自譯爲《守夜的壁虎》，而《守夜的壁虎》也因而成爲「銀鈴會」同仁創作力最佳的見證，榮耀著「銀鈴會」的歷史光芒。

三、錦連：銀幕詩精彩的創始詩人

最能榮耀錦連、「銀鈴會」、甚至於台灣新詩史的錦連作品，應屬錦連所獨創的「Ciné Poème」（一般翻譯爲「電影詩」，本文爲與「銀鈴會」的「銀」字相呼應，譯之爲「銀幕詩」），最早標舉爲「Ciné Poème」之作的是〈女的紀錄片〉與〈轢死〉，可能是台灣最早的兩首銀幕詩，至少是最早標示銀幕詩的作品。這兩首銀幕詩可以視爲意象詩（單一鏡頭）的連續播放（連續鏡頭），因而形成連續性動作，串成情節、演出故事，這兩首詩之所以感人、動人，就在於連續性動作、鏡頭所組合成的「小說企圖」，以及串連其間、屬於讀者可以介入的想像空間。

以〈女的紀錄片〉來看：

---

20 錦連：《守夜的壁虎》（中文）、《夜を守りてやもりが……》（日文），高雄：春暉出版社，2002。
21 錦連：《海的起源》（中文）、《支點》（日文），高雄：春暉出版社，2003。

1. 潛在著的賀爾蒙

2. 萌芽

3. 刺激

4. 分離

5. 結合

6. 以驚人的速度

7. 充實

8. 膨脹

9. 飽和

10. 爆發

11. 紅潤

12. 怒放

13. 花　　凋謝了

14. The End [22]

　　每一句編一個號碼，下空一行，自成段落，頗似一個慢鏡頭緩緩掃過再接一個鏡頭，將女人成長的歷程疊上花蕊綻放的速度，幽雅展開，先是女性賀爾蒙的內在作用慢慢在體內起了變化，如花樹度過漫漫冬日蓄勢萌芽，接著要有春陽、春風、春雨的外來刺激或滋潤，才能轉向特寫內在的細微變化——無法以肉眼窺見的分離與結合，此後才是一般人所見到的「驚人的速度」，7、8、9、10的鏡頭是含苞待放的各種英姿，最為撩人，到了紅潤、怒放，雖是花的盛極之時，卻也是必衰之始，因而，「The End」既是影片的結束，也未嘗不是女人璀

---

22 錦連：〈女的紀錄片〉，原載《現代詩》第16期，1957年1月，後收入錦連詩
　　集：《挖掘》，台北：笠詩刊社，1986，頁44-46；並見於《守夜的壁虎》，頁
　　282-283。

璨一生的終了。這是純情版的女人的一生。當然，每一鏡頭之間，讀者（觀眾）可以自由參與，所以也有人將此片當作是兩性互動的性愛片，認為7、8是陽根與女陰的感覺，9、10是陽根的頂點，11、12是女陰的高潮，此片在「推演生命的緣起、成熟、男女交歡之演化歷程，分鏡間聯想空間廣大，神似於法國導演亞倫·雷奈（Alain Resnais）的《廣島之戀》片頭男女交纏呈現軀體局部特寫那幕。」[23] 將紀錄片解讀為激情片，豐富詩之原有內涵，呈現詩的無限可能，正是鏡頭緩緩掃過所企圖引發的視覺暫留效應。

再以〈輾死〉來看攝影角度的應用，十分耐讀。

1.窒息了的誘導手揮舞著紅旗

2.啞吧的信號手在望樓叫喊

3.激——痛

4.小釘子刺進了牙齦

5.從理念的海驚醒而聚合的眼眼眼睛

6.染了血的形態的序列

7.齜牙的輪子停住了

8.一塊恐怖

9.在輪子與輪子之間

10.太陽轟然地墜落了

11.所有的運動轉換方向

12.大地震顫的音響和有密度的聲浪

13.圈圈縮小

14.麻木的群眾仰望著

15.有些東西徐徐地上昇　然而

23　張德本：〈台灣鐵路詩人——錦連的現代美學〉，《鐵路詩人錦連論》，頁75。

16.灰塵似的細雨從天上落下（人們想到淚珠以前）[24]

　　被腳踩過叫做「躓」，被車輪壓過叫做「轢」，所以，〈轢死〉是死亡車禍紀錄，詩的戲劇性遠勝於〈女的紀錄片〉，鏡頭的變化加多了。

　　一般而言，電影有五種基本鏡頭角度，即：（1）鳥瞰角度（bird's-eyeview）；（2）俯角（high angle）；（3）水平角度（eye-level）；（4）仰角（low angle）；（5）傾斜角度鏡頭（oblique angle）。錦連在這首詩中用了許多水平視線的角度，以便敘事交待，如鏡頭1，這是寫實主義者常用的角度，「寫實主義的導演通常會避免極端的角度。他們喜歡水平視線的角度，約離地五至六呎，也就是接近一個旁觀者的真正身高。這些導演企圖捕捉被攝物的每個鏡頭。」[25] 當然，水平視線鏡頭（eye-level shots）的角度比較缺乏詩的戲劇性，所以錦連刻意加上主觀的「窒息了的」，讓「窒息」與「揮舞」產生矛盾性的對比——既已窒息，何能揮舞？

　　接下來的鏡頭2，錦連立即轉用仰角，帶領讀者（觀眾）望向高處的「望樓」——望樓原是為了從高處遠望，便於及早發現問題的鐵路設施。望樓離地面有一段距離，說話的聲音地面不一定聽得見，所以此詩用「啞吧的信號手在望樓叫喊」來表示望樓的人員看見車禍時的焦急。就電影學（Filmology）而言，寫實主義者希望觀眾能忘記攝影機的存在，而形式主義者卻希望觀眾能注意到它的存在。「形式主義導演較不在乎被攝物的清楚度，但必須能捕捉到被攝物的精髓，極端的角度會

24　錦連：〈轢死〉，原載《創世紀》第13期，1959年10月，後收入錦連詩集：《挖掘》，台北：笠詩刊社，1986，頁47-49；未見於《守夜的壁虎》。

25　〔美〕路易斯‧吉奈堤（Louis D. Giannetti）著、焦雄屏譯：《認識電影》（"Understanding movies"），台北：遠流出版公司，2007（初版六刷），頁33。

造成扭曲，然而許多導演認為扭曲現實的表面更加真實——是一種象徵性的真實。」[26] 錦連此處所用的仰角鏡頭，就是這種形式主義導演所喜歡應用的特殊角度。

鏡頭1與鏡頭2是同一時間從不同的地點、不同的角度，試圖阻止車禍發生（揮舞著紅旗，在望樓叫喊），但無法阻止的焦急鏡頭。鏡頭3至鏡頭10則是車禍發生時，不同角度、不同區塊的分離鏡頭：如鏡頭3的「激——痛」，「激——」是模擬刹車聲「〈〈一」的長聲及其痕跡，「痛」則是模擬車子相撞的巨大聲及因而產生的巨大疼痛；[27] 鏡頭4以小釘子刺進牙齦的影像，喚醒劇痛感；鏡頭5以疊字的「眼眼眼睛」疊合出被驚嚇的路人的眼睛；鏡頭6又回到車禍現場，血從不同的地方流出來的樣子；鏡頭7是空轉的車輪停住了；鏡頭8特寫車禍最悲慘之處，「恐怖」原是抽象的感覺，以「一塊」這樣的量詞「量化」它，使其具象化；鏡頭8是寫實的鏡頭，輾死之所在；因此馬上佐以鏡頭9之非現實景象，頗似進入完全黑暗的死亡場景。

回顧鏡頭3與鏡頭4，鏡頭8與鏡頭9這兩處，竟是「蒙太奇」（Montage）鏡頭的應用，「蒙太奇」是法文「Montage」之音譯，其義同於英語的「Editing」（剪輯），「Montage」原是建築學名詞，安裝、拼合、組織、構成之意，電影工作者則拿來指稱將兩個不相干的鏡頭同時呈現（安裝、拼合、組織、構成）在銀幕上，原來不相干的鏡頭竟然會相互干預、相互涉入，因而產生無法預料的新關係。[28] 正所謂「兩個蒙太奇鏡頭的對列不是兩數之和，而更像是兩

---

26 同前註，頁33。

27 張德本認為：「〈輾死〉將鐵路信號與列車調度的輪子碰撞聲，結合內在心象轉折與外向的變化，內外象間緊張切換的聚力，呈現內觀與批判的效應。」所以，「鏡頭3激←→擬聲輪子摩擦軌道，痛←→擬聲列車銜接叩合的聲響。」也值得參考。同注23，《鐵路詩人錦連論》，頁18。

28 鄧燭非：《電影蒙太奇概論》，北京：中國廣播電視出版社，1998，頁5-14。

數之積。」[29]二十世紀二〇年代蘇聯蒙太奇學派的愛森斯坦（Sergei Mikhailovich Eisenstein，1898～1948）還曾以漢字爲喻，解說蒙太奇的原理：如將「口」和「犬」並置，應該只有狗嘴之意，漢字的結合卻會有「吠」的新意義產生；將「口」和「鳥」並置，應該只有鳥嘴之意，而「鳴」的新意義因而產生；「口」字不變，「犬」和「鳥」的圖象變換，產生了「吠」和「鳴」的不同變化。[30]所以，沒有鏡頭4出現的鏡頭3，可能給人噪音的厭惡感，沒有鏡頭9出現的鏡頭8，只是車輪與車輪並排的寫實鏡頭。但當兩個「鏡頭」同時出現，車禍的「場景」，無言的疼痛，竟在兩個「鏡頭」之外游移而出。此外其他各鏡頭之間，都可以因爲這種不同的組合產生不同的感覺。

「蒙太奇使鏡頭彼此相連而迸出意義的火花。一個微笑本身難以看出意義，但在夜以繼日的開會後，一個主持人微笑的特寫鏡頭就深具意義。」這是書寫《電影閱讀美學》的詩評論家簡政珍，對蒙太奇並置鏡頭的神奇作用提出詩學上的解釋，因而證明了詩與蒙太奇的相互啓發，因爲「詩將時間的長短重新調整，詩也將不同的空間加以組合。詩正如電影的蒙太奇，它剪輯現實。」[31]錦連〈輾死〉這首詩所剪輯的就是他工作攸關的鐵軌、平交道附近所發生的死亡車禍事件，但錦連不採取寫實主義路線，多傾向形式主義風格，在詩中的銀幕構圖上常「賦予暗示、象徵、比喻的使命」[32]，即以此詩而言，到了詩之最後，鏡頭13與14採用鳥瞰角度，15與16即改用用水平或仰

29　愛森斯坦（Sergei Mikhailovich Eisenstein，1898～1948）：〈蒙太奇在1938〉，《愛森斯坦論文選集》，轉引自鄧燭非：《電影蒙太奇概論》，頁236。
30　劉森堯：〈愛森斯坦蒙太奇理論中的文學要素〉，《天光雲影共徘徊》，台北：爾雅出版社，2001，頁403-404。
31　簡政珍：〈詩和蒙太奇〉，《電影閱讀美學》，台北：書林出版有限公司，2005（增訂二版二刷），頁175。
32　如前註，《電影閱讀美學》，頁264。

角，「有些東西徐徐上昇」，讀者不一定確知那是什麼，但在「灰塵似的細雨從天上落下」出現時，一樣落入隱隱約約的愁緒中。類似這種鏡頭角度的轉換，具象、抽象的輪替，現實、超現實的互涉，現實主義與形式主義鏡頭的間次交雜，〈轢死〉之後的錦連銀幕詩常常出現。這是二十世紀五〇年代的台灣，錦連在二十五與三十歲之間，台灣電影尚未起飛，甚至於舉步維艱，紀弦的《現代詩》剛剛創刊（1953.2.1），真正銳利的詩論尚未出現，但錦連的詩已經以鏡頭（意象）在讀者心之銀幕呈現，更善用電影技巧，首創相連的蒙太奇鏡頭以激迸意義的火花，顯現台灣詩壇早期的「現代性」，「現代性」使其詩質瀰滿。

被余光中譽為「新現代詩的起點」[33]的羅青，寫出被稱為台灣「後現代主義宣言詩」〈一封關於訣別的訣別書〉（1985，《自立晚報》副刊）的羅青，遲至一九八五年元月才撰述〈錄影詩學之理論基礎〉，一九八八年才出版整本《錄影詩學》詩集，他說：「錄影詩，在理論上，可以動用所有與錄影相關的機器語言技巧及思考模式；但同時，也可以保存相當的傳統語言手法。錄影詩，並不一定要以錄影帶為其最終發表的形式，其重點，還是以文字印刷為主，可以閱讀，可以朗誦。這是詩在手法上的拓展，精神上的改變，把二十世紀科技在中國社會裡所產生的影響，在詩中具體地反映出來。」[34]這樣的手法拓展，精神改變，錦連是在二十世紀五〇年代的台灣就已揮舞起來。

四、銀幕詩影響下的錦連特色

33 余光中：〈新現代詩的起點〉，《幼獅文藝》四月號，台北：幼獅書店，1973年4月。
34 羅青：〈錄影詩學之理論基礎〉，《錄影詩學》，台北：書林出版公司，1988，頁274。

「蘇聯蒙太奇學派」的庫勒雪夫（Lev Kuleshov）、普多夫金（Vsevolod Pudovkin，1893～1953）、維爾托夫（Dziga Vertov，1896～1954）、愛森斯坦，都努力將蒙太奇提升到哲學、美學或知識論的層次。法國主要的現象學家莫里斯·梅洛龐蒂（Maurice Merleau-Ponty，1908～1961）也區辨出一種「配對」（match），這種配對不僅是電影媒體和戰後世代之間的「配對」，而且也是電影和哲學之間的「配對」，他說：「電影特別適合用來彰顯心智和身體的結合、心智和這個世界的結合，以及作為一種表達自己的方式，哲學家和電影創作者具有某種程度的共同存在本質，並具備某一特定世代的世界觀。」[35] 電影可以和哲學「配對」，可以提升到哲學的層次，詩更可以達至這樣的高度。基於這種體認，本節將著力於錦連詩作在銀幕詩的影響下所呈現的詩質及其人生哲學厚度。

錦連的作品依其出版的詩集可以區隔為兩大重要的創作階段，一是一九五二至一九六二年，包括前四部詩集《鄉愁》、《挖掘》、《錦連作品集》、《守夜的壁虎——1952～1957錦連詩集》的絕大部分，以及第五部詩集《海的起源》前九首詩，都在這十年間完成，是他創作的高峰期，〈女的紀錄片〉與〈轢死〉就是這時期的作品。另一個重要階段是《海的起源》的主要寫作時期一九九四至二○○二年，共九十首詩，次高峰。如果依「現代性」而言，第一階段的錦連其實已完成詩的創造性與衝刺力，其後的放緩、放空，應是可以想見的事。因此企圖以〈女的紀錄片〉與〈轢死〉的銀幕詩體系，串起錦連詩作的全貌，也就不算是狂妄之舉了。

就錦連銀幕詩的發展進程，可以縮結為下列四事：

---

35 羅伯·思譚（Robert Stam）著、陳儒修·郭幼龍譯：《電影理論解讀》（*Film Theory :An Introduction*），台北：遠流出版事業公司，2006，出版二刷，頁116。

（一）心靈投射下的靜物延伸

靜物素描或攝像，一直是美術、攝影愛好者的基礎工程，這樣的白描功夫，其實也是文學工作者最基本的實力展示。詩人之所以選擇這種動物、植物、器物，甚或景物作為書寫的模特兒，正是他內在幽微心理的外爍。出版於二〇〇二年的錦連早期詩集《守夜的壁虎》，選擇壁虎當作詩作的主象徵，在寫作的當時或計畫出版的時刻，都可以看出錦連孤獨心靈悠然出竅。

〈壁虎〉

守著夜的寧靜，
不轉眼珠的小壁虎，
以透明的胃臟，
靜聽著壁上的大掛鐘。

連空氣都欲睡的夜半，
我亦孤獨地清醒著，
守著人生的寂寥……[36]

「守著夜」是錦連長期在鐵路局電報房輪值夜班的工作型態；「不轉眼珠」是錦連專注事物或時事的處事態度；「透明的胃臟」是真實的壁虎寫真，也顯示錦連生活中以真示人，痛恨「偽善者」，錦連在許多詩中一再檢討自己或批判他人的「偽善」。[37] 心理學家強調：一個人在兒時學會過度順從，他

---

36 錦連：〈壁虎〉，《鄉愁》，彰化：新生出版社，1956，頁8。《挖掘》，頁15。《錦連作品集》，頁55。《守夜的壁虎》，頁181。
37 如〈偽善者〉（《守夜的壁虎》，頁25）、〈我〉（《守夜的壁虎》，頁76-77）、〈乞丐〉（《守夜的壁虎》，頁212-213）等詩，都在批判偽善。

們所學到的生活方式是符合別人的期望，取悅別人，不得罪別人，因而建立一種「虛偽的自我」，這種人只是在適應，不是在體驗這個世界。[38]「偽善」，錦連一生中最深惡痛絕，不批判不痛快之事，因此這裡特別強調，連動物的胃臟（生活之所依）都是透明的。

「靜聽大掛鐘」又回到值夜班工作實況，卻也是時間流逝的感觸與無奈。整首詩刻意突出壁虎深夜靜靜守候，實際透露的是自己清醒的的孤獨與寂寥。

至於感傷，錦連選擇了情人留在手帕上的口紅印，突出而醒目：

〈感傷〉

留在手帕的
紅色中的
最美的溫柔和熱情的哀傷的痕跡

最後的離別之夜
啜泣著擦下來的
口紅[39]

這兩首詩顯現錦連重視鏡頭的「聚焦」效果，在萬籟俱寂的無邊黑夜中選擇一隻小小的壁虎，在素白的手帕上凸顯離別的口紅印，都是影像處理高手才有的經驗。同樣是紅色的掌握，感傷時以啜泣的口紅印聚焦那「最美的溫柔和熱情的

---

38 安東尼・史脫爾（〔英〕Anthony Storry，1920～）著、張嚶嚶譯：《孤獨》（Solitude），頁25。
39 錦連：〈感傷〉，《守夜的壁虎》，頁304。

哀傷的痕跡」，蓋章時卻以紅色的印泥暗喻鮮紅的血，但印章專屬的功能——「名字」卻無法彰顯（「無論怎麼蓋／你的名字顯現不出來／／無論怎麼著急／那裡祇有你鮮紅的血而已」）。[40]名字所代表的是一個人的身分、地位，卻在最該顯露自己的印章裡也被鮮血似的印泥所模糊。

與紅色同屬暖色系統的黃色，也不免於這種愁緒的渲染。錦連看見檬果（芒果）時專注於檬果的黃，而不是甜美的汁，即使是汁，也是經由人體滲出自己所屬的黃色人種的失望與期望（鄉愁與夢），從具象的「汗」提升為抽象的「憾」。

〈檬果〉

有，
　保持色彩的固執性。
有，
　民謠般的土著氣味。

黃的，
鮮黃的，
隨著汗而滲出的有色人種的鄉愁與夢。[41]

如果將錦連三十歲以前所寫的這首〈檬果〉（1952～1957），與同樣出生於一九二八年的余光中所寫的〈芒果〉（1989）相比，余光中所看見的芒果已是台灣農民多次改良後的品種，所以有著「撲鼻的體香」、「豔紅而豐隆的體

40　錦連：〈蓋章〉，《守夜的壁虎》，頁264。
41　錦連：〈檬果〉，《鄉愁》，頁2。《挖掘》，頁9。《錦連作品集》，頁43。《守夜的壁虎》，頁181。

態」，詩之最後是「懷著外遇的心情，我一口／向最肥沃處咬下」[42]，可以想像那種愉快、滿足的神情，相對的，錦連卻在固執性與土著氣味中為黃色人種的鄉愁與夢擔著心。

從動物、衣物以至於果物，錦連所聚焦的都是體積極小的個體物，所貫穿的情緒不外乎哀愁與孤獨，這種靜物與孤獨的圖象呈現，一直是錦連詩作的原調與基礎。

〈壁虎〉是壁虎（象）加上人的寂寥（意），〈感傷〉是口紅加上人的離別，〈檬果〉是芒果加上人的鄉愁。「物」加上「人」因而有「事」發生，有「事」繼而有「故事」、有「畫面」、有「小說企圖」、有「戲劇情節」、有「電影場景」，如是逐步演化而成銀幕詩。〈蛾群〉是這種說明性強的「場景」：

〈蛾群〉

一個燈泡
爬滿著成千的飛蛾
我熄燈而拿著廢紙點了一把火
把那熾熱的憤怒
插進最密集的
可惡可恨的這一伙起鬨的群體中

嗶吧嗶吧　嗶吧地
渺小的生命爆裂迸開
灰塵似的屍體紛紛飛落到我的手臂
然而　由於心中湧起的

42　余光中：〈芒果〉，《安石榴》，台北：洪範書店，1996，頁28-29。

殘忍　但卻有點悲戚的微笑
我的面頰不由得僵硬起來

因為我忽然發現
人類　跟這群飛蛾並沒有兩樣……[43]

　　這首詩以極多的畫面播送飛蛾撲火、屍體飛落手臂、人臉上表情詭異多變，已經從單純的靜物安頓，進一階到連緒的事件安排，只是散文式的敘述多了一些，概念式的結語淺了一點，無異於一般詩作。但這首詩顯示錦連寫實主義的手法，敘事性的水平鏡頭運轉，具足功力，拍攝出有聲有色的「場景」給讀者（觀眾）閱讀、觀覽。

　　由「場景」之呈現，轉而為「鏡頭」之轉換，是現代電影導演所熱中的，〈記錄〉這首詩倒真的提供了此一觀點的真實記錄。

〈記錄〉

1. 冰冷的冬季北風
2. 種種雜音和它的波動
3. 遠遠的歌聲
4. 從熱滾滾的生活撒下來的色彩之輻射
5. 枯草和泥土的香味
6. 有淡淡鹹味的淚水

　　僅僅殘留於皮膚面的感覺就這樣地記錄下來

43　錦連：〈蛾群〉，《挖掘》，頁80-81。《錦連作品集》，頁122-123。《守夜的壁虎》，頁100-101。

（夜似乎已深了）

以像膜拜似的姿勢
他　一個乞丐趴伏在廊下的角落

等待著
…………那樣地
　　　等待著[44]

　　前面六個分鏡鏡頭，比起〈女的紀錄片〉、〈轢死〉的
單純視覺意象，顯然又豐富多了。鏡頭1是觸覺，鏡頭2是聽覺
加觸覺，鏡頭3是聽覺，鏡頭4是（超現實的）觸覺加視覺，鏡
頭5是嗅覺，鏡頭6是味覺。五感通覺，無一缺漏。這六個鏡頭
是屬於近距離的皮膚特寫，鏡頭慢慢拉開，其後不加標號的鏡
頭則爲中景或遠景，冷冷鳥瞰著人世間悲慘的一隅。因此，可
以將前一組稱爲「內記錄」，後一組稱爲「外記錄」，景中有
景，記錄裡猶有記錄，錦連的銀幕詩因而有了完整的、分鏡式
的發展軌跡，由靜物繪本慢慢延伸出連環影像。

（二）鏡頭逼視下的人物暗喻

陰沉
　太濃
　　窒息性的固體的憂鬱

從歪斜的桌子上
　從翻倒了的一隻茶杯的腹部

44　錦連：〈記錄〉，《守夜的壁虎》，頁336-337。

　　緩緩流出

　有傳奇性的故事
　　說是
　　曾經有人在此啜泣……[45]

　　這是錦連的詩〈靜物〉，他將「靜物」定義為「窒息性的固體的憂鬱」，彷彿任何靜物都可以隨時說出一段哀傷的故事，譬如一段影片：一隻翻倒的茶杯，茶水緩緩流出——有聲的翻倒的動作，無聲的流出的動作，這背後會有一段啜泣的傳奇。物的演出，總是連接著人的故事。

　　文學紮根土地，也挖掘人性，所以所有的影像之作無不以「人」為主角，即使是以「物」為主角，也無不以「人」為影射的對象，或以「人」為隱喻的基礎，如錦連詩作的〈蚊子淚〉[46]強調的是人類血液中無可豁免的悲哀，〈蚊子——苗栗詩抄之一〉[47]強調的是人類血液中熊熊燃燒的情愛。因此，赤裸觀看錦連鏡頭逼視下的人物，以影像呈現的人物較諸其他詩作更為栩栩如生，其中隱約的暗喻才是錦連詩作的靈魂，值得逼視。

　　先觀察很早出現的分別以老阿婆與老頭子為模特兒的兩首詩，剛好形成值得深思的對比。〈老阿婆〉以寫實主義的方式娓娓敘說，彷彿不帶一分感情而哀傷隱藏在其中：「是一樁夜車裡的事／／白鬢髮二三根／面容憔悴的／慈祥的老阿婆／／讀大學的／獨生子猝死／所以千里迢迢／從老遠的家鄉趕來／／以悲傷的口吻／如此告訴我的／可憐的老阿婆／／少年的

45　錦連：〈靜物〉，《挖掘》，頁39。《錦連作品集》，頁81。
46　錦連：〈蚊子淚〉，《鄉愁》，頁1。《挖掘》，頁8。《錦連作品集》，頁9。
　　《守夜的壁虎》，頁150。
47　錦連：〈蚊子——苗栗詩抄之一〉，《守夜的壁虎》，頁305。

那一天／要還鄉的／夜車裡的一椿事」。[48]藉難以體會死亡、孤獨的少年，去襯托老阿婆深沉的悲哀。

這種人生旅程的孤獨，常常在錦連詩中不經意流瀉出來，〈旅愁〉這首詩就是藉自己在火車鑽進山洞時，怕窗口颼進來的煤灰，以手帕掩住整個臉龐的身影，疊合了「被放逐的人」、「被押解至西伯利亞的流放罪犯」、「和親人訣別、離開村莊、孤單地踏上漂泊之旅的人」，[49]糾結著全人類的旅愁在一個動畫中，映現出「無故人」的千里孤獨與悲哀。

另一首老頭子的悲哀，以〈老舖〉命名，以一朵紅色的薔薇對比白髮的老頭子，花瓶裡的薔薇動也不動，白髮的老頭子動也不動，但青春豔麗的活力與老邁呆滯的枯朽震撼著讀者的視覺。場景拉遠：一個老舖子，時間點設計：六月冷靜的夜晚。一幅靜靜無言的畫面，是孤獨的悲哀，是青春的哀悼。

〈老舖〉

夜靜的老舖
有一朵薔薇

旁邊
白髮的老頭子托著腮幫
把視線獸獸地釘在街上

花瓶裡的薔薇動也不動
老頭子
是否想像著年輕的日子？

---

48 錦連：〈老阿婆〉，《守夜的壁虎》，頁18-19。
49 錦連：〈旅愁〉，《錦連作品集》，頁34-35。《守夜的壁虎》，頁14-15。

六月的冷靜的夜晚[50]

　　同樣是對比，〈腎石論〉只以醫生的話「腎石是由鹽分結成的」與詩人的話「腎石是由憂鬱與悲哀凝結而成的」做對比，形成「手術刀和詩人的筆尖的閃耀」[51]的意象，未見畫面，成效不如有著故事性的〈老舖〉動人。

　　從〈女的紀錄片〉之後，錦連銀幕詩中常常出現男與女的對手戲，如〈男與女〉、〈雌・雄〉即是，此處以〈青春〉一詩為例：

〈青春〉

黃金色的
被情焰激起的雌狐狸

褐色的
因快被充沛的精力給脹破的雄獅

用力踩踏的三輪車伕的毛毛腿
隨風飄蔽大耳環的黑髮的波浪[52]

　　詩中男女以三組對映畫面「黃金色／褐色」、「雌狐狸／雄獅」、「毛毛腿／黑髮波浪」，共同築造青春形象，最後

50　錦連：〈老舖〉，《挖掘》，頁11。《錦連作品集》，頁51。《守夜的壁虎》，頁114-115。

51　錦連：〈腎石論〉，《鄉愁》，頁10。《挖掘》，頁17。《錦連作品集》，頁57。《守夜的壁虎》，未選入。

52　錦連：〈青春〉，《守夜的壁虎》，頁297。

彰化學

男性以三輪車伕的姿態載送大耳環觀光，保住新女性的平衡地位。但對女性的狂野，錦連一向以野獸之牙稱之，如〈女〉這首詩：「她笑了！／神秘的表情破壞了光線的調和。／／閃耀而純白的牙。／／是一隻，／充滿反抗的噴火動物。」[53] 詩中有著調侃、戲謔、敬而遠之的意味。將老人組與青春組人物做一比較，錦連的人物性格，向灰暗色調傾斜，對弱勢族群寄以無限同情，仍然依循著孤獨心靈，踽踽而行。

（三）光與影之外的想像空間

錦連的銀幕詩可以區分為兩類，一是抒情性濃的作品，如〈眼淚的秩序〉、〈那個城鎮〉；一是思考性強的作品，如〈劇本〉、〈寂寞〉等詩。

抒情性濃的作品敘事性亦強，因此也就缺少光與影之外的想像空間，如〈眼淚的秩序〉：「1.像是打冷顫發抖的我的手腳臉面和他的手腳臉面／2.明顯地被鄉愁和生前的祖母相連的哀感情緒染紅的父親呀／3.跟著頭髮稀疏的他的腳跟行走的有乾涸湖沼的故鄉小山路／4.隨著轉彎隨著上坡逐漸漲滿逐漸洋溢的痛癢／5.或者是蕁麻疹或者是膨脹／6.越來越厲害的對潰決的預感敗北的預感而哭泣的（那是少年的日子）／7.向礦車沿著山麓疾馳的記憶遠處滑行的一條點線／8.風吹過／9.回想起輕微的飢餓感／10.它立即飛到眼球深處的無可奈何的仰慕並停滯又溶化了」。[54] 這首詩是悲哀的情緒如何醞釀而流出眼淚的細膩過程，有外在的親情因素，有眼睛腫痛的局部描述，有過去的悲傷記憶，鏡頭依序而下，時近時遠，時古時今，但不需要保留讀者想像空間。把它視為一般抒情作品亦可。

〈那個城鎮〉亦然，這首詩在《挖掘》詩集中未標示編

---

53 錦連：〈女〉，《鄉愁》，頁15。
54 錦連：〈眼淚的秩序〉，《守夜的壁虎》，頁351。

號，且有「給苗栗・羅浪兄」的副題，顯然以一情／一景／的切割畫面爲苗栗留下記憶，句與句間未必是連續性的鏡頭，也未必有連續性的情節，因此在《守夜的壁虎》中去掉副題，加上標號，鏡頭彷彿有了順序，情節尚存，情誼猶在，但故事性不強，因爲不曾爲讀者留下想像空間，讀者可以參與的地方不多。[55] 這兩首詩純屬個人私密之情，雖以影片的方式處理，卻非成功之作，原因都在於：光與影之外，缺少想像的空間。

　　詩與電影，都需要導演能引導觀眾到某個玄想的空間，任由伸展。

　　思考性強的作品，「現代性」強的作品，甚至可以發展出數度空間。如〈主人不在家〉之詩題所示，心情放輕鬆，製作小品電影一般，敢於遊戲，反而產生極佳效果：

〈主人不在家〉

1. 玄關（張開口的石虎）
2. 小徑（月明之夜的白色溪流）
3. 沙發（抱著啤酒桶跌個屁股著地的一隻熊）
4. 金庫（一大塊煤炭）
5. 衣架（爛醉如泥的章魚的手腳）
6. 電鐘（陶醉於太古夢境的貝殼貨幣）
7. 電扇（在發笑著的假面具）

因爲主人不在家……
遊戲正要開始了[56]

55 錦連：〈那個城鎮〉，《挖掘》，頁82-83。《守夜的壁虎》，頁356-357。
56 錦連：〈主人不在家〉，《守夜的壁虎》，頁327。

　　前面的七個編號，可以當作文學裡的七個譬喻句：玄關如張開口的石虎，小徑是月明之夜的白色溪流；或是電影裡並置的七組分鏡：沙發與抱著啤酒桶跌個屁股著地的一隻熊，金庫與一大塊煤炭。如是等等。不同的是，任何譬喻句都可能只有一個意思，但並置的兩個分鏡卻有許多不同的蒙太奇效果，如沙發與熊，有的人會想成休閒的環境，有的人會因而有被抱的想望，有的人會有家暴的恐懼，如是等等。這其間的差異來自讀者不同的成長環境、文化背景、想像能量，詩的豐富性也隨著不同的心境產生不同的光影變化。

　　這首詩最後「主人不在家」的「主人」是指封建的宰制心靈。敢於解放心靈的宰制，所有快樂的遊戲才算開始，所謂「現代性」云云，這是其中重要的因素。主人不在家，讀者才能是主人。詩的戲劇舞台是否立體化，就看讀者有多大的主宰空間。

　　〈搬家的家當〉，主人也不在家，家具成了主角。〈主人不在家〉與〈搬家的家當〉，這兩首詩與一般以「人」為「主」的戲劇拉開了距離，不在人與人之間縈繞，減少了人與人之間恩愛情仇的摩擦，一如童話世界，可以想像的空間也就加大了。

　　人與家具，都是實有的存在，但錦連的銀幕詩在處理抽象感覺如「寂寞」時，也採取分割鏡頭，似斷又連，似連又斷，詩在斷與連之間、斷與連之外，分外值得細思。

　　〈寂寞〉

　　感動（因血球群濃縮所引起的心臟之負荷）
　　淚水（過剩的水分之溢出）
　　綠色（色素沉滯的結論）

愛情（生理性的慾望和傳統性的美化作用之製品）

> 今天我感覺寂寞
> 如同存在徐徐地在溶解般
> 寂寞[57]

　　以四個心理與生理互相解構的句子，讓讀者接受：寂寞就像是任何事物、任何萬有、任何存在，慢慢溶解、慢慢消逝、慢慢折磨，既無法避免、也無法改變，更無法阻斷。這四個互相解構的句子，如「感動」一詞，是心理學名詞，指心感應於外物而有所激動，但錦連以身體的物理現象「因血球群濃縮所引起的心臟之負荷」加以解釋，雖合乎心理醫學常識，但也解構了「感動」一詞的感動值；如「愛情」，多令人心馳神往的美好世界，但在「生理性的慾望」、「傳統性的美化作用」的解構下，卸下愛情的神秘面紗。但是相反地，當生理作用有所變化時，未嘗不是一種令人「感動」的「淚水」，或者讓人心靈沈澱的「綠」。同時，上一組的兩個分鏡還在視網膜上暫留，下一組又已出現，如此交互糾纏，可能相互解構，卻也可能相互建構之時，擴充了詩的無限可能。

　　〈劇本〉之詩，可以為這一節「光與影之外的想像空間」做一綜合性的演出，在「正、反、合」似的圖象辯證與思理辯證裡，世界，在錦連的銀幕詩中透露深邃的哲思。

〈劇本〉

鋼筆──一支會吐出可怕容量的痰水之煙斗

57　錦連：〈寂寞〉，《守夜的壁虎》，頁328。

（但鋼筆不知不覺已生鏽而腐朽了）

樹木——不斷迸出的煙火
（但樹木成長之後枯掉了）

煙——抱有意志的多形狀的浮游動物
（煙被風吹散了）

天——破破爛爛在擴展中的大包巾
（但天卻憑一時的情緒而固定下來了）

地——不安定而僅有的一張毛毯
（但地卻動也不動）

人——含有對未來的可能性之一塊炙熱體
（但人無論如何就是過去和現在的總和）

收場白——突然響起驟雨似的喝采
（但這是一點也不值得提起的）[58]

（四）言與動之外的真實意涵

　　錦連是一個思想性強的詩人，他靜靜守候人生，觀察社會，在銀幕詩中以言與動演出，但其背後卻有深度的意涵。早期在〈蛾群〉詩中發現「人類跟這群飛蛾並沒有兩樣」，〈於八卦山〉詩中感觸：「螞蟻的世界和人類的世界究竟有何差別？」[59] 他往往從弱小動物的遭遇中憐憫人類的處境。就以

58　錦連：〈劇本〉，《守夜的壁虎》，頁334-335。
59　錦連：〈於八卦山〉，《守夜的壁虎》，頁110-111。

〈轢死〉這首詩來思考，長期鐵路局的工作錦連為什麼留存平交道死亡車禍事件，車禍的意義何在？車禍的真實意涵何在？是不是可以像南方朔導讀二○○六年諾貝爾文學獎得主奧罕·帕慕克（Orham Pamuk，1952～）的小說《新人生》所說：「『公路』和『車禍』在這部小說裡是重要的象徵。這裡的『公路』就和稍早前新潮的『公路電影』相同，把公路寓意為生命或文化的覺醒過程，而『車禍』的碰撞，則當然意謂著文化的碰撞。」[60] 錦連出生於日制時期的彰化，台灣傳統在地的文化、日本文化，從小影響著他，一九四九年以後同種同文但不同語的儒家文化又衝擊著他，在鐵道與公路發生車禍的暗喻，是不是也告訴我們這種異文化相互碰撞的火花，會是另一個新文化的火種或禍種？哪一條鐵道或公路可以引領我們走向覺醒之路？

近期的作品錦連喜歡探討「死亡」，同樣以〈劇本〉為名的散文詩，就上演了一齣「不願意被人懷念」的孤獨死亡劇：

因為用盡了人們的隱密的愛——佇立於凌亂的墓碑林立的野地　有個駝背老人嘴裡咕嚕著　「我不願意被人懷念　我祇希望被人遺忘」　偶爾秋雨忽地掃過　雨點從老人的腮鬚滴落下來　雨停　從雲間露出微弱的晨曦映照著水滴和微紅的墓碑　下顎一直發抖的老人　舉杖指向天邊的一角　把種種懊惱憂懼自滿和欣喜的日子　推至遙不可及的忘卻的世界　在這無垢的時刻　人們還沒睡醒當中　在這極為寧靜的時段……忽然有一股由衷的跪拜欲求湧起　他那憔悴的面頰露出孤寂的微笑　然後在磨得發亮的冰冷鐵

60　南方朔：〈一則大型的國族文化寓言〉，奧罕·帕慕克（Orham Pamuk，1952～）著、蔡鵑如譯：《新人生》（Yeni Hayat，The New Life），台北：麥田，2007（二版一刷），頁10。

軌上　在把載滿了秋天裝飾的森林邊緣繞個大圈而來的白
銀的鐵軌上　他緩慢地躺下　而等待即將到來的淒壯瞬間
……他仍深信著愛和光明　太陽升起　太陽轟然地墜落了

似有誦經的聲音從薄暮的野地微微地悲涼地傳來[61]

　　但錦連並不是人生旅程中的怯懦者，他詩中的批判性十分
強烈，一方面從人類可笑的行事中感嘆人性，一方面也對這種
可笑又可悲的行為予以嘲諷。〈短劇〉這首詩可以看出這種嘲
諷與悲憫的雜糅，故事雖單純，衝突、對比的鏡頭卻極具震撼
力，現實與夢境的虛實呼應又豐富閱讀的趣味性，可以當作是
經典的電影詩。

　　〈短劇〉

　　腰腿不穩的一隻棕色病狗走在前面
　　宛如走在伸展台的時裝模特兒
　　交叉著後腳一拐一拐地晃著尻股往前走
　　忽然──
　　狗在乳白色的跑車旁駐足
　　舉起一條後腿向輪胎嘩嘩地撒了一泡尿

　　這時推開名貴轎車的前扉
　　穿著銀色高跟鞋的嬌豔女郎
　　伸出羚羊般修長纖細的腳
　　肩吊著名牌手提包婉然地從車內下來

61　錦連：〈劇本（散文詩）〉，《守夜的壁虎》，頁28。

然後昂首以模特兒的誇張姿勢
一擺一擺地晃著身子沿著巷道走去

狗閃在路旁出神地望著女郎
我緊接在後茫然地看著她和狗
望著望著——
側臉感到微熱的晨曦
半醒半睡的夢境裡
我在詫異中慢慢地覺醒過來

定神一看
我驚訝地發現
滿架上的書籍裡
似乎未曾讀過這麼富有詩意的情景——
女郎消失了
狗也失去捭影

然而
視網膜的餘像裡
仍然——
有一擺一擺的女郎
有一拐一拐的病狗
還有一擺一拐的我[62]

時髦而名貴的裝扮、有著模特兒身姿的女郎，腰腿不
穩、一拐一拐的病狗，這是絕大的對比，絕大的對比之間卻是

62　錦連：〈短劇〉，《海的起源》，頁63-65。

「我」的存在。「我」是一個什麼樣的存在？在名媛的眼中，我的存在會不會如同一條病狗，視而不見？而在病狗的世界裡，名貴的跑車也不過是牠撒尿的地方，那麼，我的位置又在哪裡？在這樣的一齣短劇裡，人的價值與地位，生命的尊嚴與存在的意義，正是錦連逼使讀者思考的地方。

銀幕詩是重視視覺的，這首詩裡，病狗——棕色，跑車——乳白色，高跟鞋——銀色，極盡色彩之鋪陳，這是重視意象、重視鏡頭的詩人所不願意疏忽的。

即使是單一鏡頭，如〈傑作〉[63]這首詩，我們看到叉開雙腿、挺立身子，咬緊牙根、滲出血來的雙唇（特寫鏡頭「紅色的血絲」在此），讓我們有鐵與血的深刻印象，這是想阻擋現實的的挺立鏡頭，自有其意涵，錦連認為這就是「比死亡更有尊嚴的」傑作。「尊嚴」，正是支撐錦連孤獨詩風的那一根脊梁。

> 在近代精神的尊嚴裡
> 痛癢開始了[64]

小小的角膜發炎，小小的角落發炎，就是精神尊嚴的創痛，錦連從這樣的紅腫處，以清晰的影像，多重的鏡頭，捍衛人性的尊嚴。

甚至於，捍衛台灣的尊嚴，為台灣用力地打下「銀幕詩」第一鋤！

> 那是比懼怕更為莊嚴的一種自覺
> 對血液不曾停止滲出的人類心靈的創傷記憶

---

63 錦連：〈傑作〉，《守夜的壁虎》，頁241。
64 錦連：〈角膜炎——二行詩〉，《守夜的壁虎》，頁251。

重新湧起感動淚水的現在
唯有此時此刻　踏出柵欄
在這台灣還只有僅少的人敢爲的
站立於那荒蕪的野地
偷偷但卻用力地打下第一鋤吧[65]

五、結語：詩是尊嚴

　　錦連，一個五十年之後才翻譯出版自己二十五歲時的少
作，歷史的定位必須重新放回原來的軌道上去思考的一位詩
人。有人從他的職業——鐵路、電報，思考「直線型」剛直的
性格，簡潔、吝嗇如蜘蛛的電報型用字。有人從他的祖籍台北
三峽，長居地彰化，近年頤養天年的高雄，思考這樣的地緣變
遷與人際關係，對其詩歌創作會有什麼樣的微妙變化。更多的
人深入他的詩作中，探尋他的人道主義關懷、處事風範，釐清
他的色彩運用習性等等，爲他重估藝術的價值。

　　本文則從他少年時代參加「銀鈴會」的緣由始末，論述
這一時期的創作何以造就他的藝術高峰，並以他所始創的、最
早出現的兩首「電影詩」（銀幕詩）〈女的紀錄片〉與〈轢
死〉，作爲論述的主軸，尋找錦連詩作在銀幕詩影響下的特
質，得出四項結論：一、是錦連擅長以小動物或小物件，投射
自己心中的孤獨感；二、是錦連的人物性格，向灰暗色調傾
斜，對弱勢族群寄以無限同情，依循著孤獨心靈，踽踽而行；
三、是錦連常以「正、反、合」似的圖象辯證與思理辯證裡，
在銀幕詩中透露深邃的哲思；四、是錦連是一個思想性強的詩
人，孤獨是他常常顯露的身影，但「尊嚴」卻是支撐錦連孤獨
詩風的那一根脊梁。

　　所以，「銀鈴會」與「銀幕詩」是眞正肯定錦連雙贏地位

65　錦連：〈第一鋤〉，《守夜的壁虎》，頁376-377。

的最好指標；錦連的詩壇地位就在「銀鈴會」與「銀幕詩」的雙重影響下奠立穩固的礎石。

參考文獻

錦連作品集（依出版時間序）

1. 錦連（陳金連）：《鄉愁》，彰化：新生出版社，1956。
2. 錦連：《挖掘》，台北：笠詩刊社，1986。
3. 錦連：《錦連作品集》，彰化：彰化縣立文化中心，1993。
4. 錦連：《守夜的壁虎——1952～1957錦連詩集》（中文），高雄：春暉出版社，2002。
5. 錦連：《夜を守りてやもりが……》（日文），高雄：春暉出版社，2002。
6. 錦連：《海的起源》（中文），高雄：春暉出版社，2003。
7. 錦連：《支點》（日文），高雄：春暉出版社，2003。
8. 錦連：《那一年（1949年）錦連日記》，高雄：春暉出版社，2005。

中文書目、篇目（依作者姓名筆畫序）

9. 余光中：《安石榴》，台北：洪範書店，1996。
10. 李魁賢：〈存在的位置——錦連在詩中透示的心理發展〉，真理大學台灣文學系：《福爾摩沙文學・錦連詩作學術研討會論文集》，台北：真理大學，2004年11月7日。
11. 林亨泰：《台灣詩史「銀鈴會」論文集》，彰化：磺溪文化學會，1995。
12. 南方朔：〈一則大型的國族文化寓言〉，奧罕・帕慕克（Orham Pamuk，1952-)著、蔡鵑如譯：《新人生》（Yeni Hayat，The New Life），台北：麥田，2007（二版一刷）。
13. 張德本：《鐵路詩人錦連論》，台北：台北縣政府文化局，2005。
14. 郭楓：〈守著孤獨、守著夜、守著詩——錦連篇〉，真理大學台灣文學系：《福爾摩沙文學・錦連詩作學術研討會論文集》，台北：真理大學，2004年11月7日。
15. 詹冰：《實驗室》，台北：笠詩刊社，1986。
16. 劉森堯：《天光雲影共徘徊》，台北：爾雅出版社，2001。
17. 鄧燭非：《電影蒙太奇概論》，北京：中國廣播電視出版社，1998。

18. 簡政珍：《電影閱讀美學》，台北：書林出版有限公司，2005。

中譯書目（依作者姓名字母序）

19. 安東尼・史脫爾（Anthony Storry，1920～）著、張嚶嚶譯：《孤獨》（Solitude），台北：知英文化公司，1999。

20. 梭羅著（Henry David Thoreau，1817-1862）、林玫瑩譯：《孤獨的巨人：梭羅的生活哲學》，台北：小知堂文化事業有限公司，2002。

21. 路易斯・吉奈堤（Louis D. Giannetti）著、焦雄屏譯：《認識電影》（"Understanding movies"），台北：遠流出版公司，2007。

22. 奧罕・帕慕克（Orham Pamuk，1952～）著、蔡鵑如譯：《新人生》（Yeni Hayat，The New Life），台北：麥田，2007（二版一刷）。

23. 非力浦・柯克（Philip Koch）著、梁永安譯：《孤獨》（Solitue），台北：立緒文化事業有限公司，2004。

24. 羅伯・思譚（Robert Stam）著、陳儒修・郭幼龍譯：《電影理論解讀》（Film Theory :An Introduction），台北：遠流出版事業公司，2006。

堅決不舉順風旗的獨吟者
——論錦連作品的特立風格

郭楓[*]

一、愈老愈美的一棵語言花樹

（一）詩是語言花

詩的語言，較之文學創作諸門類的散文、隨筆、小說、戲劇等等，其精鍊細微、其蘊藉幽深、其韻味風致，正如花朵般高舉於其他形式的作品之上。波特萊爾稱自己的詩爲《惡之花》，從語言看，的確說得精準。

一首詩，綻放成綺靡的語言花，令人吟哦、唏噓、讚嘆爲藝術之作。若說這藝術之作是詩神特別的恩賜，不如說是詩人內在厚積的情思遭到外在景象的觸擊靈光一閃引爆的灼灼火燄。正像哥德所說：「現實提供給詩的誘因和材料，某種特殊事情，一經詩之應用，便成爲普遍而有詩趣的東西」[1]。於是，詩的語言花，仿若繁星點點，閃耀在歷史的夜空。

並不是所有以詩爲名的作品都會綻放成語言花。任何時代的詩壇，隨處會生著名叫詩的作物，會流行著名叫詩的人造花，那些不過是以詩形書寫的東西，並不會開出語言花。

或許，可以這麼認爲：不會開出語言花的普通作物，以及趕流行的人造語言假花，不是詩。或許，可以這麼認爲：唯有

---

* 　《新地文學》社長兼總編輯。
1　歌德與愛克爾曼（Johann Peter Eckermann 1792～1854）1823年9月18日的對話。
　　《哥德對話錄》，周學普譯，台北：商務印書館，1963，頁89。

能創造語言花的詩作者，才是詩人。

（二）詩人是一棵語言花樹

詩人是擅於創造語言的藝術工作者，工作中，詩人既能把詩創造成一朵朵語言花，日就月將，也能把生命化育成一棵語言花樹。

詩人化生命爲語言花樹，並不容易。但，如果是一粒純正的詩種子，那怕埋在最不適合生長的土壤，遇上最不適合開花的氣候，總要努力破土而出，抗拒環境的惡劣，奮發抽芽、茁長、吐蕊，終將壯大成樹；把生命之火，綻放成一朵朵語言花。

作爲詩人，勤勉吟哦一生，一生之中，若能夠留下來幾朵語言花，即便是「千秋萬歲名，寂寞身後事」[2]，也就夠了。

詩和詩人的文學位置，乃取決於「質」的優劣，而無關乎「量」的多少。以中國詩歌的黃金時代唐朝爲例：有些著名詩家的優秀詩作，由於這種那種原因而散佚，致使留存下的很少。如「吳中四士」的張若虛，《全唐詩》僅存詩二首，其〈春江花月夜〉之作，可垂名千古。又如「邊塞詩人」王之渙，亦僅存詩六首，其〈登鸛雀樓〉之作，創造了多層次隱喻而成爲很難超越的典範。再如崔顥，亦存詩不多，其〈黃鶴樓〉之作，被論者讚爲「唐人七律第一」[3]。這類高質量的詩藝，往往非高產量詩人的作品所可企及；若一個詩人以量自負，徒見淺薄。

可是在中國詩史，質精量多的大家卻也不乏其人。如唐代

2　杜甫：〈夢李白二首〉之二。
3　嚴羽：《滄浪詩話‧詩評》。見何文煥編訂《歷代詩話》，台北：藝文印書館，1971，頁452。

杜甫，現存詩一千四百五十九首[4]；幾乎首首完美地以不同的意境、語言、風格，綻放成千姿百態的語言花。杜甫，不是一棵語言花樹，而是一座語言花林。

在台灣當代詩史上，一九五〇年代以來，有些詩可稱作語言花，可稱作一棵語言花樹的詩人亦為數不少；詩人錦連，應該是其中比較特殊的一位。

（三）錦連是一棵愈老愈美的語言花樹

錦連是一棵語言花樹，一棵愈老愈開、愈開愈美的語言花樹。

錦連，創造了語言花樹的特立風格。風格之生，必有所自，這裡，且從錦連的「人」和「詩」兩個面向，作約略的考察：

1. 瞧！錦連這個異類的詩人

說錦連是一個異類的詩人，不啻是說錦連是台灣當下詩壇不同流於各詩群的特立詩人之一。這句話，若果揄揚了錦連，我以為，也應是恰如其份的揄揚。

大約要做成一個詩人，必須是詩種子。這方面，錦連和一般詩人相同，對詩入迷，生命裡不能沒有詩。不同的是：錦連有艱困的生活境遇，更有天生的孤絕性格，讓他宿命似的成為一個遠離塵囂的特立獨吟者。

錦連在少小年歲，便墜落到孤苦窮困的生活羅網中。其實，少小孤貧的詩人正多，並不稀罕。而錦連走過半個多世紀的人生途程，一直只是受盡屈辱的社會底層工作人員，從十六

4　這個數目，係據清代楊倫（1747～1803）編注《杜詩鏡銓》統計而得。這和當代學者周勛初主編的《唐詩大辭典》，南京：江蘇古籍出版社，2003，頁136，所稱「杜甫現存詩歌1440餘首」，略有出入。

歲起在彰化火車站電報房幹發報的事，到五十五歲退休爲止，生命中最美好的年華，都耗在一間機器房裡的經歷，便很稀罕。這種單調枯索不見天日的工作，對於一般人，也許是一種可以活下去的固定飯碗；對於熱情的神經纖細的詩人錦連，則是無限難堪的煎熬：

> 精神生活中如果沒有詩，我一定會更加痛苦和絕望，追求詩文學是我唯一的慰藉。
> 我自然一直以孤單及緩慢的步伐，走過近半個世紀的寫作過程，……我自然一直蹲踞在詩壇一個陽光照不到的角落。[5]

錦連這幾句自述，道盡他生存狀態的無奈和辛酸。人們可能詫異：錦連是一個在五、六〇年代已經嶄露頭角的詩人。[6]詩人有筆，筆底生花；詩人有舌，舌粲蓮花；當年有筆有舌的詩人往往都能夠突破困境走向輝煌。錦連何至於把自己弄到如此潦倒？

問題的關鍵在於，錦連有一種孤絕的性格：

〈順風旗〉（節錄）

阿母

您時常講：世間眞濟人攏嘛會曉「彼個時舉彼個旗」我幾落擺問您這是甚麼意思：

5 錦連除詩之外，甚少以散文寫作。引文見〈自序〉，《錦連作品集》，彰化縣文化中心，1993，文本前頁。
6 錦連在五、六〇年代，曾發表不少詩作。僅在紀弦所辦的《現代詩》上，已經發表26首，在林亨泰的30首和白荻的20首之間。當時爲該刊重要詩人之一。見陳全得：〈台灣《現代詩》研究〉，政治大學中文系博士論文，1999，頁178-188。

您笑笑講：憨囝仔咧！舉「順風旗」就是了！

阿母　安呢嘜按怎？

是不是彼支旗太重或者我太固執無夠力？

無敢是我槌槌憨唔知與事？

我實在無法度　安呢是嘜按怎了？

阿母　毋擱無管是吃政治飯的或者是大小尾鱸鰻

或者是西裝撇撇擱有結油炸粿的教授佮文人墨客

攏總嘛輕輕著會當舉起來高高呢

嘛攏毋免結力又擱面嘛攏未紅呢？

阿母　我已經是七十擱加二的老伙仔了

我一生安呢堅持擱獨毋願讓步　敢不對？

　　錦連晚年用閩南話口語寫的這首〈順風旗〉，十分鮮明地描繪出自己抗拒流俗而堅決不舉順風旗的孤絕性格。

　　不舉順風旗，孤絕屹立在一群人搖旗吶喊而另一群人順風舉旗的社會浪濤中！這，無論如何，不能不說是一種非凡的人品。

　　詩是心聲，詩品原足鑑照人品。但時下盛行「聽其言而觀其行」[7] 辦法，我們無妨再觀察錦連行為以便深度認識錦連人品。不舉順風旗的錦連，在現實裡顯示的非凡人品：其一、不參加任何政黨——台灣社會，近六十多年來，一切行政資源、文教體衛、財經交農等等各行各業無不在政黨勢力覆蓋之下。儘管當政者顛倒輪替，反正普通人民生活永難擺脫政治脅制！尤其拿筆桿的作家，若不舉順風旗，其升沉榮枯，遭受的影響至大至深！他等於捨棄了強大靠山而從最寬廣的發展前景撤退，侷促在「一個陽光照不到的角落」。內外煎迫，苟全性

7　「始吾於人也，聽其言而信其行；今吾於人也，聽其言而觀其行。」（《論語》〈公冶長〉篇）。

命，其中寂寞淒冷情況，不足爲外人道；其二、不喜歡社交活動——在台灣這種政治氣候下的社會形態裡，詩人／作家不參加任何政黨者固已難得，不參加政黨而又不幹送往迎來交際活動的人更是不容易。錦連，就是一個不喜歡社交活動的詩人。他和詩壇之上的主流人物，拉開距離，獨行其事。這種行徑，等於捨棄了舞台燈光出頭露臉的機會，甘願在庶民中生活，在塵埃中吟哦。

錦連生活中顯示的非凡人品，確切證明了他長期安於境遇的孤絕。「孤絕」，原是寂寞淒冷的人生境遇，但處於昏暗時代，孤絕卻成爲濁世滔滔中品格高潔的象徵。

> 眾皆競進以貪婪兮，憑不厭乎求索；羌內恕己以量人兮，各興心而嫉妒。忽馳騖以追逐兮，非余心之所急；老冉冉其將至兮，恐修名之不立。[8]

孤絕高潔，自屈原始。數千年來詩文家皆以屈原爲典範。在當代詩壇，一些徵逐營求的名流，竟也爭以「孤絕」自名或互譽，實令人慨歎！孤絕者：捨棄濁世榮耀，低下身子與庶民共甘苦，儘管本身走得踽踽涼涼，心靈裡仍焚燃著關懷生民的熱情之火。名流者：安享現實利益，眼睛不看孤弱，情感既現實又冷漠，生活形態脫離廣大人民，逍遙自得於社會上層。「名流」對於「孤絕」。任憑如何攀扯，絲毫也沾不上邊。但，這種光景，便映照出，錦連此「人」的孤絕品格，的確值得圈點。

2. 孤絕靈魂的熱情之歌

錦連的詩，是孤絕靈魂的熱情之歌。近來，我把錦連《海

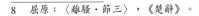

8　屈原：〈離騷·節三〉，《楚辭》。

的起源》詩集，反復吟味，得到這樣的印象。

　　錦連從二戰後期便開始寫詩，迄至新世紀當下，創作歷程已逾六十年。他卻老樹開花，開得愈來愈美！如果沒有一份熱情力量支撐著，是無法做到的。這熱情是對詩文學的眞摯喜愛，是對人間世的未能忘懷。孤絕靈魂，詩中飽滿著創作熱情，正是一個純質詩人自然而然的表現。

　　錦連的詩，刊印成集的，主要只有兩本：[9]

　　《守夜的壁虎》收詩二百七十一首，是他三十一歲之前的作品，原稿以日文寫就，自己譯成中文發表。這本作品，基本上是青春歲月的浪漫抒情光影，抒發的是現實生活中的挫敗、青梅竹馬戀情的摧折。傷痛的心靈悽涼孤寂，獨對一個冷漠荒誕的社會，吟唱中飄散著無盡孤獨的幽怨。不過，這本作品也顯露出錦連孤獨中自有一絲脫俗的風味。在〈守著孤獨、守著夜、守著詩〉論文的結尾，我對這個集子，作出這樣的結語：

> 說錦連的孤獨，是一種孤僻也好，是一種孤高也好，無論如何，較之當世平庸的快樂主義者和扯順風旗的機會主義者，他孤獨的風格總透著些脫俗的氣息，在詩壇的一角飄盪[10]。

　　《海的起源》是迄今爲止足以代表錦連創作成績的一本詩集。這本詩集，收詩一百零七首，其中九十八首均是近八年（1994～2002）的作品。這本詩集的作品和上一本作品相隔三、四十年，這段漫長時間裡，錦連始終沒離開詩。他讀詩、

9　彰化縣文化中心，曾編印一冊《錦連作品集》。此書分二輯，第一輯收詩七十七首，第二輯收錦連所譯日人吉本隆明的詩論。此集的詩，是一個選輯本。

10　郭楓：〈守著孤獨、守著夜、守著詩〉，《福爾摩沙文學‧錦連詩作學術研討會論文集》，台北：眞理大學台灣文學系編印，2004，頁43-66。

翻譯、勤習中文，到耳順之年以後，熱情激越，噴薄出這一集作品。

《海的起源》詩集，仍然顯露著錦連的孤獨，卻已擺脫了純粹孤僻開始走向自信的孤高；仍然顯露著錦連的哀傷，卻已從哀憐自身提升到對弱勢族群的關懷和對不義戰爭的感慨；仍然顯露錦連的敏感，卻已把觸角探向明朗，對人生不再那麼的灰暗絕望──這該是老來的錦連。

我們對《海的起源》再作如下討論：首先討論內容：單人多聲部的寂寞吟唱。其次討論形式：出入於規律和無規律之間。最後作出總結：錦連詩特立風格之形成。

二、單人多聲部的寂寞吟唱

錦連不舉順風旗的行為，明顯地展示在作品的內容上。

一首詩的內容，包括題材和意涵兩個範疇。題材方面：外在世界的景象，內在世界的心象，龐雜紛紜，無不可入詩。意涵方面：似乎是一個玄奧幽微的問題，究其實，唯情與思，此外無他。

創作是一種工作，創作的工作並無多大奧秘，面對廣泛的題材，寫什麼不寫什麼？取決於詩人的思想，詩人有怎樣的思想？則取決於他懷存的情感；因情生思，因思而定題材而表現詩的意涵，古今中外的詩人莫不循此以進。詩創作之路，不過如此。

什麼詩人有什麼情思，什麼情思吟唱什麼內容的詩。錦連，這位不舉順風旗的詩人，他在《海的起源》所吟唱的詩，可分為三大類：

（一）批判諷刺詩：撻伐醜惡的現實

錦連，走過上世紀五〇年代台灣詩壇的虛無時期，此後的

作品調整翻轉，他的詩筆指向了現實。這詩集批判社會，諷刺時政，撻伐現實中不義景象的作品不少，構成全集讓人注目的一個部分。試讀〈包裝〉：

鬥爭又鬥爭
幾千年來不斷地鬥下去
這就是他們血淋淋的歷史

現在台灣這塊土地
唯有這種傳統
被延續繼承下來

然而　時代卻是進步了
如今　除了鬥爭以外
還需要掩飾和修補

演藝人員如此
媒體如此
民意代表當然如此

這是個嶄新的時代
這是個化妝和包裝的時代
畢竟連詩人也把自己包裝起來了

這首〈包裝〉，語言坦直，責斥直接，對台灣虛矯偽飾的社會風氣，作出有力的批判。批判的對象，雖只舉出演藝人員、媒體、民意代表、詩人，而未涉及政府官員，但「這是個化妝和包裝的時代」一句，實已涵蓋了整個社會各階層人物。

比〈包裝〉批判更辛辣的詩也有一些，如〈時代進步了〉：

因為時代進步了
所以現在：「三個字的比兩個字的多」：
指揮官比士兵多
總經理比經理多
作文家比作家多
作詩家比詩人多
學問家比學者多
愛國者比烈士多

於是整個社會構造也變了
上層構造就衍生了：
「鞖鞖」義和團
「本土」火雞派
「文壇」膨風黨
「看人」煞油幫

下層構造自然也就有了：
「鬥臭」異己組
「招軍」買馬組
「結黨」成群組
「暗中」較勁組
「笑裡」藏刀組

這首詩很長，共十三節。有一些節長達十二行，其中有這
類評斷性句子：

　　這是眾人把良心拋給野狗啃食時代
　　這是對自己過去的卑鄙言行無需懺悔的時代

　　這是詩嗎？從頭到尾都在罵人！
　　的確，這詩像「順口溜」般，土，缺乏雅氣和洋氣。但錦連在詩題之後所引赫骨黎「諷刺也是文學」的話，點明了這首詩的立意。
　　的確，這詩從頭到尾都在罵人。但，罵人是需要資格的。那些早年舉順風旗晚年做鬥士或早年做鬥士晚年舉順風旗的人物，該罵的，是自己。
　　錦連，這位堅決不舉順風旗的詩人，確實具有罵人的資格。

（二）悲憫關懷詩：展示人間的情愛

　　錦連，是一位很有性格的詩人。他對自己要求嚴謹，又不會阿諛討好，為人頗有史家所稱許的「守己嚴，待物以正，勿以諛人，勿以悅人」的古道。在他落落寡合的形貌之下，蘊含於內的是一副悲憫弱小關懷生民的熱腸。錦連的古道熱腸，在創作中，怒而書寫批判諷刺詩，愛而書寫悲憫關懷詩。
　　中外古今純正的詩人，率皆反對侵略的不義戰爭。錦連關懷生民，自然反對戰爭。他有一首反戰詩〈花和戰爭〉，全詩十五節，錄下其中四節：

　　自從世界有法的觀念以來
　　為了個人生存的利害
　　人類都贊成「不可殺」

但事關集團的利害
為何宗教都不反對戰爭
自我矛盾之處自有堂皇的理由可為藉口

有戰地牧師手棒聖經向死者招魂
有戰地和尚手捻念珠引導死者往生
埋葬亡者的荒地依然搖曳著野草和小花

他們目瞪口呆驚慌失措
他們都頓感自己極為卑微
他們祇有發抖敬畏上帝和祈求憐憫

　　戰爭，許多不義的、侵略的戰爭，往往主張著：和平、正義、共榮、人權、民族主義、民主理想等等偉大的旗幟，去進行自私的、貪婪的、佔領征服的殘酷殺戮！而一些偽宗教家，實質上是戰爭販子的幫兇，表面上卻又為冤死的亡魂祝禱！人間的凶殘和偽善，莫此為甚。

　　錦連反對戰爭，但對被驅使成為戰爭工具的無辜士兵，卻十分憐憫。他在〈有個殘廢老兵〉詩中，把流落島嶼孤苦無依的老兵神態，描繪得非常動人！茲錄出其中三節：

從前　屢次馳騁戰線奮勇衝鋒的戰士呀
是否　在想著過去夢幻的人生
面對風燭殘年感到悲愴？

你無奈的　帶著自嘲的微笑
孩童般天真無邪的臉龐
顯露出印有動亂歷史的縮圖

聽說年輕時　在東北的寒村麥田裡
留下哀求哭喊又追住不放的少婦　你被強行拉走
轉戰異鄉　徬徨於沙場　如今將寂寞地枯凋於此

　　這種對弱勢族群關懷，對不幸者同情的作品還有一些。如
〈施捨〉寫乞討者情況：「我真是餓得發慌／祇要一點點也好
　請慷慨施捨吧／我得不到人類溫柔的愛而快要餓死了／這冷
漠的　吝嗇的　盜賊又多的社會　怎樣活下去才好呢」，讀起
來，令人辛酸。此外，〈勳章〉、〈元極舞〉、〈那個男子〉
等等「故事詩」中的故事，也流露著詩人的關愛。

　　偶爾，錦連會把凝視島嶼的目光，擴大關注世界那些落後
地區的苦難人民。如〈難民和牛〉，描述阿富汗難民營搶奪／
屠殺牛隻的兇殘景象，真是驚心動魄：

載運牛隻的卡車
在阿富汗難民營帳棚旁翻車了
黑鬍子的難民們揮著匕首衝過去

一隻來不及站起來
在悲鳴哀嚎中被從四面八方殺過來的刀子切割
扛著一隻血淋淋的火塊肉腿　父子跑回帳棚
……

那些牛隻以驚人的速度被烤熟後難民們大口大口地啃食
聽說死於飢餓之前的享受是恍如夢境的感覺
但飢荒的難民卻選擇了看似牛排的牛隻用刀子去處理

人還有比飢餓可怕的爆發力麼？
為求消耗卡路里　漫步公園三十分鐘時
想想這一情景　寫了這些東西

小心呀
有一天你們文明人
在快飢斃的他們眼裡　也許會被看成是一道漢堡餐呢！

　　阿富汗人民、在長期不義戰爭、恐怖統治下，田園荒蕪、土地廢耕。天災人禍逼使飢餓待斃的難民，瘋狂地把運牛車翻落的牛隻活活支解搶食。這凶殘場面，孰令致之？所以，詩人在最後兩節詩，用一種似乎輕鬆的調侃口吻，向應該負著災難責任的文明人提出警告，其中的意涵是極其深刻的。

　　錦連的悲憫關懷詩，顯示他善良的心性和熱情的胸懷，正是作為一個詩人的基本素質。可惜的是，這類詩在集子裡，就只少量幾首，如果詩人的熱情更多地揮灑於此，則對他整個詩業，必然增加更大的成就。

（三）抒情懷想詩：蒼茫人間的浩嘆

　　這第三類詩，是《海的起源》集子裡最富感性的作品，也是直接抒寫詩人自身、親友、居處環境等等日常生活事物的作品。

　　錦連在書寫自身的詩，僅止抒發自己對人生、社會或時代的觀感。這首詩是〈鞦韆〉：

跟西裝畢挺的紳士們做高級的對話　我有點不自在
因為我是屬於半下流社會不太高尚的人

在雜亂滿是噪音和灰塵的菜市場穿行是快樂的
嘰喳採購的主婦們和渾身是勁的黑狗兄鏗鏘有力的叫賣聲

在自己的詩中必須描繪出生氣蓬勃的人們幹活的身姿
我願意在庶民的語言和體臭中寫東西　然後死去

陳舊的桌椅　茶碗牆壁和柱子上
有我滑稽的　一些懵懂的青春回憶滲透著

一直殘留著生活氣味的這充滿朝氣的風景
那裡有飄揚著活潑的孩童　他們芬芳的幸福

我真想坐在那鞦韆　向漂浮著白雲的藍天
將我這個七十五歲老朽的腳往上踢

　　孩童般無遮攔談說自己的喜歡和不喜歡，滿懷溫柔的
七十五歲的傢伙，要盪起鞦韆把腳往上踢。踢翻世故、踢翻庸
俗、踢翻裝模作樣，多可愛的一個，老天真。
　　錦連懷念老友的詩，也極其樸素地書寫出他真摯的情誼。
如〈Mr. Lee〉：

人們說他可能是位詩人　但必定也是個瘋子
我想　他就算是個瘋子　但應該是一位詩人

撿回腳受傷落在路邊的小麻雀
給牠擦軟膏餵食傷癒後帶去山上放生

有時你邊寫東西邊流淚

有時我看見你的睡臉還留著淚痕

有時你看著報紙　以日語和台語破口大罵
有時如同孩子般天真無邪的表情講出離譜的大笑話

　　語言，是平平常常的口語；事情，是瑣瑣碎碎的細事；用口語，寫細事，絲毫不加誇飾，一張炭筆的素描把朋友面貌、性情畫得活現在眼前般生動。也只有這樣的筆法，可以顯現友誼的真摯。

　　〈給kin〉、〈S氏〉、〈吾友〉、〈那個男子〉、〈庶民〉等懷人作品，都採用這種白描手法，都寫對生動情深。

　　錦連在日常工作生活中，注目細微景象，產生深刻感受，書寫出不少靜觀世情慨嘆人生的抒情作品。如〈上路〉指出：「啊　為何還要趕路呢？／滿街奔跑的人何其多呀／到頭來終局竟也是真實？」。如〈山頂〉指出：「人都孤獨無助茫然地在荒野裡徬徨／如此的光景常使我戰慄／我把夢放在口袋裡已走了六十多年──／這時我哀切的感到我仍然需要有明天」。如〈偶感〉指出：「我們人類沒有一個確實的憑靠／於是我們經常愛說靈魂不滅／由於存在本身太沒有意義／因此我們常強調"愛"這個字」。如〈得利者〉指出：「因為世界確實一直朝向一個目標在猛跑中／當然那是──只有徹底的毀滅以外無他」。[11]

　　錦連自稱：「我是一隻傷感而吝嗇的蜘蛛。」[12]這句話，非常深刻而且形象地顯示了他的心性和境遇。錦連是一個既熱情又憂鬱的人，他的熱情，偶然在二、三文友小聚，時而雄辯滔滔，時而放懷高歌；他的憂鬱，長期凝結在眉宇間，在幽深

11　王夫之：《讀通鑑論》〈十二〉，台北：里仁書局，1982，頁369。
12　錦連：〈笠下影〉，《笠》，1965年2月15日，頁6。

眸光中，在偏愛孤獨踟躕身影裡。錦連，心性的幽僻如此，而生活的抑鬱如彼，這情景使他把「詩」當作心靈困窘的「解脫之道」也成爲一種「補償作用」。且唯在遭到現實挫折時，他才詩思泉湧：

> 從難以得償的欲求中／我的詩被醞釀出來／我的心只要有詩的泉水湧出／就讓我來歡喜並且哀傷吧／因爲獲得難以得手的東西時／我會感到滿足而詩卻會滅亡。[13]

錦連的詩，本質上，歌吟的是一種辛酸淒冷的孤獨夜曲，這類詩在他的集子裡佔相當大的比例。但因歲月的流轉沖淡、人生的體悟加深，獨吟者的《海的起源》，相較於《守夜的壁虎》之定向凝視個己，已然把目光掃瞄到廣闊的現實。他的「批判諷刺詩」辛辣銳利，他的「悲憫關懷詩」憐愛深切，大大跨出早年格局，展開多聲部寂寞的吟唱。雖然，錦連的「抒情懷想詩」仍或多或少的散放著低沉蕭瑟調子，亦性情所在，莫可奈何。在這裡，需要特別提出來一個現象：試看和錦連年齡相近的老詩人，還有幾人寫詩？有人寫詩在妻子、孩子、車子、房子等等俗得讓人難過的誇耀上迴繞！那麼，錦連與時俱進的詩，豈不是難能可貴的詩？

三、出入於規律和無規律之間

錦連的不舉順風旗行爲，既展示在詩的內容上，進而也展示在詩的形式上。

一首詩的形式，包括語言、結構兩個範疇。語言方面：從誇飾到精約，從隱喻到白描，以及種種技巧，均以表現內容爲主。結構方面：段節、脈絡的安排，節奏、韻味的醞造，以及

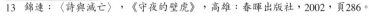

13　錦連：〈詩與滅亡〉，《守夜的壁虎》，高雄：春暉出版社，2002，頁286。

種種設計，也以表現內容之有機組織爲主。是以，詩的形式，依據內容需要而定規；詩的內容，憑藉形式技巧而表現；這成就了二者不可分割的共構因緣。美學家說得好：

> 藝術的形式雖爲內容所決定，而形式對於藝術也是本質的、能動的元素，有其獨自性，能反作用於內容。[14]

一首詩，必須內容與形式互動，彼此增美，渾爲一體，建構出圓融境界，乃是詩創作藝術的基本規律。

錦連有自己特殊的詩學觀念。詩觀決定詩法，因而，他對詩的藝術基本規律，既有依循，也有逆反，特別在詩的形式上，他大部分詩接受規律又不完全中規中矩，更有少數幾首詩突破法則而作無規律嘗試。可以說，錦連的詩觀和詩法，均有些異乎平常，出入於規律和無規律之間。下面，先介紹錦連的詩觀，再從作品形式上討論他的詩法。

（一）錦連特殊的詩學觀念

錦連對詩的形式，或依循規律，或作無規律嘗試，皆因他對詩這行業有其獨特看法。

1. 錦連對於做一個詩人的看法

> 寫詩，對我而言，並非爲了追求名利。我僅是默默地、小心地用那僅有的貧乏的中文紀錄我的生命。……誠如有位前輩詩人曾說過：「沒有詩的生活，可能會感到非常空虛，但畢竟我們並不是絕對非做『詩人』不可的」。[15]

---

14 蔡儀：〈藝術的內容和形式〉，《新藝術論》，重慶：商務印書館，1943，頁79。
15 錦連：〈自序〉，《錦連作品集》，彰化縣文化中心：1993。

從年輕時代起，我一直以即使一輩子都無法成為詩人，也不願意成為撒謊者自誡。[16]

這兩小段話，錦連提出做一個詩人的態度：（1）他不是為追求名利而寫詩，無意立志做一個詩人；（2）他寫詩是為了生活需要詩，為了以詩來紀錄生命；（3）他不（在詩中）撒謊，只寫自己真感實愛的東西。

錦連這簡單而扼要的告白，放在台灣詩壇上世紀五、六○年代的大背景之前來看，便彰顯出，錦連不會為名利驅使而亟於弄一個詩人的名牌。他寫詩只為紀錄生命，所以隨興適意去寫作，不怎麼依循詩的形式法則，甚至「以文害辭」也不太在意。

在五、六○年代的台灣詩壇上，我們看到：二三詩壇名流瘋癲似的呼喊；有人喊出自己是「一個詩人，一個天才／一個天才中的天才」；有人喊出「降五四的半旗」、「焚二十四史取一點暖」；有人喊出「我一揮手，群山奔走，我一歌唱，一株愯樹在風中受孕」[17]。這類中國詩史上從未一見的豪言壯語，演出在當時詩壇，乃是搶奪詩壇領袖位子的鬧劇。同時我們看到：像錦連這般不以做一個詩人為意者，老老實實生活，老老實實寫詩，當然不會藉詩得名藉詩得利。如今透過歷史之鏡觀察，對比之下，獨吟者的形象美好得多！

---

16 錦連：〈自序〉，《守夜的壁虎》，頁3。
17 台灣五、六○年代猖獗自大詩風，由紀弦、余光中、洛夫等三人競相狂吹而起。此處所引彼等豪言壯語，眾皆能詳，茲不一一注出。細節可參閱《鹽分地帶文學》（林佛兒主編，台南縣文化基金會出版）郭楓發表的論文：〈論詩活動家紀弦和《現代詩》興滅〉（第五期，2006年8月），〈東乎西乎？恍兮惚兮──從「詩人自畫像」論評余光中的詩品和詩藝〉（第四期，2006年6月），〈洛夫現象：因為風的緣故〉（第六期，2006年10月）。

2. 錦連對詩歌本身的看法

（1）涵容一切的泛詩化觀念

> 什麼題材的詩
> 什麼內容的詩
> 什麼形式的詩
> 不是都能夠容忍的嗎？
>
> 讓人們的良心感到不安的詩
> 自慰性自我陶醉的詩
> 要在水墨山水畫裡當神仙的詩
> 在生活中猛鬥惡纏的詩
>
> 因愛情至上血液逆流而發昏的詩
> 無產階級的普羅列塔利亞的詩
> 連自己的存在也想要予以否定的虛無主義的詩
> 像刮鬍刀片那麼銳利無比的詩

錦連這首〈「詩」的隨想〉，可視為他的「論詩詩」。在詩中，他以五節列出二十種的詩，指出它們雖不可忍也都能夠容忍。所舉例子，主要指涉到「題材」、「內容」方面，論及「形式」的只有「說是沒有韻律就會導致窒息的詩」、「揉和文字和麵粉做成拉麵般的詩」、「排列成蚯蚓般軟癱癱形狀的詩」三例。

是以，從一斑窺全豹，可以認識到錦連的泛詩化觀念，實際上，淡化了對詩創作的藝術要求，在創作之際未能在語言、結構、意境等方面，細加琢磨。

（2）創作動機的個人中心觀念

> 想要寫詩　不一定能寫出來
> 一頭栽進理論之中　也不能寫出詩來
> 就算在台灣讀過最多的書　寫不出來就是寫不出來
> 詩是從心靈的孤獨中產生的
> 詩是在苦悶中凝視自己時產生的
> 詩是對人類愛的匱乏感到寂寞時產生的

這是錦連另一首「論詩詩」〈我盼望在那種氣氛中過日子〉的第一、二節。這兩節，是全詩的綱領，說明了錦連的詩是在他「孤獨」、「苦悶」、「寂寞」中產生的。不錯，在他列舉的三種個人的情緒感受中，詩人可以產生出詩。但是，這種從個人中心出發的詩，其侷限性是不言自明的事。這就是在《海的起源》這個集子裡，仍時見心境抑鬱、情緒哀傷之作的原因。

（3）詩功能在於自娛的觀念

> 那些花成為我生命的一部分
> 濕潤我的心　成為一種慰藉
> 從腐敗墮落的世界解放我
> 撫癒我心靈的創傷
>
> 我把它叫做「詩」
> 它成為我的眷戀
> 我的執著和喜悅
> 終究變成我的信仰甚至是宗教

這首是為〈花〉的詩，是錦連論及詩的作用的「論詩詩」。所摘兩節，可概括全詩十節的旨趣：其一、他視寫詩如養花；其二、他從詩得到眷戀、喜悅和信仰。

可以說，錦連寫詩的旨趣，重在娛樂自己，未免格局不大。詩是藝術品，任何藝術品都有一定的功能性，世間沒有純粹的、無任何目的的藝術。錦連把詩功能定位在自娛，確也是誠實的告白。

（二）錦連詩的形式和詩法

錦連對詩人和詩的看法，瀟灑得大不同於一般。我們對於錦連的詩，也從不同方面進行形式藝術的討論。

《海的起源》詩集，大量依循形式法則的作品，少量突破形式法則的作品。這種情況，顯示詩的形式法則，不是那麼簡單地可以創建起來。下面分別把：1.錦連依循形式法則的詩；2.錦連突破形式法則的詩；各舉一些實例討論。

1. 錦連依循形式法則的詩

討論這一節的問題，須約略說明當下新詩有哪些普遍的形式？它們是怎樣形成的？

新詩自一九一七年胡適、劉半農等人寫作「白話詩」起，詩的形式一直是個爭議的問題。早期新月派的格律詩，長期被人譏為「豆腐乾子體」[18]。三〇年代現代派詩人林庚「決心改寫新格律詩，倡導半逗律的九言詩」[19] 希望從散漫的自由體詩

---

18 新月派的格律詩，被譏為「豆腐乾子體」，自三〇年代以來，始終不絕。甚至到五〇年代紀弦仍以之攻擊余光中。紀弦，〈一個陳腐的問題〉，《紀弦論現代詩》，台中：藍燈出版社，1970，頁109。

19 林庚：〈從自由詩到九言詩〉，《從新詩的格律到語言的詩化》，北京：經濟日報出版社，2000，頁15-34。

改造出新的格律詩，從加強推展新詩的音樂性達到擴大化目的。這類新詩形式的實驗努力，很少得到詩界的反響。而新詩本身的自然發展，卻已大致形成幾種基本形式，作為一般詩形的範本。表列如下：

詩形範本	
不分節詩（全詩一貫，不分節段）	整齊字行式（每行字數相近）
	長短字行式（各行字數自由參差甚大）
整齊分節詩（各節行數相等）	整齊字行式
	長短字行式
非整齊分節詩（各節行數不等）	整齊字行式
	長短字行式
十四行詩（商籟體）	

　　以上七種新詩形式，長期以來，已被新詩作者廣泛採用，成了普遍化的形式法則。

　　《海的起源》詩集的詩，大多是依循這些形式的詩，其中頗有些精彩作品。略舉三例：

　　（1）不分節詩／整齊字行式

　　　〈溪　流〉

　　　　不管人間的榮枯盛衰
　　　　溪水今天仍在地表上潺潺地流著
　　　　那有時單調有時激情的聲音
　　　　是眾神的低聲悄語和愉悅的笑聲
　　　　它也是在訴說著永恆的存在

世界上不時有孤獨的人
來到涼冷的溪流邊　倚在樹幹
想要解讀眾神智慧的啟示
而靜靜地在側耳傾聽

　　這首〈溪流〉用「不分節詩／整齊字行式」的形式，是相當得體的選擇。就結構看：全詩一氣呵成，脈絡宛然而氣韻靈動，構成謹嚴密實的整體。就語言看：樸素、真摯、細柔，正是出自心靈的娓娓絮語，而字行之間，長短相若，不致產生節奏的急驟變化，乃得到舒緩從容的韻味。一般說來，此種詩形，宜於表現綿密的情感、深幽的哲理。錦連用此詩形，傾訴人生與永恆的玄思，彷彿古琴一曲宛轉彈奏出醉人的調子。堪稱是一首成功的詩。

（2）整齊分節詩／長短字行式

〈滅亡美學〉

台灣人對撒謊者至為寬大
台灣人百年來歷史中　撒謊者所佔的比率相當高
作家是　詩人是　學者亦然

他們形以文字的　口述的
裡頭隨時可以發現謊言　總令人感傷
有時它似乎會如傳染病般蔓延

他們生下來就有長大後變成二枚舌頭的DNA
自述　回憶錄　年譜　甚至竄改事實也要撒謊

芥川說過：「舉國一致腐敗的民族，我無法同情。」

您說啥呢？　龍之介先生　您的話在台灣已經不適
用了
在台灣它是彬彬有禮的謙虛　也就是滅亡美學
不！　甚至已成為一種美德

　　這首〈滅亡美學〉選用「整齊分節詩」的形式，在結構
上：每節三行，各有重心，形成「起、承、轉、合」的穩定組
織局勢。在語言上：採用「長短字行式」語法，以便於用筆縱
橫揮灑。錦連運用這種詩形，寫作議論性題材的詩，也很得
體。詩寫議論，頗不容易，但錦連拉出芥川，弄成戲劇化場
面，使他的尖銳批判和諷刺，有了高度幽默趣味，真是好詩。

　　（3）非整齊分節詩／長短字行式

　　　〈情　緒〉

　　　公雞緩緩地徘徊
　　　母雞蹲在樹下深沉地思考著

　　　不懂詩句的詩人
　　　正在凝視渺茫的空間
　　　醞釀著一種
　　　背離因果律的生起

　　　那無形無色的情緒
　　　尚屬宇宙以外的東西

這首〈情緒〉雖是一首小詩，卻像一齣默劇，憑著一齣簡單至極的場景，表演出饒有意味的劇情：不會生蛋的公雞，在一旁無聊徘徊。會生蛋的母雞，深沉思考一件可怪的景象：為何那個不會寫詩的詩人，卻面對渺茫空間在醞釀情緒，想從宇宙以外抓來情緒寫詩，可能嗎？

此詩諷刺不關注現實，整天在空想中找情緒的詩人，還不如一隻母雞的見識！短短三節八行，把詩壇上那些擁抱虛無的超現實詩人，貶到骨子裡去，實在令人喝采。至於藉母雞「思考」展開詩的境界，構思尤稱奇絕。這讓我想到法國象徵主義詩人梵樂希說的：「努力用俗的材料來創造一個虛構的、理想的境界。」[20] 這句話，可作此詩的註腳。

2. 錦連突破形式法則的詩

錦連是一位不甘隨眾、亟思創新的詩人。早年錦連在「現代詩」大潮中，按耐不住標新立異的衝動，曾經嘗試寫作「電影詩」：〈女的紀錄片——Cine poéme〉、〈轢死〉、〈那個城鎮〉、〈劇本〉、〈紀錄〉、〈主人不在家〉、〈眼淚的秩序〉、〈診音〉等等，以及「半圖象詩」：〈化石〉、〈火車旅行〉、〈搬家的家當〉、〈布魯士舞曲〉等等，展現他在所謂的前衛藝術陣營也是一名先鋒健將。這類實驗詩形，喧鬧一時，煙飛雲散，詩人大多又回到詩的軌道上來。中年以後的錦連，如同一位詩壇名流自述：「生完了現代詩的麻疹，總之我已經免疫了。」[21] 在《海的起源》裡，已經不再出現「電影詩」、「圖象詩」之類形式主義的作品。

20 梵樂希，豐華瞻譯：〈純詩〉，《現代西方文論選》，台北：書林出版社，1992，頁31。

21 余光中：〈從古典詩到現代詩〉，《掌上雨》，台北：文星書店，1964，頁184。

　　《海的起源》裡，仍有一些突破形式法則的作品，這可視為錦連創新思維的另類嘗試。

〈台灣Discovery〉

鏡頭一：昨天還冷冷清清的街上今天有輛輪胎漏氣的轎車
鏡頭二：車頭　擋風玻璃　車窗　後蓋　四輪上歪歪斜
　　　　斜　貼滿著琳瑯滿目的各種廣告和傳單
鏡頭三：搬家公司　廁所快通　幼稚園　保險公司　社
　　　　交舞　情趣用品　接骨師　地下錢莊
鏡頭四：在非洲的蠻荒平原上成群的禿鷹正在爭啄倒斃
　　　　在地的一頭野牛
旁　白：眼前正上演著粗暴的　血淋淋的大自然殘酷的
　　　　上帝的攝理

　　這首〈台灣Discovery〉，像似「電影詩」又「復活」了。不過，此詩不似從前那些前衛作品的抽象。一至三節「發現」台灣街頭景象，第四節「發現」非洲荒原景象，第五節是對照之後的結論。這首作品，可以說是在內容上想怎麼寫就怎麼寫的，而形式和語言任意性的「詩」。早在當年周作人對自己任意性所寫的〈小河〉已然自評：「我這詩是什麼體，連自己也回答不出。……或者算不得詩，也未可知。」[22]

　　這種想怎麼寫就怎麼寫的作品，「或者算不得詩」。問題不在內容寫什麼，而在於形式的怎麼寫？這首〈台灣Discovery〉，第一、二、三節所列舉的街頭景象，是隨意取樣性，可予以增減、置換、重排，而無結構上有機的必然性。

22　周作人：〈小河·前記〉，《新青年·六卷二期》，上海：群益書社，1919，頁91。

第四節群鷹啄食倒斃野牛景象，與台灣街頭景象之關聯性薄弱，難以產生對照效果。更無法表達出末尾所預設：粗暴的、血淋淋的、殘酷的上帝攝理的概念。應該說，它是概念的而非藝術的，是直指的而非表現的，和散文距離近而和詩距離遠。

在《海的起源》集裡，類似的突破詩形法則的作品不多，計有〈荒謬的事實〉羅列一月到十二月（每月一行）的事實，而後加以評論；〈雌・雄〉羅列星期一到星期日（每天一行）事實，而後加以評論；〈生老病死〉按生、老、病、死序列，加以評論；〈春夏秋冬〉、〈孤獨〉、〈當我即將要斷氣的時候〉，都是先列事實，而後評論。此類結構機械，語言平直，議論掛帥的作品，一共七篇。

這七篇作品內容上的共同情況是，批判現實，而且彙集事項予以痛切批判。詩人的立意是善良的，態度是懇切的，或許希求達到批判的目標，急切之間，忽略了詩形的藝術要求，把詩寫成檄文。如此突破詩形的作業方式，詩論家指出：「簡直把一切純粹永久的詩底真元全盤誤解與抹殺了。」[23]話雖說得嚴厲，卻也是實情。作為詩人，如果作品丟掉了藝術元素而增加批評元素，那就不是作詩。

四、總結：錦連作品特立風格之形成

應該指出，《海的起源》集子，已經形成了錦連作品三個方面特立的風格。

（一）詩品方面：「恬淡寂寞」[24]的風格

23 果宗岱：〈新詩底紛歧路口〉，《詩與真》，北京：外國文學出版社，1984，頁167。

24 「恬淡寂寞」，見《莊子・外篇》〈刻意〉：「恬淡寂寞，虛無無為，此天地之平而道德之質也。」據清林雲銘《莊子》，台北：廣文書局影印，1968，卷之四，頁64。

　　古代哲人把「恬淡寂寞」視爲是「天地之平，道德之質」，有其至理在。唯其恬淡，所以不爭，因而創造了世間的平和；唯其寂寞，所以純樸，因而張揚了道德的本質。詩人錦連在此集的作品裡，確實展示出他人品上恬淡寂寞的風格。

　　對《海的起源》的一百零七首詩，仔細檢視，我沒發現任何一首自我炫耀的詩，更不會有「以文字繪成了一幅又一幅正面、側面、內在、外在的自畫像」[25]作品。事實上，錦連恬淡得連詩人之名也無意接納，哪會膨脹自己去爭什麼「大師」之類的名號。我在集子裡看到的錦連，只是一個純樸的全身泥土味的寂寞獨吟者。有時，他竟如孩童般天眞，在自然的天地山水間忘懷放歌。這是錦連最值得欣賞的一種特質。

（二）詩格方面：「意好言眞」[26]的風格

　　唐憲宗時，日本留華高僧空海（俗名遍照金剛），以「意好言眞」作品爲「光今絕古」的詩格，其言非虛。蓋詩貴眞實，這是人盡皆知的銘言。可是眞實必須建築在善良的立意上，也就是「意好言眞」的值得崇揚之處。當下台灣詩壇，老中青各代詩人的作品，不乏把情色淫盜的動態描繪如畫，甚至以極其齷齪的話語爲前衛作風[27]，眞實是眞實了，卻是非必要的立意邪惡的眞實，下流已極。考察《海的起源》集子，每一首詩，無不意好言眞，每首詩一片眞誠善良語意，躍然紙上。

25　台灣詩壇五、六〇年崛起的名流詩人，往往在自己詩中，多方位全面地自我頌揚，形成一種張狂的浮誇風氣。其徒眾卻視之爲人品上的美德而加以謳歌。引句即陳幸蕙在〈詩人自畫像〉一節，讚頌余光中語。《悅讀余光中》，台北：爾雅出版社，2002，頁304。

26　「意好言眞」，見遍照金剛：〈南卷〉，《文鏡秘府論》，台北：金楓出版社，1987，頁149。

27　五、六〇年代的名流詩人，多好此道。如洛夫「我撫摸赤裸的自己……／晚上，月光唯一的操作是／射精」〈巨石之變〉，《因爲風的緣故》，台北：九歌出版社，1988，頁119。

（三）詩藝方面：「述志爲本」[28]的風格

閱讀《海的起源》，我試以對一般詩作的藝術條件要求，從形式（語言、結構）和內容（題材、意涵）各層面，選出約三十首詩。我以爲它們是「文」、「質」兼得作品。

可是錦連的詩和一般詩作，何其不同！我一首首讀這個集子，讀過十遍以後，它仍然一次又一次地讓我感動。掩卷沉吟，它讓我感動的要素是什麼？是內容。我終於發現，它每一首都是打從生命的底層竄長出來，述說之中飽含著豐盈欲滴的情思。遂憬然而悟：錦連寫詩，是爲生活而寫，是以述志爲本。讀錦連詩，要從全部詩作著眼。

錦連不是一個搔首弄句的詩人，更不是坐在雲瑞編夢織幻的詩人。錦連是站在大眾的泥土上，以述說所知、所見、所感的現實情景爲目的而寫詩。他似乎不太重視詩的形式方面藝術與否，只要述說得痛快淋漓，即使許多作品的結構鬆散、語言冗贅，他似乎在所不計。

錦連這種處理詩藝的方式，雖然對台灣主流詩壇長期以來溺於玩弄文字的戲耍，是一種有力的反擊，可是對詩作之過度散文化，使他作品的美好材質，欠缺琢磨而形成粗糙的半成品，這讓他也付出了不小的損失。

總體看來，錦連的詩作，特立在浮誇、虛僞、污穢的私慾浪濤中，毫不含糊地展現了稜角分明的脫俗風格。

2008年4月20日於台北新店小居

28　劉勰：〈情采篇〉，《文心雕龍》，據陸建百注本，台北：西南書局，1981，頁144。

火車行旅
——試探錦連作品中的人道關懷
王宗仁[*]

一、人道思想的社會主義觀點之形成

　　二十世紀初，奧地利的精神病學家佛洛伊德（Sigmund
Freud，1856～1939）在治療精神病的醫療過程中創立了人本
的精神分析學說（在西方，人本主義Humanism亦譯爲「人道
主義」[1]）。「精神分析學」本來是探討精神病的病因及如何
治療的理論、方法，後來卻漸漸形成一種心理學理論，其影響
更遠遠超出了心理學的範圍，而成爲一種社會思潮。佛洛姆
（Erich Fromm，1900～1980）在二十一歲時接觸了佛洛伊德
和馬克斯（Karl Marx，1818～1883）的學說後，便開始了對
於社會主義與精神分析學兩股思潮的研究，並成爲這兩種思潮
的重要代表人物。「佛洛姆認爲，要達到『綜合』佛洛伊德和
馬克斯的思想，必須把經驗觀察和理論思維結合起來，以觀察
到的事實作爲理論思維的基礎……佛洛姆人道主義分析理論就
是這樣形成的。」[2] 也就是說，佛洛姆對於兩種學說的綜合，
並非僅僅從理論上去修正、判定，而是在大量經驗觀察的基礎
上去進行理論創造，也因而實證了「人道主義精神分析學」的
重要性，並讓佛洛姆成爲著名的哲學家、精神分析學家。

---

* 　靜宜大學通識教育講師。
1 　李超宗，《新馬克斯主義思潮》，台北：桂冠，1989，頁48。
2 　王元明，《佛洛姆人道主義精神分析學》，台北：遠流，1990，頁24-25。

　　以下章節，便以錦連的成長過程及作品為基礎，分析錦連之所以傾向人道思想的社會主義觀點之原因。

（一）悲愁與寂寥的人格特質

　　一九二八年出生於彰化市的錦連，本名陳金連，父親為富裕茶農之後，在台灣總督府鐵道部基隆站擔任行李房工人，並於二次大戰後後升職為彰化調度所運輸主任。原本錦連的祖母在生前就分好祖產，讓錦連的父親擁有店鋪、農地等等，又收有租金，儘管錦連共有十個兄弟姊妹，生活倒也安定無虞。後來，父親所分得的祖產卻被伯父因賭而全部偷偷賣光，等到租金沒有按時間寄來時才發現實情，家中經濟瞬時一落千丈，錦連也開始感受到人生的艱困和命運的折磨。

　　後來錦連受父親影響，於一九四一年考進台灣鐵道協會講習所的「鐵道講習所中等科」（二年制夜校），畢業後擔任鐵路電報員的工作。當年在台北修習鐵道課程，因為白天不用上課，所以錦連常到淡水河邊散步；家中的經濟狀況極差，再加上母親生了腳氣病，年幼的弟妹又嗷嗷待哺，讓錦連產生了強烈的不安與挫折感，無法專心於課業。一九九九年他回想當時在河邊望著餘暉發愁的情景，寫成了〈追尋逝去的時光──第一部·一九四一·台北經驗〉一詩，詩中寫道：

> 暮靄瀰漫的河面反照著夕陽的餘暉
> 我坐下來楞楞地眺望良久
> 想起久臥病床的母親憔悴的倦容
> 幼小弟妹們那種無助不安的眼神
> 我忍不住那種難過的鄉愁和椎心的悲涼而啜泣
> 十四歲的我是個在人海茫茫的都市發愁的懦弱少年

──《海的起源》，頁43

　　這是錦連作品中記錄自己「悲」、「愁」的最早年代，同時他也說：「那種感覺就是詩的感覺，當時我沒接觸、也還沒寫詩，但詩的感覺已經臨到我頭上了，那是第一次，我有了詩感」[3]。自此開始，悲愁的感受便始終貫穿在錦連詩作中。

　　錦連人生中的另一個重大打擊，則是二次大戰結束後，自己善用的語文——日文被禁用。錦連從小就學習日文，家中經濟狀況變差後，他在任職電報房公餘之時，就努力準備檢定考試，希望能夠取得教師資格，幫忙家中減輕負擔，卻在考試舉辦前因戰爭而停止檢定，讓他心中失落不已；一九四五年台灣光復後，一九四六年國民政府隨即宣布禁用日文，這對錦連的前途與寫作來說是更大的打擊。錦連在《守夜的壁虎》自序中寫著：「終戰第二年，日文被全面禁止，我的詩作失去了發表的舞台，同時一直想參加高普考改變人生前程的渴望，也隨之破滅。」[4] 而他在接受筆者訪問時，曾對此事嘆息的表示：「所有的公家學校，全部不能用日文，都要用中文，所有的國家考試也要用中文……考不上嘛！」[5] 無法考試，需要重新學習語文，乃至於又要學習以不同的語言創作，這都讓錦連心中覺得非常落寞。

　　錦連第一本詩集《鄉愁》中〈蚊子淚〉一詩寫著「蚊子也會流淚吧……／因為是靠人血而活著／而，人的血液裡，／有流著悲哀的呢。」[6]，此外〈壁虎〉的「寂寥」[7]、〈農曆新年〉中的「淒涼」[8]、〈關於夜的〉中的「生存之哀」[9] 等都存

3　李友煌：《異質的存在——錦連詩研究》，台南：國立成功大學台灣文學研究所碩士論文，2004，頁301。

4　錦連：〈自序〉，《守夜的壁虎》，高雄：春暉出版社，2002，頁1。

5　筆者至高雄訪談連錦稿，2007年7月25日。

6　錦連：〈蚊子淚〉，《鄉愁》，彰化：新生，1956，頁1。

7　〈壁虎〉，《鄉愁》，頁8。

8　〈農曆新年〉，《鄉愁》，頁14。

9　〈關於夜的〉，《鄉愁》，頁25。

在著相同意象，晚近的《海的起源》詩集中，創作於一九九四年後的作品，仍有〈孤獨〉兩首、〈鬼太鼓〉、〈標的〉、〈我盼望在那種氣氛中過日子〉等多首意涵相近之詩作，可見悲愁與寂寥的人格特質，始終隱現在錦連的性格之中。

（二）在存有與消蕪間抗衡的生命

除了性格上易感易傷的特點外，錦連也對於生命本質有著深入的思考。在日記中他寫道：「自己究竟爲何而活？生存的目的爲何？如果沒有目的，活著本身不就是一種宿命嗎？對宿命要如何應付？抗衡或忍受？什麼是對錯？難道這些都是每天的課題？」[10]

〈6月12日〉則寫著：「今天爲何感到這麼寂寞？難道這種情形也可以叫做世紀末的苦悶，前途完全沒有希望、光明。如死亡一般寂靜的黃昏，呆然面對火燒雲，會聯想到所謂的宿命。人爲何活著又應該要作什麼？這是永恆的疑問也是永恆的課題。」[11]僅僅是廿一歲的年紀，錦連卻有著超乎年紀的思想，且生存的目的、宿命、苦悶、對錯等課題，不斷在他的腦海中縈繞。

對於人類渺小又感傷的生命，他則以飛蛾和螞蟻兩種昆蟲來比喻，在〈蛾群〉中這樣呈現：

一個燈泡
爬滿著成千的飛蛾
我熄燈而拿著廢紙點了一把火
把那熾熱的憤怒
插進最密集的

10　〈3月18日〉日記，《那一年（1949年）錦連日記》，頁44。
11　〈6月12日〉日記，《那一年（1949年）錦連日記》，頁87-88。

可惡可恨的這一伙起鬨的群體中

嗶吧嗶吧　嗶吧地

渺小的生命們爆裂迸開

灰塵似的屍體紛紛飛落到我的手臂

然而　由於心中湧起的

殘忍　但卻有點悲戚的微笑

我的面頰不由得僵硬起來

因為我發現

人類　跟這群飛蛾並沒有兩樣……

　　　　　　——《守夜的壁虎》，頁100-101

　　「熾熱的憤怒」，來自於對宿命、現實的不滿，「起鬨的群體中」是對於社會體制及生活的怨懟，將火插進蛾群中，則是一種對於「可惡可恨」心情的發洩。飛蛾因火而爆裂、殞落，錦連原本殘忍的發洩情緒，卻剎時悲戚起來，因為他清楚體認到了自己的無力感，知道自己已成為了飛蛾，或者根本就是個無意識的「物」。

　　錦連以視覺、聽覺和身體的觸感來記錄心情的轉變，也為因此所感知到的，關於人類渺小易逝、無力的實情，而致使自己的面容僵硬。

　　這種體驗到自己無法成為主動的個體、無法持有權力的焦慮，會讓人失去尊嚴（尊嚴是人之所以成為人的特質），並喪失了自我意識，感覺到自己並非實體，而成了「物」，也就是自我意識的缺乏，會讓人感到極度的苦痛與不安。佛洛姆認為：「『物』無所謂自己，而人一旦成為了物，也就可以沒有了自己……這種由面臨虛無的深淵而產生的不安，要比煉獄裡的刑罰還來得可怕。在地獄裡是我受到懲罰酷刑，可是在虛無

裡卻逼得我要發瘋了──因為我已經不能再說『我』了。[12]」
這種失去尊嚴問題，還可能會導向「生命是否值得存活」的思
考模式。錦連在〈於八卦山〉則寫：

> 那時誰還能說，牠們的世界沒有人類那樣的喜怒哀樂
> 或類似恐懼　或宿命和宗教嗎？
> 儘管如此　瞧著仍孜孜不倦地
> 四處爬動的螞蟻
> 不由得心中會湧起莫名的感傷
> 於是身為人類這種感覺竟讓我感到有點鼻酸
>
> ──《守夜的壁虎》，頁111

　　錦連坐在樹根上瞧著四處爬動的螞蟻，想像牠們浮蕩攀越
的生命景況，想像牠們是否也有喜怒哀樂的情緒，是否也有宿
命與宗教的觀點，然後再將之與自己的生命結合思考，因而產
生了「身為人類」卻無力改變的落寞，體會到似乎已經喪失自
我意識般的感傷，同時也為這樣的感覺鼻酸。
　　除了上述對生命的深層思考外，由於外在環境動亂不堪，
以及自覺前途黯淡、家庭經濟困難、情感受挫、少有文學友伴
等種種內外因素，看似外放、喜歡結交朋友的錦連，內心卻著
實孤寂無比，因而產生了怨懟生命的念頭，在一九四九年〈5
月23日〉的日記中，他針對自己的生命與對家庭的責任表示：
「如果只有我個人，當然不會餓死，然而我背負整個家庭，
它就是推我掉進深淵最大原因。一旦水位上漲淹到鼻孔的時
候，我可能會不顧一切豁出去，現在就必須要有這種心理準
備。[13]」感情的悔懊，則如「……藉以撫慰內心的哀傷。今夜

12　王元明：《佛洛姆人道主義精神分析學》，台北：遠流，1990，頁228。
13　〈5月23日〉日記，《那一年（1949年）錦連日記》，頁76。

一如往昔……月亮絕不是在哭泣，只是感覺十分寂寞……明天清晨我會去，我要再次站在我們分手的那情景中，思考我的定位和未來。」[14] 以及〈感傷〉[15] 一詩：「留在手帕的／紅色中的／最美的溫柔和熱情的哀傷的痕跡／最後的離別之夜／啜泣著擦下來的／口紅」等等，乃至於還寫下了〈死〉與〈於日月潭〉：

〈死〉

　曾經在遼闊的海邊
　眺望著大海壯麗的落日時
　為何我會覺得連突發性的死也很美？

　為了餬口
　如今在罪惡的泥沼裡鑽營的群眾中
　為何我會覺得連計劃性的死也很醜？

　以為死是美好時
　為何我沒想過死的可能性？
　以為死是醜陋的此時
　為何我會去思考死的可能性

　　　　　　　　　　　——《守夜的壁虎》，頁122

〈於日月潭〉

　湖泊的

14　〈10月1日〉日記，《那一年（1949年）錦連日記》，頁133-134。
15　〈感傷〉，《守夜的壁虎》，頁304。

水的冰涼是
我一直所追求的一切

用手觸摸
我覺得能夠體會自殺者的心理
那種難忍的苦悶之後的些微歡喜……

——《守夜的壁虎》，頁274

　　基此，「自殺」的念頭，以及繕寫遺書、修改遺書的動作，也在年輕的錦連腦海中不斷出現，在日記中都有翔實的記載，如：「寫好了遺書，免得死後有什麼遺憾。」[16]以及「仰看星群，感覺有一股神秘感襲來，甚至感到有一股自殺的衝動。靜觀世界，人生確是空虛渺茫的。頂多五十年的生涯，有何值得計較的？」[17]又如：「應該重新對明朗的生活採取較積極的態度。自殺也好吧？但，啊——」[18]、「拆開遺書，檢視內容，檢討後再加上一些，然後將1950的遺書密封」[19]，〈死與紅茶〉[20]一詩中他更自承：「病了，／我作夢一樣地想著死。／我這死是甜蜜的，／疼癢的，／誘人的，／帶有鄉愁的，蕩漾著的／我這死是紅茶之香。」這些私我的記載與詩句，可以很明顯看出他生命中很早就出現了跌落谷底的感受，就連在《守夜的壁虎》一書中所提供的手稿照片，題目赫然就是〈自殺的分疏〉。

　　關於自殺的研究學說中，精神分析學派的創始人佛洛伊德認為，自殺的衝動肇因於每個人潛意識裡「生存力量」和

16　〈6月16日〉日記，《那一年（1949年）錦連日記》，頁89。
17　〈8月20日〉日記，《那一年（1949年）錦連日記》，頁115。
18　〈12月11日〉日記，《那一年（1949年）錦連日記》，頁166。
19　〈12月28日〉日記，《那一年（1949年）錦連日記》，頁172。
20　〈死與紅茶〉，《鄉愁》，頁17。

「死亡力量」的不斷衝突，這在錦連的作品和思考模式中可以得到明證，如上述〈死〉中的「以爲死是美好」、「以爲死是醜陋」，及〈於日月潭〉中的「那種難忍的苦悶之後的些微歡喜」。俄國詩人伊瑟寧（Sergei Esenin，1895～1925）在自殺前曾寫下一首詩，其中最後兩句是這樣寫的：「此生，死亡不是新鮮事／只是，當然，生命亦非新鮮事。」[21] 足見其死前的思緒，仍舊是在死亡和生存中不斷的衝突，只是最後死亡的本能戰勝了生存的本能。

　　繼承佛洛伊德心理學派的學者梅寧哲（Karl Menninger，1893～1990）則提出進一步的概念：「自殺有三個要素：要殺（殺人的意念），要被殺（被殺的意念），要死（死亡的意念）……這三個因素都非常複雜、模糊，而且三者都難於分開。例如，一個人要殺掉自己的一部分，次使另一部分得以生。這樣，他一方面要殺，一方面要被殺……」[22] 他甚至認爲在現實生活中，每個人都以自己所選定的方式，或快或慢、或早或晚、或直接或間接地在殺死他自己，而對於死亡意念強烈的人來說，「毀掉自我的無能」則是原因之一。還好，錦連雖然也有著喪失自我的無能焦慮，但對於「自殺」及「自我的『殺』」，皆是以文學的方式來替代，用文學來慰藉生命（且成效良好），並未眞正付諸於自殺的行動。

（三）以文學慰藉斷傷的生命

　　在〈詩就是……〉中錦連寫道：

　　神祕和愉悅冒煙燃起

21　凱・傑米森（Kay Redfield Jamison）著，易之新譯，《夜，驟然而降：了解自殺》，台北：天下遠見，2000，頁79。

22　艾瓦里茲（A. Alvares）著，賴永松譯《自殺的研究》，台北：晨鐘，1973，頁83。

把那些幻影凝聚起來
就會產生一連串的思想
詩便是——這最初的震動所釀成的
蠻橫無章的一種旋律

——《守夜的壁虎》，頁82

對錦連來說，只要將自己感官中那些像化學試劑般的變化、燃煙凝聚起來，這樣一連串的思想、觸動便是詩的形成；而如此蠻橫無章的旋律，更能夠帶給他「神秘而愉悅」的感覺。〈詩與滅亡〉中則寫著：

從難以得償的欲求中
我的詩被醞釀出來

我的心只要有詩的泉水湧出
就讓我來歡喜並且哀傷吧

因為獲得難以得手的東西時
我會感到滿足而詩卻會死亡

——《守夜的壁虎》，頁286

由於欲求難以得償，因此錦連將這樣的感受醞釀成詩；而只要有詩湧出，雖則仍有悲傷，但亦會有歡喜出現。承接詩的前兩段，此詩最後一段說明了他生命中歡喜、失落的發生與消長：歡喜的是「難以得償」時，詩能即時出現，失落的是害怕「獲得」之後，詩會因此而滅亡。雖然對於現實與詩的消長感到憂心，但非常明確的是，錦連以文學創作來解決心靈上的斲傷，並替代現實生活中所未能獲致的欲求。

日記中他更清楚記錄著：「現在唯一的期望就是如果經濟情況許可，辭掉鐵路局的工作，並且能夠亂讀群書三年，究明書中真理，並了解自己怎樣活下去。」[23]、「順便也買了些稿紙，這幾天就開始寫點類似自傳的東西吧。寫了以後就應該能把一切忘掉。」[24]、「寫一首〈蜘蛛絲〉。若是離開安慰自己生活的文學，還能剩下些什麼？什麼也沒有！而且他確實是我生活的全部，同時也是這個社會迄今保持著的鐵的規則。」[25]、「總之，這是失敗之作。但有了這次的失敗，下次可能會摸著頭緒，藉由一篇創作吐露出想要表現的意欲。屢次反覆，個性就會逐漸成長，同時它應該也是生存的全部目的。」[26]、「從今以後，如還想要透過賞詩、寫詩生活下去，就應該完全清理過去，對詩作重新加以認識，今後才能活在詩的世界。」[27]等等。

　　諸如以上眾多的自我告白，都足以判斷錦連在創作的初期，便以「閱讀」和「創作」、「書寫」來遺忘現實的中的挫敗、哀傷，並藉以築構自己的創作觀點，將文學當成自己成長的動力、生活的全部，甚至是「生存的全部目的」。

　　對於死亡與文學之間的微妙關係，美國著名作家麗特・海德（Margaret O.Hyde，1917～）曾有這樣的論點：「當死亡在文學上具有悲劇性的美感時，有些人會因而以自己的生命來換取浪漫的意義。幸而大部分的人只是藉著想像力與小說中垂死的英雄或女主角產生共鳴，之後又回到自己的生活和情感世界。」[28]這又足可證明錦連為何因時代動亂、家庭經濟困窘、

23　〈2月10日〉日記，《那一年（1949年）錦連日記》，頁23。
24　〈12月2日〉日記，《那一年（1949年）錦連日記》，頁161。
25　〈9月24日〉日記，《那一年（1949年）錦連日記》，頁129。
26　〈2月16日〉日記，《那一年（1949年）錦連日記》，頁25。
27　〈4月17日〉日記，《那一年（1949年）錦連日記》，頁59。
28　麗特・海德（Margaret O.Hyde）、伊莉莎白・佛賽（Elizabeth Held Forsyth）合著，鄭凱譯：《自殺——潛伏的流行病》，台北：方智，1991，頁36。

情感挫敗而屢次提到自殺的議題，但最後都未眞正付諸行動選擇死亡，反而更堅定走向文學創作的路途。

（四）珍惜人生並關懷社會底層

卡謬（Albert Camus，1913～1960）在《西西佛斯的神話》中開宗明義就這樣寫著：「只有一個眞正嚴肅的哲學問題，那就是自殺。」[29] 在書中他更進一步指出，這世界其實是荒謬無比的；在人與世界的存有之中，荒謬處處可見。例如，人類希望世界永遠和諧、幸福，但其實世界卻連年爭戰、充滿暴虐苦難；人類希望以理性的觀點來詮釋世界，世界偏卻處處充斥著非理性的人事景物；人類希望世界能夠是非分明、條理清晰，世界卻是價值灰蕪、無可判循；當人類眞正意識到這種荒謬後，會如何回應、又怎樣生活，便是「思考生命意義」的起點了。卡謬又認爲自殺是消極擺脫荒謬的方法，但他視生命爲絕對的價值，所以反對「自殺」這種逃避的行爲；這與錦連成長的背景，和對於人生的尋索、轉變，由消極轉爲積極的過程極爲相近。年輕時期的錦連，在自殺的念頭與藉創作以肯定生命的觀點交錯之中，由探究生命意義、關懷庶民生活，並付出對於社會底層的同情後，將個人感懷昇華成文學作品，拋卻了欲想自殺的無助與疏離感，將原本的悲劇轉化成以寫作爲使命的人生。晚年的錦連，已很少在作品中再提到關於自殺的議題，取而代之的是對於自然死亡的無懼、榮耀，以及對於生命的喜悅與珍惜。

錦連在一九五二～一九五七年完成的《守夜的壁虎》詩集中，對於二十歲時的自殺念頭，曾有過這樣的反思：「從前曾經想過／二十歲就結束生命也毫無悔恨／可憐　如今卻殷

29 卡謬（Albert Camus）著，張漢良譯：《西西佛斯的神話》，台北：志文，1974。

切盼望不死」[30]，在二〇〇二年所寫的〈生老病死〉[31]也如此展現：「死亡是多麼充滿鼓舞的對『未知』的參與啊／是多麼榮耀的解脫啊／是多麼對於神祇的真正讚美啊／是多麼帶有激烈戰慄的回歸啊」，同年所寫成的〈醫院和菜市場〉[32]中則形容：「叔本華是個厭世論者／但卻活到七十三歲……／那是因為人們有家眷有朋友／有鄰人 有情人 有山林 有平原……／人們不但怕死也沒人想急著去尋死／瞧吧 大醫院今天仍像菜市場一般熱鬧得亂烘烘」。與逐漸老去的肉體和疾病奮戰的錦連，卻反而觀察到人類普遍的情感，對親朋好友以及山川平原等自然景象有所感知，並確切的對生命轉化成喜悅與珍惜。

在錦連十多歲時，父親所分到的祖產全部被伯父挪用、賭光，父親因而感到恐慌、性格轉趨保守，大小事情都要與錦連討論而後行，因此錦連自謂：「我十六歲時就知道人生，如果家庭經濟差的時候，會影響人的志向……會注意到庶民的生活，關心一般民眾的喜怒哀樂，那就是人家所謂的『社會主義』……那時的知識分子，大家都有那種洗禮。」[33]對於年輕時所見社會底層的悲哀現實，他則認為：「這個社會不可以讓一個人貧窮到出賣自己的自尊、靈魂來求生，啊！一個人不可以有錢到買別人當奴隸。」[34]此外，他也曾提過對於無產階級運動的看法：「我們在環境上是屬於美國的資本主義，而且為了讓它們的資本更加富有，我們不是正在成為所有反動運動的犧牲品嗎？我等無意爭背叛世界的無產階級運動。我們必須改變以往的觀念，唯有建立在真正意義上的共產制度下的社會組織，才是我們所祈求的。」[35]

---

30 〈在病床——其二〉，《守夜的壁虎》，頁154。
31 〈生老病死〉，《海的起源》，頁174-175。
32 〈醫院和菜市場〉，《海的起源》，頁192-193。
33 筆者至高雄訪談連錦稿，2007年7月25日。
34 筆者至高雄訪談連錦稿，2007年7月25日。
35 〈3月25日〉日記，《那一年（1949年）錦連日記》，頁47。

　　錦連自認出身於無產階級，重視無產階級，也有提及自己是無產階級、對無產階級關懷的記敘：「……途中遇見慘不忍睹被火車輾過的女屍。究竟何事導致如此，不得而知，只是會讓人聯想到無產階級的末路……買一本英文字典。但在一流書店要五十萬元，實在買不起。痛切感到無產者的悲哀。」[36]、「下午以無產階級的意識型態，寫一首『最後的大調和』，覺得是進入十二月以來，寫得比較像樣的東西。」[37]、「上班時間快到了，因此我馬上變成為麵包工作的無產階級者。究竟那一種才是我真正的生活？『勞動』確實是神聖的，但『神聖的勞動』其代價是什麼？我們要如何對被歪曲的社會組織，大聲叫出反對的呼喊呢？」[38]等等。對於資本主義與當時政治時勢的狀況，他也寫下這樣的感想：「孫內閣倒台，何應欽正準備組新閣，國民黨內各派系正走向分裂之路。一旦緊急，孫科必定會逃亡美國，所以才能夠蠻不在乎地發表反和平的言論。資本主義世界總有一天非崩潰不可，但是取而代之的，果真是無產階級嗎？」[39]、「在任何一個社會，資產階級的真正利益就是維持其地位和權力」[40]；在以上這幾段一九四九年的自述資料中，我們可以經由錦連對於統治階級利益，以及人性、社會的真確看法，更直接觀察到他當時之所以在思想上傾向社會主義的原因。

　　錦連首先提到自己因為家庭經濟的重大變故，所以影響到自己對於人生方向的思考，而且由於生活困頓，更能夠以同理心來關心一般庶民的生活情形；此外，他更認為當時的知識分子都有社會主義思想的洗禮，這確認了當時社會上有部分的

36　〈5月19日〉日記，《那一年（1949年）錦連日記》，頁75。
37　〈12月20日〉日記，《那一年（1949年）錦連日記》，頁168。
38　〈6月2日〉日記，《那一年（1949年）錦連日記》，頁83-84。
39　〈3月16日〉日記，《那一年（1949年）錦連日記》，頁43。
40　李英明：《馬克思社會衝突論》，台北：時報，1990，頁155。

族群皆服膺這樣的概念。十九世紀時,美國和許多歐洲國家的資本主義皆高速發展,為了要在經濟上取得更多優勢,於是便想盡辦法榨取勞力,以維護資本主義機器的運轉,資本家更採取增加勞動時間、提高勞動強度的辦法來剝削工人,於是一八七七年發生了美國歷史上第一次全國罷工,緊接著在一八八九年,由各國馬克斯主義者共同召集的社會主義者代表大會上,決議將五月一日定為國際無產階級的共同節日,這就是五一國際勞動節誕生的經過;基此來檢視馬克斯的學說和錦連的觀點,我們更能夠體會其中的意涵。

馬克斯主義的哲學,高度的讚揚勞動就是價值,就是目的本身,而所謂「神聖的勞動」是與資本主義的「勞動墮落」所相對,也就是說,所有的勞動都有神聖、不可被價格衡量的內涵。馬克斯對資本主義的批評,除了財富分配不公之外,主要還是認為資本主義會使勞動變成異化的、無意義的勞動,因而使人成為被毀滅人性的奴隸;錦連顯然也想把無意義的勞動,轉變成能使人得到自我實現的神聖生產,讓人成為真正的完全的人。至於「無產階級」、「無產階級運動」、「資本主義」、「共產制度」、「勞動」、「自尊」、「奴隸」、「反動」等社會主義中常出現的名詞,顯現錦連也在當時已經有著自己所信奉的觀點,並以此提出了相當多元的看法。

在〈客滿列車〉中,錦連寫下「即使無法去愛一本正經假裝斯文的人/我必定能夠愛那些像可愛動物般的人們吧」[41]的感受;至於晚近的詩作〈男與女〉中,他提到「女人 為了『神聖的勞動』在出賣身子」[42]的觀點,也在〈鞦韆〉中寫著「我願活在庶民的語言和體臭中寫東西然後死去」[43],可見

---

41 〈客滿列車〉,《守夜的壁虎》,頁179。
42 〈男與女〉,《海的起源》,頁53。
43 〈男與女〉,《海的起源》,頁212。

「讓人成為真正的完全的人」，且要親身實踐的觀念，一直充溢於錦連心中。

除了社會經濟的觀點外，對於人性的看法，也就是在出賣靈魂、自尊以及奴隸的問題上，錦連的看法也與馬克斯相近。馬克斯的女兒，曾經這樣形容父親對她詢問時所給的回答：「他認為最大的不幸是屈從，他最厭惡的是奴顏婢膝。」[44] 馬克斯對資本主義的批判，就是認為這種錯誤的根源，會讓人類將對於金錢與物質的關切，當成是人的主要動力，讓人類變成了物質的奴隸；馬克斯的目標是要使人類在精神上得到解放，讓人類擺脫「經濟決定一切」的枷鎖，使人的人性得到恢復；人的本性應該是人能夠自由且自覺的活動，這才是人的自我實現。對於「勞動」的意義，馬克斯也合併人類意識的觀點，認為「人由於勞動而不斷意識到他作為人的本質，而變成自我意識的萬物之靈。」[45] 關於獨立、尊嚴，錦連也有類似的看法：「啊！可憎可咒的高度文明！每個人都該開拓獨立之道。獨立！唯有獨立才能確保有個性的尊嚴，不是嗎？」[46] 此外，錦連潛意識中對於無產階級逐漸成為大多數，而且社會日益貧困的情形感到憂心，也對於資本主義權力集中、財富集中的壓榨情形感到不平、不耐，所以更堅定自己要投向人道思想的社會主義之決心。

甚至於在性格上，錦連也有可與馬克斯相對照的地方。錦連說過：「每一個人都在參與寫歷史，每一個人都以不同的方式向他所賴以生存的世界做某種發言。從年輕時代起，我一直以即使一輩子都無法成為詩人也不願意成為撒謊者自誡。」[47] 他又說：「很多人喜歡說謊話！說謊話這些人，尤其是知識分

---

44 王元明：《佛洛姆人道主義精神分析學》，台北：遠流，1990，頁39。
45 洪鎌德：《馬克斯社會主義學說之析評》，台北：揚智，1997，頁28。
46 〈11月21日〉日記，《那一年（1949年）錦連日記》，頁156。
47 《守夜的壁虎》詩集自序，頁3。

子，你會因此感傷……」[48]，可見他相當以自己（詩人）的誠實自豪，並且對於說謊的知識分子感到不屑。馬克斯也是個厭惡說謊、追求真理的人：「馬克斯是一個不能容忍虛偽和欺騙的人，不論在人與人的關係方面，還是在思想方面，他容不得任何不誠實。」[49] 這也說明了為何錦連具有不屈不撓追求真理，且一定會深入本質探討現實，厭惡表面、虛假的個性特質。

一般人會認為馬克斯和佛洛伊德這兩位思想家的差異極大，但佛洛姆認為他們都是復興人道主義的巨人。佛洛姆指出，馬克斯是具有歷史意義的人道主義者，佛洛伊德是科學心理分析的創始者，兩人在「人」的問題上「既有根本的區別，又有共通點，懷疑精神、相信真理的力量與人道主義是兩個人的共同基本思想」[50]，而兩人的思考方向，都是復興人道主義思想的明燈。佛洛姆更認為，馬克斯的哲學代表一種抗議，抗議人的異化，抗議人失去自由之身，抗議人變成為物，因為馬克斯的哲學源自於西方人道主義的哲學傳統，從斯賓諾莎（B．Spinoza，1632～1677），通過十八世紀法國和德國的哲學家，一直延續到哥德（J．W．Gothic，1749～1832）和黑格爾（G．W．F．Hegel，1770～1831），「這個傳統的本質是對人的關懷，對人的潛在才能得到實現的關懷。」[51] 佛洛姆甚至認為：「我相信，西方人道主義的復興一定會恢復馬克斯在人類思想史中的突出地位」[52]。佛洛姆之所以認為馬克斯的學說屬於「徹底」的人道主義，是因為「徹底」來自於馬克斯的學說重視追尋根源，並且以人為根，而馬克斯在一八四四年

---

48 筆者至高雄訪談連錦稿，2007年7月25日。
49 王元明：《佛洛姆人道主義精神分析學》，台北：遠流，1990，頁39。
50 王元明：《佛洛姆人道主義精神分析學》，台北：遠流，1990，頁29。
51 王元明：《佛洛姆人道主義精神分析學》，台北：遠流，1990，頁30。
52 佛洛姆著，張燕譯：《在幻想鎖鍊的彼岸——我所理解的馬克斯和弗洛依德》，大陸湖南：人民出版社，1986，頁11。

（26歲）時所寫的〈經濟哲學手稿〉中，就已經充分展現了對人性和人的價值的關注，明白彰顯了人道主義的情懷。經由以上學說的對照、分析，我們可以更清楚瞭解錦連思想的轉化過程；馬克斯主張人應該擺脫經濟決定論的枷鎖，以及使人的完整人性得到恢復的看法，都與錦連的觀點謀和。

俄國小說家高爾基（Maksim Gorky 1868～1936）說：「文學是最富於人道的藝術，文學家可以成為職業的博愛者和人道主義生產者。」[53] 這毋寧是對於錦連文學關懷層面的最佳寫照。高爾基作品中反映了對俄國低下階層的生活和感情，透露著對俄羅斯人民的關懷，以及深厚的人道主義精神，並抨擊當時政治制度的黑暗，揭示資本主義社會下的階級剝削和壓迫，這都和錦連的寫作觀點一致。以下章節便基於上述論點來分析錦連的詩作。

二、錦連作品中的人道關懷

錦連既以「人道主義」為文學創作的理念，因此作品中便將許多人生景況化成文字，藉著批判或者賦予關懷的手法，議論政治局勢、發抒自己的情感，並挖掘人類普遍的真理，展現心中的大愛；這其中，大致可分為二個方向來討論，即（一）對時局的抨擊，（二）對庶民的關懷。

（一）對時局的抨擊

李漢偉在《台灣新詩的三種關懷》中，論及「政治詩與『政治議題』的現實關懷」時，曾這樣議述：「……重要感仍在於政治詩與批判的反抗意識上，也可說成是替弱勢階級向

---

53 高爾基著，林渙平譯，《高爾基論文學》，大陸廣西：人民出版社，1980，頁4。

當政者批判的政治理想。」[54]、「政治詩的特徵是富有批判精神，頗能爲弱勢階層代言……」[55]以此來對照錦連對於政治的諷喻，更可以瞭解他的詩作在批判、控訴、見證之外，實是隱含著濃烈的人道思維。

四六事件之後，錦連在日記中記載著楊逵和多位銀鈴會同仁被逮捕，以及朱實等人逃亡等等事件（後來更導致銀鈴會解散），加上國民黨政府藉著種種名目要肅清異議分子，因此他心中早就產生不滿，並流露對於文友及《潮流》雜誌的擔憂：

> 爲了防止五月一日勞動節（May Day）共產黨徒的活動，
> 從凌晨零時至十二時，要舉行全島戶口檢查，一切交通機
> 關也被停止了。這恐怕是自日本人治台五十年來未曾有過
> 的壯舉吧。其對共產黨的焦慮可見一般。又因爲紅夢兄來
> 訪時說，這次的戶口清查目的也是要檢舉四六事件尚未逮
> 捕的分子，所以我將日記、《潮流》雜誌暫時疏散別處，
> 但最終他們並沒有檢查。這一次清查朱實兄或許難免遭
> 殃，希望他能逃過一劫，因爲他的安危關係著《潮流》的
> 命運。[56]

錦連心中重要的文學依藉——《潮流》雜誌有著被查禁的風險，甚至還要將日記及雜誌都搬到別處以免受政治牽連，他也在日記中清楚記載著「之前沒有寫日記，之後不敢寫，只留下那一年的人生剪影。」[57]這對錦連的政治傾向有著極大的影響；國民黨政府當時種種不當的政治、民生作爲，以及二二八事件、白色恐怖時期對於本省籍菁英的殘害，加上逮捕文藝青

54　李漢偉：《台灣新詩的三種關懷》，板橋：駱駝，1997，頁38。
55　李漢偉：《台灣新詩的三種關懷》，板橋：駱駝，1997，頁42。
56　〈5月1日〉日記，《那一年（1949年）錦連日記》，頁67。
57　〈自序〉，《那一年（1949年）錦連日記》，頁1。

年以杜絕知識分子聲音的行動，都讓錦連忿忿不平，更對蔣介石、國民黨政府，連帶國民黨軍隊都產生極大的不滿。

錦連自十六歲起就在彰化火車站電報房（彰化驛電信室）工作，一直到五十五歲申請提前退休爲止，共服務了三十八年；除了熟稔摩爾斯密碼的工作技能外，更因此可以迅速的接收、討論最新訊息[58]，加上友人們[59]擁有收音機，且本身習慣到圖書館看報紙等原因，使錦連能夠比別人更早一步得知當時海內外的所有即時訊息，並用自己獨特的觀點來評析。

在動盪頻仍的一九四九年，錦連曾在日記中對蔣介石有這樣的論點：「蔣介石決定辭職，飛至杭州後要回到故鄉奉化縣。一國的元首，尚未完成責任之前，可以逃亡嗎？這不是因爲害怕遭到處罪，所採取下台階的姿態嗎？」[60]、「傳說蔣介石到台中附近，來台灣要幹什麼？台灣一點都不需要你們這一票人，想要將台灣變成反共（反動）的堡壘，別作夢了。」[61]

對於國民黨政府、國民黨軍隊的戰情，他除了始終掌握最新消息並予以評論外，潛意識也對國民政府的正當性不斷提出質疑，對黨、軍皆持著明顯的反對態度，甚至期望其早日潰敗：「國民黨的退卻相當快，共軍的進攻卻是迅雷不及掩耳的快速……外國通訊社的報導說：『進入南京的共產軍規律極爲良好。』」[62]、「毛澤東和朱德向全軍發出開戰令。國民黨打算在長江一線阻止，但恐怕只是一場夢。李宗仁、何應欽等人大概會辭職，蔣介石會出走吧。待命長江北岸的一百萬共軍，在全線開始總攻擊。在內政方面也屢次失敗的國民黨，究竟

---

58 用摩爾斯密碼與同事互通消息，〈7月23日〉日記，《那一年（1949年）錦連日記》，頁103。

59 友人鄭其土、張哲謙擁有短波收音機，〈4月19日〉日記、〈9月25日〉日記，《那一年（1949年）錦連日記》，頁60、129。

60 〈1月22日〉日記，《那一年（1949年）錦連日記》，頁13。

61 〈5月5日〉日記，《那一年（1949年）錦連日記》，頁69。

62 〈4月25日〉日記，《那一年（1949年）錦連日記》，頁63。

能維持多久，真是令人懷疑。國民黨想要以台灣作為最後的反共堡壘，有一天必將在銳不可擋的六百萬憤拳之下，化為血漿。」[63]、「國民黨雖然嘴巴上說完全不在意個人的利害關係，但與中共的談判不就是很害怕戰犯的問題嗎？不是民族至上，國家第一，而是黨派第一，門閥至上，不是嗎？他們怎麼能夠支配明日的中國呢？這些黨輩祇不過是一個以國家當作利益手段的政治團體而已。事實上，又曾在地方建立過什麼功績呢？」[64]、「國民黨的末路已經不遠了」[65]、「國民政府遷回十二年來住慣的重慶。台灣和重慶這一條現要如何防禦？我們很清楚所謂的高等遊民會陸續跟隨赴重慶。」[66]等等。

這幾段記載，首先寫下了當時國民黨軍隊毫無招架之力的過程，然後也對於共產黨軍隊的紀律予以讚揚；雖然共黨軍隊並未進入台灣，但錦連由第一手訊息來判斷，相對而言，共黨軍隊「規律極為良好」的軍紀，才是對人民有利、符於人民的期待，並有可能終止戰亂的。除了軍力、軍紀之外，就施政能力而言，錦連認為當時的國民黨毫無政績，且只重視黨派、門閥，而「在內政方面也屢次失敗的國民黨」則讓錦連判斷國民黨的反攻終究是「一場夢」，且國民政府會垮台、蔣介石將出走，而想要以台灣作為最後反共堡壘的國民黨，終要「化為血漿」；錦連甚至還詼諧的諷刺國民黨上位的將領、權貴們是「高等遊民」。基於這些訊息判斷，以及希望社會脫離苦難的渴望，再加上「待命長江北岸的一百萬共軍」即將南下攻擊的事實，錦連因而寫下了〈在北風之下〉：

嚮往碧藍的天空我立在屋頂上

63　〈4月22日〉日記，《那一年（1949年）錦連日記》，頁61。
64　〈2月27日〉日記，《那一年（1949年）錦連日記》，頁32-33。
65　〈8月8日〉日記，《那一年（1949年）錦連日記》，頁111。
66　〈8月24日〉日記，《那一年（1949年）錦連日記》，頁116。

分外明亮的天空裡
北風吼著吹過來
是因冬天的來臨而發怒
或者為漸漸逝去的秋覺得惋惜
帶著莫大的悲哀
發出喊聲
北風吼著吹過來

汗濕的臉頰
被尖銳的風凌辱的初夏的山
以及
初秋時散步走過的林蔭路
都在砂塵中哆嗦
在南方平原的彼方

雲層叫風給颳到一邊
在灰色的陰影中
為著死的預感而嘟喃不已

風打北方吹過來
盯盯地望著天空
我的心隨著每一擊波濤
逐漸給叫醒過來
突然抱著胳膊
為何我會悲哀
分外明亮的天空啊
你冷然望著四季的悲哀
完全是一雙認命的寂寞眼神

分外明亮的天空啊
你究竟在思索什麼

——《錦連作品集》，頁2-4

　　錦連在接受訪談時，對於筆者詢問「為何將〈在北風之下〉這首詩放在《錦連作品集》第一首作品的位置」時，曾這樣描述：「我跑去酒家樓上的宿舍，北風在吹，這就是在南向，想啊想啊想得心煩，想說時代不同了……」[67]，他也表明此詩是心向社會主義，希望台灣能夠「再光復一次」。

　　此詩共分為四段，第一、二、三段皆是帶著較正面的理想基調，而最後一段則回到尚未能脫離階級剝削苦難的現實之中，表達寂寞、悲哀，並探問理想究竟何時能夠到達。

　　「北風」雖然本就有寒冷之意，但錦連看出更深層的內涵，取其有力、發怒、能吼，強烈喻指著解民倒懸的意義。第一句的「立在屋頂上」，象徵錦連能夠站在時代的高度看著世界，「嚮往碧藍的天空」是戰亂下的盼望，「分外明亮的天空」表示著錦連當時已能夠看清楚混亂的局勢，但空有理想、眼光前瞻的年輕人卻在這樣時代的洪流中，無力改變自己與社會的現狀，因此前兩句看似明朗的意象，卻只是詩人在詩後段呈現「悲哀」的伏筆。「北風」代表著社會主義的理想，以及現實上中的共黨政權，其「怒吼」是因為能夠改革的時機「秋」逝去，人民要承受更大苦難的「冬」已然到來，所以北風是發怒的、悲哀的吼著吹向南方；「漸近逝去的秋」則指在長江北岸待命的軍隊，遲遲仍未南下的所流逝的寶貴時間。

　　第二、三段中「汗濕的臉頰」、「初夏的山」、「初秋時散步走過的林蔭路」、「雲層」、「灰色的陰影」均是以身表

67　筆者至高雄訪談連錦稿，2007年7月25日。

感、以景寓情；這些南方平原現今、曾經的景致與感受，代表著台灣當時的不公義體制、眾多的貪腐官員，正感知到尖銳的風的到來，都將被北風凌辱、都會在砂塵中打著哆嗦，更會因北風正義的到來而致有「死的預感」，所以害怕、嘟喃不已。

最後一段脫離了前三段的正面基調，回歸到真確的苦難之中。儘管錦連始終盯著象徵理想到來的天空，風也好像「打北方吹過來」，但現實波濤不斷的逼近擊打（心中的正義之師仍未南進台灣），讓他痛醒過來，也感到了心中的寒冷、悲哀，並覺查到自我既前瞻卻又無能改變的矛盾，於是抱著胳膊，悲哀的呼問第一段中曾出現的「分外明亮的天空」（如前所述，表示著錦連當時已能夠看清楚混亂的局勢、眼光前瞻），為何仍是冷然的望著台灣的愁悶；「認命的寂寞眼神」代表錦連最後還是回歸到現實中空有理念、盼望的困頓；此詩充分展現一個感受到時代洪流巨變與莫測的年輕詩人、知識份子，心中雖抱持理想卻毫無實踐能力，最後只能「認命」，並以詩作加以批判的過程。

佛洛姆之所以認為馬克斯是人道主義者的原因之一，是因為「在馬克斯看來，如同黑格爾的看法一樣，異化概念根質於存在和本質的區別之上，根植於這樣一個事實之上：人的存在與他的本質疏遠，人在事實上不是他潛在那個樣子。」[68] 錦連常在作品中，展現對於人的關注，關心人是否與「成為人的本質」相互悖離，並以自己的存在與否為中心相互辯證，可說與人道主義的思想是極相近的。

〈在北風之下〉原載於一九四八年的《潮流》雜誌；時隔三十六年，錦連仍無法擺脫對於威權體制之「僵」的厭惡，也不能接受台灣自由民主仍「死」之事實，因而在一九八四年寫

68　李超宗：《新馬克斯主義思潮》，台北：桂冠，1989，頁190。

下〈貨櫃碼頭〉：

從夢遊中醒來
忽然發覺我佇立於這奇異的碼頭好久
在這空曠的碼頭
在這平坦的大祭壇上
放置著一排排笨重笨重的貨櫃

從前這碼頭充滿著喧嘩和歡愉
碼頭的身軀因幸福而舒展著筋肉
碼頭的脈絡因希望而膨脹又鼓動

自從這來路不明的貨櫃堆積於這碼頭
它們遮斷了遙遠的水平線
使我們看不見燦然的日出和日落

颶風一次又一次地掃過
海浪一波又一波地洗過這貞潔的碼頭
如今期望的瞳孔浮出魚白的哀愁
碼頭的臉孔淚痕斑斑

淒涼的碼頭颳起了血腥的狂風
無聲的哀號在貨櫃間漂散
無助的願望漂散成無奈的灰塵
飛揚的自尊的殘渣佈滿著文明腐爛的天空

這巨人的棺材急需運送出海
然而——

誰知道

這巨人的棺材要置放多久

這僵死的碼頭何時蘇醒

──《錦連作品集》，頁40-42

　　蔣中正於一九七五年去世，但台灣遲至一九八七年才
解嚴，期間發生了一九七七年「鄉土文學論戰」、「中壢事
件」，一九七九年「橋頭事件」、「美麗島事件」等文學與政
治上的重大事件，這都讓一心期望台灣人民自由歡愉的錦連心
急、失望。蔣中正過世後，隨即厝置於桃園縣原名「新埤」的
慈湖，供人「瞻仰」，且蔣經國又於一九八四年就任總統，錦
連顯然無法接受這樣的情景，因而將蔣中正的靈柩、蔣經國的
接任都視為「貨櫃」的堆積，強烈批判世襲的棺柩治國情勢。

　　此詩第一段，形容自己從生命理性、人性完整的夢遊中醒
來，竟然發覺自己已在荒謬奇異的碼頭佇立了許久，而代表台
灣主體意識的碼頭，卻像是一座大型祭壇，放置著一排排代表
著棺柩治國、僵化人性的貨櫃。

　　二、三段，則形容從前這海島曾擁有歡愉、幸福，能自由
舒展自己筋肉、脈絡的日子，卻因為「來路不明」的貨櫃不斷
堆積，因而遮蔽了未來的視線，讓一切希望都被打壓而萎縮，
人民再也看不見美麗的日出日落。對於「來路不明」的描述，
可以從錦連的一段記敘中得到解答：「省議會開議了，郭國基
一開口便言明：『台灣自鄭成功到此地以來，就是台灣人的台
灣。有關台灣地位的任何決定，不能輕視台灣的民意。』……
如果說要列舉有正義感的台灣人士，我們會毫不猶豫首推郭國
基……但可悲的是這樣的人實在太稀少了。」[69]，可見錦連心

69　〈12月23日〉日記，《那一年（1949年）錦連日記》，頁170。

目中正統的台灣統治者，應該是「台灣人士」，而非外來的政權。

第四段的「颶風」，可解釋為錦連心中遲未到來的正義之師，而「海浪」就好比當時台灣正風起雲湧的民主抗爭運動，雖然兩者皆一次次、一波波的掃洗，但台灣原本的貞潔卻仍不復以往，瞳孔哀怨魚白、臉孔淚痕斑斑；第五段的淒涼、血腥、狂風、哀號、無助、漂散、無奈，都一再重複的形容當時政治情況的朽毀，與人權不彰、人民哀嚎的腐爛文明。

最後一段中「巨人的棺材」，除了暗指蔣中正棺柩所代表的舊體制威權應該被揚棄之外，也批判著當時蔣經國接任總統的世襲政治「急需待運出海」，讓夢魘趕緊遠離台灣這塊島嶼，但實際情景卻是棺柩依然被膜拜，而父子交相僵惡的劣質體制依舊存行，「僵死」的台灣還是無法醒來。

「激進人道主義通過把焦點集中在『意識』之上，以作為對社會激烈批判的基礎。」[70] 以此基點來看〈貨櫃碼頭〉，錦連除了基於人道主義的同理心，以「夢遊」、「何時蘇醒」呈現人的存在與其本質的異化之外，還持續關注人的幸福、歡愉、貞潔、自尊、願望、哀號、淚痕，也引出了「壓迫者」和「被壓迫者」的衝突概念。就馬克斯而言，社會衝突是階級互動的必然產物，它是伴隨著階級之間的「宰制」與「被宰制」而產生的，目的就是要改變階級的不平等關係。「社會衝突基本上都是因為一方面統治階級盡可能的想剝削被統治階級的勞力，而另一方面被統治階級則企圖改變甚至終止他們被剝削的情況」[71]，對於遮斷地平線和燦然風景，毀滅人民自尊、願望的威權，錦連用詩作予以譴責，實踐「人必須超越社會所加諸

70　李英明：《馬克思社會衝突論》，台北：時報，1990，頁202。
71　同上註，頁152。

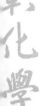

於人的精神枷鎖，才能使自己的生命潛力獲得釋放」[72]的人道
主義典範。

　　錦連雖然沒有實際作戰的經驗，但由於連年戰爭及戰爭
後續效應對台灣社會造成重大的影響，讓他在這不安定的時代
中，親身得見許多人性醜陋、人類相互攻訐的面向。一九四七
年錦連廿歲時，台灣發生了二二八事件，他在一九四九年的日
記中記載著這樣的心情：「果眞如此，壓迫民意，以反民主政
治，妨害言論自由，不准樹立自治政府，經過二二八的慘劇，
實行比帝國主義更甚的壓制，這種國民政府就違反波茲坦宣
言……」[73]。此外，他也對於當時的執政者、媒體如此批判：
「今天是永遠不可忘記的二二八事件二週年紀念日。本島各報
紙均遵守御用媒體的準則，隻字不提二二八事件。國民黨政權
本來預定今天到明天，要斷然實施全島戶口清查……」[74]可見
他認爲二二八的「永遠不可忘記」的「慘劇」，且對當時政權
「比帝國主義更甚的壓制」、控制「御用媒體」的情形感到不
屑。

　　對於二二八事件及人民被當成草芥殺戮的苦難年代，他寫
下了〈日夜我在內心深處看見一幅畫〉以發抒感懷：

　　　畫面是承受著層層相疊的黑雲
　　　和由四方匯集而不斷加重的雲層
　　　雲層下有支撐著
　　　天空看不見的重壓的無數手臂
　　　和由八面趕來增援的許多手臂

72　同上註，頁201。
73　〈1月22日〉日記，《那一年（1949年）錦連日記》，頁13。
74　〈2月28日〉日記，《那一年（1949年）錦連日記》，頁33。

看著這幅畫　我會隱約聽到
骨頭輾軋的聲音
手臂斷裂的聲音
身軀碎散的聲音

儘管如此
受壓制的雲層上面還重疊著雲層的重壓
儘管如此
支撐著天空的手臂又再添上了不少手臂

他們幾乎幾個世紀就這麼咬緊牙關直立著
在成堆倒在腳底下數不盡的骸骨裡
在成群專事阿諛逢迎的可憐之徒中
他們日夜直立於這神聖的地球的一點
因倨傲和矜持而光榮地消瘦下去

我依舊將日夜看見的這幅畫
掛在期盼和貞潔的良心壁上
雖然畫面上仍沒有迸出破曉的一道光
雖然我仍舊沒能聽見些少微弱的腳步聲
雖然我仍舊──

　　　　　　　　　──《錦連作品集》，頁20-21

　　整首詩的基調，皆是重複的在層層逆境之中，表達看似微弱，但卻堅持不肯與現實妥協的偉鉅信念。

　　第一段中，日夜在錦連心中所浮現的那幅畫，是層層疊疊、由四方匯集加重，不斷壓榨人民的專制雲層，而黑雲底下是不斷被壓碎，卻又前仆後繼舉起的人民手臂，想奮力撐起自

由的天空。「天空」雖然無法看見，但那些同樣看不見的、被重壓的無數手臂，以及從八方趕來增援的許多手臂，就像犧牲奮鬥的志士們，爲了解救人民而從不放棄，並堅持高呼的信念。

二、三、四段皆接續著第一段的呼應。骨頭被輾軋、手臂斷裂、身軀碎散，都是錦連在時代中所體現的人民苦痛，並將之化成聲音的描述，在與烏雲重壓、手臂高舉的畫面結合後，能讓人更深刻瞭解被宰制的苦痛氛圍。儘管在整個瘴癘的世紀裡，雲層不斷重壓，更有阿諛逢迎的人與之結黨，但手臂們仍咬緊牙關堅持，儘管整個世界都被黑暗淹沒，儘管光榮不斷消瘦，但那倔傲在地球表面上的微小支點，卻始終神聖。

最後一段中，儘管這幅畫依然沒有射出破曉的曙光，抵抗的腳步聲也是微弱的，但錦連依舊秉持貞潔的良心，等待眞正平等自由的日子到來。一九八二年前後，大陸學者曾掀起一股討論「馬克斯主義是否爲人道主義」的熱潮，認爲其係屬人道主義的學者認爲，馬克斯主義是以「人的解放」作爲最高目標，並且始終「重視人的價值、人的尊嚴」[75]，所以馬克斯主義不只是關心收入的平等，更關心那個毀滅人性、使人變成爲物的源頭，並試著要把人解救出來，這與錦連在作品中提到的「良心」與「神聖」，以及解救、解放的人道思想概念，可說是近似的。至於錦連倔傲、矜持而光榮的「仍舊」，可說是爲了解決人的存在與其本質疏遠的異化問題，並「實現人性的回歸，恢復人的尊嚴和人的眞正價值」[76]。

正由於錦連謹遵人道風範，所以他並不拘泥於政治上的意識型態，而是以人民的福祉爲優先，因此在二〇〇〇年二月十九日完稿的〈花與戰爭〉中，寓寄了這樣的感想：

75　李超宗：《新馬克斯主義思潮》，台北：桂冠，1989，頁193。
76　黃丘隆、結構出版群主編：《社會主義詞典》，台北：學問，1989，頁14。

你們真的不顧一切要血洗台灣？
你們真的要為所謂的民族大義毀滅世界？
脫掉戎裝卸下你們沉重的兵器吧

我們不知做過了多少次戰爭的省思
我們不知道敲過了多少次和平之鐘並默哀再三
人們的慘痛經驗還不夠喚醒你們的良知？

你們　他們　我們　誰真正曾贏得勝利？
你們　他們　我們　都徹底的慘敗了！
我真想要將一朵朵小花插在你們的胸口和槍口！

　　　　　　——〈花與戰爭〉，《海的起源》，頁62

　　此詩批判的對象雖然迥異，卻同樣將人道列為優先考量，對於想以響亮口號行殺戮之實的對岸政權提出譴責，在詩中用「和平之鐘」與「省思」、「默哀再三」苦勸，詩末並呼應題目「花與戰爭」，以「我真想要將一朵朵小花插在你們的胸口和槍口！」誠心的呼籲對方要將戰爭真正終結，不要再讓人民承受戰爭的苦痛。

　　有關於政治制度的批判，在錦連早期作品中則寫過一首〈議會〉：

議事接近尾聲他們就會報以掌聲
於是午餐就已經安排好的
於是他們就各自佔坐餐桌的一個位置
於是帶有傷感顏色的

染過指甲的女人蒼白的手伸過來斟酒
於是他們就心情舒暢地
把各種顏色和款式的
問起價錢你必定會驚嚇又羨慕不已的
那一件西裝脫下來
於是他們中的一夥人
發紅著鄙猥的臉　另有一圈子的人
亮起貪焚的三角鬥雞眼　又有一票人
就會開懷大笑
於是啤酒一口氣一口氣地
起泡著流進發酵的肚子
於是與生俱來的各自的臉龐
終會變成一種模式的表情
就位時
舉手時
吃喝時
並且有時偶而露出會心之笑的那瞬間
就會變成死沉沉的泥土色

——《守夜的壁虎》，頁378-379

　　詩中譏諷只會鼓掌、舉手、吃飯、喝酒的民意代表，他們「發紅著鄙猥的臉」、「亮起貪焚的三角鬥雞眼」的外表，還裹著昂貴奢侈的西裝，更令人哀痛的，則是有著「蒼白的手」的斟酒女人，身上的紅僅能以傷感所染成，卻與鄙猥、貪婪、奢侈的民意代表，形成了一種無法改變的模式，「會心之笑」更代表了統治集團牢握實質的權力，彼此間還存著有默契的猖獗，一起同流合污；在這不平等的地位與支配之下，民代們露出「會心之笑」的那一瞬間，無能改變狀況的下位者，亦即女

人鮮麗指甲下卑微的窮苦庶民，竟與民代的臉龐、表情一樣，浮現出真正死沉的泥土色。此詩除了諷諭當時台灣的政治現況之外，也深入觀察到社會低下階層的真實心情。

諸如此類對政治批判、反抗，以及自覺、自省、憐憫、失望的情緒，在錦連各時期的詩作中均持續的展現，如《守夜的壁虎》中的〈第一鋤〉、〈蟬〉、〈石頭〉；《挖掘》中的〈挖掘〉、〈操車場〉；《錦連作品集》中的〈他〉、〈沒有麻雀的風景〉、〈鐵橋下〉；《海的起源》中的〈包裝〉、〈為時已晚〉、〈傳說〉、〈石碑〉、〈滅亡美學〉〈順風旗〉、〈拜票拜票〉、〈鍍金〉、〈僥倖與悲劇〉、〈滅亡美學〉等，除了為台灣悲哀的政治歷程留下明證外，更在詩作中闡釋自己對於人道尊嚴的觀點，以及為弱勢者發聲的關懷意識。

（二）對庶民的關懷

錦連自赴台灣鐵道協會講習所修業的第二年（1942年，15歲）起，心中就已經萌發哀愁的詩感；一九四四年（18歲）左右開始至圖書館遍讀群書，並與詩友張彥勳等人來往；戰後的一九四六年（19歲），則已經「勤跑圖書館看完《日本近代詩人全集》（10冊），並抄錄名詩，大量購買日本人留下的書籍」[77]。一九四九年日記的附註中，錦連詳列了當年所閱讀的書籍五十七冊，在比對日記內容後，可以證明他當年已經大量的接觸普羅文學，而且有著自己對於大眾藝文的觀點，如：「讀完了菊剛久利的《普羅列塔利亞的鬥爭詩和歷史》」[78]、「文藝應該是屬於大眾的，不能變成貧困的文學」[79]、「又讀了在美國文學史上，為普羅文學揚眉吐氣的辛克萊（Upton

77 李友煌：《異質的存在——錦連詩研究》，台南：國立成功大學台灣文學研究所碩士論文，2004，頁287。

78 〈4月13日〉日記，《那一年（1949年）錦連日記》，頁57。

79 〈7月23日〉日記，《那一年（1949年）錦連日記》，頁104。

Sinclair）的《叢林》」[80]、「讀完美國普羅文學代表作Upton Sinclair的《The Jungle》」[81]、「讀完《Partisan》（游擊隊）及《普羅詩集》」[82]……等等。

除大量閱讀之外，錦連也以詩作親身觀察、實踐對於普羅無產階級的重視，以及「文藝應該是屬於大眾的」之寫作原則。如果將錦連詩作中，扣除對親友感懷之作，而以生活所見之庶民為主題，並投入觀察與關懷的作品統計，可以概略做成以下表格：

錦連關懷庶民詩作概略表

		《鄉愁》	《守夜的壁虎》	《挖掘》	《錦連作品集》	《海的起源》
1	妓女、酒女、舞孃		傑作、東園酒家其一、東原酒家其二、酒和眼淚、火車旅行			男與女
2	乞丐		乞丐、記錄			施捨、輪迴、誰在敲門
3	殘障者		殘障者			有個殘廢老兵
4	老人		母親和女兒的照片、老阿婆、老舖、老嫗	寫生畫		有海角的僻鄉
5	嬰兒					颱風與嬰兒、草蓆上
6	農夫		三汴頭、雨中的驛站			
7	工人		夏天到了、熱的發明			

80 〈9月25日〉日記，《那一年（1949年）錦連日記》，頁129。
81 〈10月6日〉日記，《那一年（1949年）錦連日記》，頁136。
82 〈10月16日〉日記，《那一年（1949年）錦連日記》，頁139。

| 8 | 其他 | 理髮店、夜市、旋律、古典 | 感傷時代、接線生、團圓、鋼鐵的由來、客滿列車、夏季的一天、拂曉樂譜、A蛇者、A猴戲的傢伙 | | 這一雙手 | 庶民、那個男子、吾友、追尋逝去的時光（第二部）、眾神的下落、難民和牛、鞦韆 |

註：作品重複者，則以「僅列舉時間上較早完成之作品」為原則

　　利己的自私性，是人性被剝削的根源，奴隸制度、貧窮、娼妓等社會現象都是源自於此，因此錦連特別對於這些狀況感到憂心；錦連心目中，不但時時關懷著社會底層人民的生活，為妓女（酒女、舞孃）、乞丐、老人、農夫、工人、殘障者發聲，為他們的生存與福祉著想，更將這些弱勢者視為自己的化身，以同理心來寄予關懷，可說徹底的實踐了人道思想。以下便列舉錦連對庶民關懷的作品，分由三個主要面向來討論：1、暗夜的鳴響。2、哀傷的女體。3、蜷跼的乞者。

1、暗夜的鳴響

　　錦連一共在電報房服務了三十八年，對於摩爾斯密碼的熟稔不在話下，甚至於可以由節奏的頻率來辨認是那位同事所發送的密碼，就像壁虎般可以專注自己的心思，以「守著夜的寧靜」的「透明的胃臟」[83] 來諦聽人世間這個大掛鐘所敲出的各種音符，因此「聲音」可說是錦連用以關照世界萬物，乃至於觀察庶民最重要的方式之一。例如〈接線生〉的第二段：

　　懷著胎兒的女子小聲哼唱的
　　步履蹣跚的陳舊老歌

83　〈壁虎〉，《守夜的壁虎》，頁181。

被那懶洋洋的生活的嘆息所籠罩著

美　在孤寂的頹廢裡發散著光芒

——《守夜的壁虎》，頁195

　　此詩記錄錦連在值夜時的感受，但他聽到的聲響卻遠遠超過接線工作範圍，而擴及到了鄰近屋裡孕婦的生活層面。懷孕的女子夜半醒來（或睡不著），因此哼唱著老歌藉以自娛，並想以此忘掉新生命誕生後所紛至的經濟壓力，但易感的錦連還是聽出了因為生活壓力而引致的嘆息，殘酷的掩蓋了原該輕鬆的歌曲。即便如此，對於這幅「聽」見的影像，錦連最後仍是以「美」來讚頌這兩股緊密擁抱彼此的生命力（孕婦與胎兒），挖掘在孤寂、頹廢的外在環境下所蘊發的瑰麗光環。類似的主題，又如〈團圓〉的第二段：

經常傳來嬰兒低哭聲的濕漉漉的後街小巷

因雞糞和髒物阻塞而快要發酵的水溝

憔悴而邋里邋遢的婦人無力下垂的乳房

然後有發霉酸味的陋房在等著他們

——《守夜的壁虎》，頁208

　　這首詩同樣以聲音傳遞重點，但分為好幾個層次來描繪生活的困境。後街小巷之所以濕漉的原因，乍看之下在於雞糞、髒物等外在的阻塞，但仔細探究，好像發霉酸味的簡陋房舍中，那雙掛在憔悴、邋遢婦人胸前的乳房中所暗藏的「貧窮」，才是堵住生命出口的穢污；這時再將詩句往前咀嚼探究，原來嬰兒低聲的啜咽，才是讓整個低下階層勞困在錦連胸中發酸苦酵的「元兇」。

　　〈耍蛇者〉則是試著在夜市吵雜聲浪中，冷靜提取神聖的

觀照。

是個耍蛇者
（圍觀的人）
是個叫賣人
（圍觀的人）
講話聲和雜七雜八的聲響熱浪

上昇至夜市上空的
黃金色的灰塵和暖和的一團情緒
──那是一種竊笑（一定是……）
活著又有一天會死去的人們所競演的短劇
在散步的沿途
有時停下來觀賞的
那是眾神的竊笑

──《守夜的壁虎》，頁316-317

　　圍觀者群聚在一起，吵雜的議論著他們面前的販卒，那
個僅能「耍」和「叫賣」的低下勞動者。膚淺昇至夜市上空的
浮動灰塵，雖然被燈泡染成看似昂貴的金黃，但那些嘲鬧的情
緒，彷彿一再重複運轉的人間短劇，競相表演著廉價的「笑」
與「被笑」戲碼。錦連顯然對於這種對勞動者的嘩笑感到不以
爲然，因爲那是屬於「經濟決定一切」、綑綁人性的枷鎖，而
且所有勞動都有神聖、不可被價格衡量的內涵，更何況在沿途
散步、有時停下來觀賞的眾神眼中，夜市裡圍觀或者被圍觀
的，全都是彈指間就全將失去生命的螻蟻，「人的竊笑」終究
會回歸於「被眾神竊笑」。錦連以「神性」的「眾神的竊笑」
作爲對比，希望「人」能夠在謙卑中自覺，且有意識的重視自

己之所以成為人的「本質」。

又如〈客滿列車〉：

客滿的列車裡
透過充滿講話聲和噪音的熱鬧氣氛
我的雙耳過濾了一切聲響
祇在捕捉此起彼落的笑聲
像狐狸鳴叫的笑聲
像馬在嘶鳴的笑聲
像看家狗在嚎叫的聲音
像河馬在打呵欠的聲音
森林或山野裡的動物們
戴著圓頂禮帽和打蝴蝶結
穿著大禮服或盛裝打扮等等……
古老古老的童話幻境瞬間浮上腦海

即使無法去愛一本正經假裝斯文的人
我必定能夠愛那些像可愛動物般的人們吧
　　　　　　　——《守夜的壁虎》，頁178-179

錦連在廿一歲（1949）時就記載著自認是貧窮的無產階級，以及為勞苦階層發聲的感懷，此詩中更明顯透露著自己熱烈擁抱一般庶民的想法。儘管在客滿的列車車廂中充滿噪音，但錦連的雙耳能夠過濾、捕捉到此起彼落的笑聲，即使那些聲音有如狐狸、馬、狗的嘶鳴嚎叫，或者像是河馬的呵欠，但錦連深深沉醉其中，並強調自己無法接受假裝斯文的人，卻反而能透過聲音來發現、尊重，並熱烈的「愛那些像可愛動物般的人們」。〈庶民〉的最後一段有類似感懷：

我們總是自以爲應該屬於社會的精英……
不　不！　在那些文人墨客和士紳名人中
哪有我一席之地？
我祇不過是無聊平庸又微不足道的一介庶民而已
——妻子呀　早餐的稀飯弄好了沒？

——《海的起源》，頁80

　　雖然身爲知識份子，但錦連認爲自己不該存身於文人墨客名人之中，寧可只是一介庶民，詩末更運用電影對白的手法，呈現自己對妻子的問話，而他也和一般庶民一樣，早餐吃的是最普通不過的稀飯。又如〈鞦韆〉：

跟西裝筆挺的紳士們做高級的對話
我有點不自在
因爲我是屬於半下流社會不太高尚的人

在雜亂滿是噪音和灰塵的菜市場穿行是快樂的
嘰喳採購的主婦們和渾身是勁的黑狗兄鏗鏘有力的叫賣聲

在自己的詩中必須描繪出生氣蓬勃的人們幹活的身姿
我願活在庶民的語言和體臭中寫東西
然後死去

陳舊的桌椅　茶碗牆壁和柱子上
有我滑稽的　一些懵懂的青春回憶滲透著

一直殘留著生活氣味的這充滿朝氣的風景

那裡有飄蕩著活潑的孩童　他們芬芳的幸福

我真想坐在那鞦韆　向漂浮著白雲的藍天
將我這個七十五歲老朽的腳往上踢

——《海的起源》，頁212-213

　　錦連絲毫沒有知識份子的倨傲，從廿多歲時的〈客滿列車〉直到七十五歲所寫的〈鞦韆〉，都始終堅持自己要與庶民同在的理念。這首詩由自認無法與西裝筆挺的紳士對話開始，再自承是「屬於半下流社會不太高尚的人」，但錦連非但不以此自卑，反而認為在充滿雜亂噪音和嘰喳的採購叫賣聲中，他才能夠獲致真正的快樂，就連寫詩都要「活在庶民的語言和體臭中寫東西」，在有著生活音響的朝氣風景中，人生才能獲致芬芳的幸福，然後有一天才能安心的「死去」；由「青春」到「七十五歲老朽」，錦連擁抱庶民的態度未曾改變。

　　〈旋律〉中透露著對庶民的另一層面觀察，但錦連依舊沉醉其中：

那韻律的抑揚，
來勢兇兇的婀娜的少婦們，
互相指責的口音之響亮。

圍觀吵架的閒人是愚笨極的了，
我停步於街上，
面向天空而珍惜這悅耳的旋律。

——《鄉愁》，頁11

　　儘管面對的並非賞心悅目的情景，甚至是比噪音還要令人

難受的叫罵聲，但以「人的存在」爲核心的錦連認爲，在這樣的情景下，反而更能將作爲一個人的真相，栩栩如生的展現，也就是在他心中，再也沒有有比「人」更美妙的東西了，因此「互相指責」的「來勢兇兇」情景會化成響亮韻律，讓錦連停步而面向天空，珍惜心中的壯麗奇觀，並爲這悅耳的旋律感謝上蒼。

2、哀傷的女體

錦連堅決反對一切桎梏人性的奴隸制度，這其中包括童養媳、酒家女、妓女等，均有著身不由己、需要龐大救贖特性的群體，錦連不斷嘗試以詩句來彌補被那些撕裂的，已經不能成爲人的「人」。

錦連在接受李友煌訪談時曾提到：

工作環境成爲我詩的題材，攏寫暗時仔的詩，因爲顧暝，一兩點腹肚餓出去吃點心，看旅客上下車，人群移動，社會變遷，空襲、生活變化，戰敗日人垂頭喪氣，街路日本小姐賣煙，台灣人開始賣物件，四界搬布袋戲，國軍警察來，台灣人童養媳成爲酒家女，再淪落風塵成爲妓女的悲慘命運，充分感受時代的變動，在身邊發生，對我寫作產生極大影響。[84]

由於工作的關係，夜生活所見情景以及人群的移動，乃至於整個時代的變動，都成錦連重要的觀察對象，所以「酒家女」、「妓女」等大多於夜間工作的底層女性，便常在他筆下

---

84 李友煌，《異質的存在——錦連詩研究》，台南：國立成功大學台灣文學研究所碩士論文，2004，頁311-312。

出現。錦連在接受筆者訪問時，也特別提到對於酒家女的憐憫：

> 「要養家，她要求生存，就要降低自己的自尊來應付各種人……這個酒女要是比較多歲的時候，比較老就沒有客人要叫了，就淪落到員林、花壇的酒家去，去那邊比較便宜……她們的命運就是這樣啊！沒有人知道這個就是社會的貧富差距，很悲哀的後遺症啊！」[85]

錦連也提過，由於母親出身於貧窮農家，因此母親的姊姊就曾被送給別人當童養媳，後來因奶奶捨不得又將之要回來的經過[86]。諸如此類對社會底層的觀察，錦連可說都有親身的深刻體現。

火車站是錦連工作了三十八年的地方，而關懷弱勢者則是他始終不變的堅持，因此結合了火車與人生行旅為詩題的〈火車旅行〉，就具有了相當不凡的寓意：

急馳的
　黑色原木

裸露的
　　×
　　×
　　×
　　×
　　×

85　筆者至高雄訪談連錦稿，2007年7月25日。
86　同上註。

×

穿過舞孃們的胯襠間

●

命中標的

○

穿過標的

指
向
寬
廣
的
長
長
的
一
條
線

——《守夜的壁虎》，頁324-325

　　這首包含著符號的圖象詩，又同時帶有著時間和視覺的流動性，啓發了閱讀者無窮的想像，同時也爲其中的意涵而傷悲。

　　第一段開宗明義的點出「黑色」、「原木」狀物體之疾駛速度，除了用「黑」象徵人性（施、受者的人性皆是）陰暗面，以「原木」代表陽性的衝動與強暴（強度和暴性）外，也同時喻示了要將整個畫面抽離到時間與空間的上方，用〈耍蛇者〉中「眾神」的制高角度觀察一切。

　　「裸露」除了代表男性脫光衣物準備略侵女體之外，也同時是目光的貪婪與理直氣壯，目光直壯的成因則來自當時酒家文化盛行的風氣，以及重男輕女的民族特性。錦連曾在筆者訪談中描述：「人口就是這樣處理啊──現在生了這個女孩子，生了就要先養她，第二個，養完你還需要嫁粧啊⋯⋯不然怎麼處理呢？跟那個產婆講，就將她洗澡洗好後裝扮的漂漂亮亮，帶去溪邊，堵住她就死了，這樣處理啦，同時口中還要念念有詞，就說：『你出身不對，應該出身在有錢人家⋯⋯』」[87] 此現象背後所代表的社會意涵，亦可以在詩中得見。

　　連續的六個×，是由上方所看到的「黑色原木」，亦可說是男性生殖器官（貪婪目光）所集成的罪惡，以火車行進姿態猛進，穿過舞孃（妓女、弱勢女性）胯襠間的情狀。●是男性衝動標的達成的滿足，也同時是列車進入山洞後的陰暗時刻；而無論如何，洞中漆黑又充滿激烈聲響、滿溢煤灰味的時刻總會度過，走出山洞後明亮的○情景，才是人類應該重視的；到達那樣寬廣的長長的未來後，人人都是獨立自主的個體，不會再有人被其他人或者社會所脅迫。長長的一道箭頭，則闡釋了「眾神」（錦連）賦予未來希望的高速期盼，以及必定要「指向寬廣」，不容懷疑方向、不容扭曲人性的理念。

　　〈傑作〉中也有著雙腿之下的奮戰：

咬緊牙根
唇破又滲出血來
它也可以算是一種傑作吧

因爲叉開雙腿想站著阻擋現實

87　筆者至高雄訪談連錦稿，2007年7月25日。

是比死亡更有尊嚴的

——《守夜的壁虎》，頁241

　　此詩可說是妓女對於現實的迎戰，也可比擬爲錦連在被現實強暴時的心路歷程。咬緊牙根、唇破滲血也可以是值得驕傲的「傑作」，因爲暗夜裡將雙腿叉開，勇敢的賺取生活所需的現實，雖然是被剝削的低層工作，還不夠談上是眞正獨立自主的人，但至少比起放棄性命的「死亡」來說，仍算是有尊嚴的。

　　至於〈東園酒家——其一〉和〈東園酒家——其二〉，以及〈酒和眼淚〉三首詩可以歸併在一起討論：

〈東園酒家——其一〉

當酒精滲到腸胃
女人
野獸般的女人
燃起情慾哀切的眸子舉杯

在這世界眼淚是絕跡的
比眼淚更哀切的
卻在女人的嬌笑裡迴盪著
一直在夜闌人靜的天空裡迴盪著

——《守夜的壁虎》，頁246

　　酒精入肚後，如野獸般燃起情慾的女人，卻是用「哀切」的眸子舉杯。女人並不流淚，因爲在社會這樣貧困，人性被毀滅成奴隸的情況下，眼淚並不足以道出其中的哀傷（或者早已

流乾），但在酒女的笑聲中，錦連卻聽到了哀切的心情，而這個聲音始終存在他易感的腦海中，尤其是在寧靜的夜晚時，會不斷在錦連心中的天空迴盪著。

〈東園酒家──其二〉

舉起酒杯
放下酒杯
那手指　白白的指尖
塗上紅油的長長指甲是令人傷感的

美麗
它因美麗而更加可憫
傾聽妳訴說
被賣到這裡的可憐身世我更是難忍

　　　　　　　　　　　──《守夜的壁虎》，頁247

　　同樣佐以酒精，但錦連在這首詩中強調了視覺效果，用豔紅指甲與底下的白色指尖作為對比，在不得不虛假的顏色底下，「人」更顯得悲哀無比。第二個對比，則是酒女的美麗與其被當作物品販賣的身世，讓原本就對紅指甲覺得傷感的錦連，在傾聽了人性極悲的命運之後，更加難受。此詩與〈議會〉中無能改變狀況的下位者，也就是女人鮮麗指甲下卑微的泥土色庶民一樣，都以顏色差異對社會現實的死沉提出控訴。

〈酒和眼淚〉──花壇第二公共食堂

紅露酒是金黃色的

靠在身邊
作嬌態的年輕又容貌難看的女郎呀

我一口喝光的酒是淚水

——《守夜的壁虎》，頁293

　　日治時期遺留的食堂（類似餐廳）兼賣酒品（有食堂甚至來直接變身成了酒家），而紅露酒的顏色主要來源自紅麴色素，初釀的新酒呈現色澤深紅，但經儲藏後會呈現出明亮的金黃。可以補身長命、已儲藏過一段時日的紅露酒，在詩中卻成了年輕女郎所必須陪侍的物品，且對於容貌難看的女郎來說，則必須更極盡的故作嬌態才能維持生計；錦連對於人之所以成為物，又必須屈從於物的景況深感哀傷，因此飲進肚裡的已然是淚，而非酒了。

3、蜷瑣的乞者

　　除了需以「性」來維持生計的女人外，社會最底層的乞丐，也是令錦連傷懷的群體。先看〈記錄〉：

1.冰冷的冬季北風
2.種種雜音和它的波動
3.遠遠的歌聲
4.從熱滾滾的生活上撒下來的色彩之輻射
5.枯草和泥土的香味
6.有淡淡鹹味的淚水

　　僅僅殘留於皮膚面的感覺就這樣地記錄下來

（夜似乎已經深了）

以膜拜似的姿勢
他　一個乞丐趴伏在廊下的角落

等待著
…………那樣地
　　　等待著

　　第一段用六個畫面展現殘留於乞丐身上的感覺，之所以用這種形式表達，是因為六種情形並非一定依照順序出現，而是在乞丐腦海中不斷循環纏繞。錦連在這首詩中刻意不使用一般的敘事先後觀點，因此二、三、四段畫面的呈現，就如同第一段一樣，也可以相互交替順序；而其實如果將整首詩的段落全部打亂閱讀，會有各種不同的效果呈現，卻絲毫並不損及整首詩的價值。

　　第一段中，可將1、2、5、6分為一組，係屬悲傷，而3、4則是隱約呈現曾有過的，或者想像中的幸福。冬季裡北風吹來，除了夾帶冰冷之外，還含有傷感的「雜音」，以及因之造成的心情波動。趴伏在廊下的乞丐非但沒有遮蔽，周遭所能感覺到只有枯草和泥土的味道，以及自己鹹鹹的淚水；這時遠方傳來若有似無的歌聲（亦可說是鄰近人家傳來的歡笑、香味、色彩），好像讓自己又擁有了熱滾滾的生活，但其實卻只是一瞬即逝的色彩輻射；而這樣的感覺擴及到第二段中，錦連更以深夜裡「殘留於皮膚面的感覺」來加強描繪。

　　最後兩段中，錦連使用了制高（眾神）的角度觀察，傳神的形容乞丐趴伏、膜拜（向眾神祈求）的姿勢，但錦連終究非

神，只能望著乞丐的苦痛不斷延續，而這「苦痛」中必定也摻雜了錦連自己的無奈；這種複雜的情緒，可以在〈乞丐〉一詩中明顯得見：

我討厭你

突然出現在我家門口
當你以可憐兮兮的聲調乞討時
我所施捨的十毛二十毛的一點點零錢
明知決不能改變你的處境
但卻無法不施捨
這種緊緊綁住我心靈的令人心酸的嫌惡

我討厭你

因為無論何時碰見你
我對自己被暴露的偽善　會感到狼狽失措
　　　　　　　　　　——《守夜的壁虎》，頁212-213

　　明知無力拯救乞丐的處境，十毛二十毛錢也於事無補，可是聽到乞求的聲調時，錦連還是會給予施捨；但在此同時，那種「綁住我心靈」的嫌惡感，讓深深悲憫窮苦大眾的錦連心酸不已。詩中的「偽善」並非內心所想與實際行動不同，而是想要弭平不公卻沒有方法作為的無力感，也因此詩中「我討厭你」的「你」，並非乞丐，而是錦連所厭惡的，狼狽失措自己。

　　錦連對於低下階層庶民，即使如乞丐也都並不嫌惡，反而更會設身處地的為其著想，這種以人為尊、將人置放於一切

之前的觀點，與佛洛姆記述馬克斯（並提及黑格爾）的一段話是相同的：「他是一個道道地地的人道主義者，對他來說，再沒有比人更美妙的東西了。他以黑格爾的一段話來奉獻這種感情：『即使一個罪犯的思想也要比天上的奇觀更加壯麗和崇高』。」[88]

再看〈輪迴〉：

有沿街托缽的僧侶
有挨家討飯的乞丐

不同之處一為修行化緣　看破紅塵
相同之處一為填飽維生　苟延殘喘

乞丐貧病交迫倒斃在僻鄉荒地
僧侶年老說若圓寂於清靜佛寺

我相信必有輪迴
不！應該而且必須要有輪迴

來世乞丐變僧侶
僧侶應該變乞丐

當然　前提是
倘若　真的有來世的話

——《海的起源》，頁109-110

錦連認為，僧侶的「沿街托缽」和乞丐的「挨家討飯」

88　王元明：《佛洛姆人道主義精神分析學》，台北：遠流，1990，頁39

行為相同，但只因動機是「修行化緣　看破紅塵」與「填飽維生　苟延殘喘」的不同，就分別導致了「圓寂於清靜佛寺」和「倒斃在僻鄉荒地」的結果，他認為這是不公平的，因此在第四段強調「相信」且「必須」要有輪迴，將兩者的動機、結果互換，這又像是前文所提到「眾神」的關懷，站在制高的角度看透人世間一切，而希望給予人性公平的對待。雖然在最後一段錦連仍提出是否有「來世」的質疑，但我們可以確定，若眾神皆有錦連的關懷心與慈悲心，這人世間必定能減去許多不公不義的苦難。

對照以上作品的意涵後，對於錦連在《海的起源》詩集中，將〈誰在敲門〉作為整本詩集的結尾，並在其中寫道「這麼晚　是誰在敲門？／如果是乞丐　我就開門／你可以隨便吃喝並拿去生活必需品」[89]的句子，我們更可以瞭解他一生對庶民永不改變的寬闊胸襟，與其中所寄予的誠摯同情。

三、閃耀人性光芒的勇者

錦連的思想傾向社會主義觀點，但與社會主義又有所差異，將焦點專注於「人」，這可由政治學學者洪鎌德對馬克斯的形容來解析：

> 雖然他所致力的是政治目標、認知目標，但這些目標都立基於他對人群深切的關懷同情之上。是故，他的關懷與同情是個人的、親身的、體貼的……不管我們對他的理念有如何的判斷，不管我們對他理念應用所造成的結果有怎樣的看法，馬克斯敏銳的與果決的人性觀這一基本事實不容否認。他基本上是以堅決的道德立場，來擁護與支撐人性的尊嚴與創意，而且在日常生活中，不斷地追求這種人性

89　〈誰在敲門〉，《海的起源》，頁222-223。

特質的表露，這點令人讚佩。[90]

在以上這段記敘中，「個人的、親身的、體貼的」同情與關懷，以及「在日常生活中，不斷地追求這種人性特質的表露」，也都是對錦連最貼切的描寫。儘管世人對馬克斯理論的應用結果有所質疑，但他賦予人群深切的關懷同情，則不容忽視。錦連的社會主義觀點，並非要人屈從於共產、集體的路線，而是反對資本主義將人性扭曲的不公不義，要將個人與社會間的阻礙剷除，達到人人平等的理想；他對於資本主義制度下低層勞動者的貧困、痛苦，乃至於疾病、無助所投入的龐大人道關懷，是絕對值得讚揚的。

與錦連同樣抱持著人道胸懷，也與錦連在同樣十八歲的年紀時面對戰爭的結束，佛洛姆在一九一八年有著這樣的感想：「當戰爭結束的時候，我正是一個陷入重重困惑之中的青年人，這一切使我感到不可思議：我不明白戰爭是怎樣發生的，我希望理解大眾行為中那些不理性的因素……」[91] 佛洛姆為了理解「戰爭」這個複雜的社會現象，並探究人之所以成為人、如何幫助人成為人的方式，因此對馬克斯學說產生了極大興趣，進而促使他完成了人道主義精神分析學說的理論，這也足以說明在相同的大環境之下，身為詩人且具有深厚哲學觀點的錦連，是如何將心情轉折趨向創作之路，並因自己的努力而卓然有成。

錦連對於自己一生作品的總結與特色，曾寫下這樣的論見：

90　洪鎌德：《馬克斯社會主義學說之析評》，台北：揚智，1997，頁138-139
91　王元明：《佛洛姆人道主義精神分析學》，台北：遠流，1990，頁23。

從平靜的平和時期，到二次大戰的不安和恐懼的日子，目
睹和體驗過歷史激變中的世事百態、悲歡人生，耗盡了憂
傷和困惑的青春。換言之，我一直踞於庶民現實世界的一
個角落，發出滿載著無奈的呼喊和愛恨交集的訊息，使距
離幾十公里幾百公里外的受信器鳴響，那些數量可怕的音
符，超越時空，早已消失的無影無蹤。如果說它有什麼回
音，或許只有這些詩篇。[92]

　　也就是說，錦連自認為其詩作皆是從「踞於庶民現實世界
的一個角落」，發出無奈、愛恨的訊息，因而迴響成詩，也可
說是聆聽了庶民的聲響因而感動成詩；這些從生活中所觀察看
似平凡的感懷，卻是錦連詩作中最璀璨的價值，也是錦連作品
中充滿人道思想的明證。對於真正的「人」的思想，錦連在他
自己身上得到充分體現，也同馬克斯一樣是一個「具有愛和創
造性的、獨立的完全的人」[93]。

　　「人道主義的意義，不外乎為每一個人的生存與幸福著
想」[94]閱讀過錦連的作品之後，這樣的論點用於形容其人道思
想，是再恰當不過的了。在時代滔滔的巨流中，錦連默默的追
求著自己的理想，同時也致力明辨人世間真正的價值，這種
同史懷哲博士（Albert Schweitzer，1875～1965）般的人道思
想，與賴和一樣同情弱者、抵抗強權，毫不妥協、堅持立場的
精神及作品，必定會在台灣現代詩史上留下重要的位置。

92　〈自序〉，《守夜的壁虎》，頁2-3。
93　王元明：《佛洛姆人道主義精神分析學》，台北：遠流，1990，頁38
94　史懷哲（A. Schweitzer）著，鄭泰安譯：《文明的哲學》，台北：志文，1973，
　　頁153。

參考書目：

一、錦連著作

1. 陳金連：《鄉愁》，彰化：新生，1956。

2. 錦連：《挖掘》，台北：笠詩刊社，1986。

3. 錦連：《錦連作品集》，彰化：彰化縣立文化中心，1993。

4. 錦連：《守夜的壁虎》，高雄：春暉，2002。

5. 錦連：《夜を守りてやもりガ……》，高雄：春暉，2002（日文詩集）。

6. 錦連：《海的起源》，高雄：春暉，2003。

7. 錦連：《支點》，高雄：春暉，2003。

8. 錦連：《那一年（1949年）錦連日記》，高雄：春暉，2005。

二、其他專書

1. 王元明：《佛洛姆人道主義精神分析學》，台北：遠流，1990。

2. 卡謬（Albert Camus）著，張漢良譯：《西西佛斯的神話》，台北：志文，1974。

3. 史懷哲（Albert Schweitzer）著，鄭泰安譯：《文明的哲學》，台北：志文，1973。

4. 艾瓦里茲（A. Alvares）著，賴永松譯：《自殺的研究》，台北：晨鐘，1973。

5. 佛洛姆（Erich Fromm）著，孟祥森譯：《人類新希望》，台北：志文，1992。

6. 佛洛姆（Erich Fromm）著，張燕譯：《在幻想鎖鍊的彼岸──我所理解的馬克斯和弗洛依德》，大陸湖南：人民出版社，1986。

7. 佛洛姆（Erich Fromm）著，陳琍華譯：《理性的掙扎》，台北：志文，1975。

8. 佛洛姆（Erich Fromm）著，鄭谷苑譯：《健全的社會》，台北：志文，1975。

9. 李英明：《馬克思社會衝突論》，台北：時報，1990。

10. 李敏勇編：《傷口的花──二二八詩集》，台北：玉山社，1997。

11. 李超宗：《新馬克斯主義思潮》，台北：桂冠，1989。

12. 李漢偉：《台灣新詩的三種關懷》，板橋：駱駝，1997。

13. 洪鎌德：《人的解放──21世紀馬克思學說新探》，台北：揚智文化，2000。

14. 洪鎌德：《馬克斯社會主義學說之析評》，台北：揚智文化，1997。

15. 高爾基（Maksim Gorkiy）著，林煥平譯：《高爾基論文學》，大陸廣西：人民出版社，1980。

16. 張德本：《台灣鐵路詩人錦連論》，板橋：台北縣政府文化局，2005。

彰化學

17. 張德本等著：《八場台灣當代散文與詩的心靈饗宴》（國立台灣文學館·第五季週末文學對談），台南：台灣文學館，2007。

18. 凱·傑米森（Kay Redfield Jamison）著，易之新譯：《夜，驟然而降：了解自殺》，台北：天下遠見，2000。

19. 湯瑪斯·索威爾（Thomas Sowell）著，蔡伸章譯：《馬克斯學說導論——哲學與經濟學》，台北：巨流，1993。

20. 湯瑪斯·薩斯（Thomas Szasz）著，吳書榆譯：《自殺的權利》，台北：商周出版，2001。

21. 黃丘隆、結構出版群主編：《社會主義詞典》，台北：學問，1989。

22. 熊彼得（Schumpeter.Joseph Alois）著，吳良健譯：《資本主義、社會主義與民主》，台北：左岸文化，2003。

23. 趙天儀：《台灣現代詩鑑賞》，台中：台中市立文化中心，1998。

24. 鄭學稼：《青年馬克思》，台北：時報，1992。

25. 麗特·海德（Margaret O.Hyde）、伊莉莎白·佛賽（Elizabeth Held Forsyth）合著，鄭凱譯：《自殺——潛伏的流行病》，台北：方智，1991。

三、論文、期刊

1. 李友煌：《異質的存在——錦連詩研究》，台南：國立成功大學台灣文學研究所碩士論文，2004。

2. 阮美慧：《笠詩社跨越語言一代詩人研究》，台中：東海大學中國文學研究所碩士論文，1997。

3. 阮美慧：〈論錦連在台灣早期現代詩運動的表現與意義〉，《2真理大學台灣文學研究集刊》7期，2004年12月，頁23-48。

4. 林盛彬：〈必也狂狷乎？真性情而已！——專訪錦連先生〉，《文訊》233期，2005年3月，頁138-144。

5. 林盛彬：〈現代詩話——錦連詩集「守夜的壁虎」〉，《笠》232期，2002年12月，頁135-141。

6. 真理大學台灣文學系主編：《福爾摩沙文學：錦連詩作學術研討會論文集》，真理大學台灣文學系，2004。

7. 陳采玉：〈錦連青年時期詩語言之特色〉，《高苑學報》10期，2004年7月，頁187-197。

8. 陳明台：〈硬質而清澈的抒情——純粹的詩人錦連論〉，《笠》193期，1996，頁108-119。

9. 張德本：〈台灣鐵路詩人——錦連的鐵路詩〉，《文學台灣》47期，2003年秋

季號，頁189-220。

10. 張德本：〈流轉在鋼軌上的密碼──台灣鐵道詩人錦連〉，《源雜誌》46期南方
新星專輯，2004。

站在世界的邊緣
——論錦連詩的書寫位置

陳昌明[*]

一、

　　錦連是日治時期以來的台灣重要詩人，他所撰寫的詩文隱含著個人的獨特情味，他鮮少參與文壇活動，即使是《笠》詩社的座談會，他也不常發言。他在《錦連作品集》自序中提到他以孤單的步伐走過近半世紀的寫作歷程：

> 我一直以孤單及緩慢的步伐，走過近半個世紀的寫作歷程。十六歲即在鐵路局服務，年少的我也充滿熱情的想參加國家考試，開創前程，然而戰爭突然結束，緊接而來全面地廢止日文報刊雜誌，使我陷入近似文盲的困境。現狀的改變以及生活的壓力，我只好放棄了上進的計畫。逐漸地，一面試圖學習中文，一面沉浸於圖書館中，由日文書籍吸收知識，成爲青年時期生活的重心。在這段語言轉換的時期，充滿著辛酸與無奈。因此，寫詩，對我而言，並非爲了追求名利，我僅是默默地，小心地用那僅有的貧乏的中文紀錄我的生命。[1]

　　錦連是生長於日治時代然後歷經國民政府的「失語一

---

*　國立成功大學文學院院長。
1　錦連：《錦連作品集》，彰化：彰化文化中心，1994，自序。

代」，語言的困境與生活的困苦，使他心中常充滿著辛酸與無奈，個性、遭遇加上長期的社會觀察，使得他的詩作中，常有著遙遠的、疏離的、卑微的敘述口吻。我們知道，在敘述學裡，人作為敘述者的知識、視野、情感和觀念的投入，成了左右敘述方式的要素。作者在作品中幻化為敘述者，它是折射、曲射後的視角「原點」，另一方面，敘述視角則是一部作品或文本，看世界的眼光和角度，它是作者和文本的交會處，也是作者把他體驗到的世界轉化為語言敘述世界的結合點。華萊士‧馬丁（Wallace Martin）說：「語言就在事物之中，事物於我們始終是從這一或那一視角來體驗的。」[2] 錦連青年時期的愛情創傷，使其受盡情感的煎熬，並使他觀照生活、凝視生命，追求超越的精神世界，而最後則是在詩的美感世界得到撫慰。由於語言的困境，他的詩往往保持著素樸的面貌，錦連在《錦連作品集》自序中說：「雖然在那個語言障礙的困難時期，為了想用一種非常陌生而生澀的語言去從事創作，卻因一直備受折磨和挫折而感到異常地沮喪和痛苦，然而我也清楚地瞭解，即使在那樣的日子裡，精神生活中如果沒有詩，我一定會更加痛苦和絕望。追求詩文學是我唯一的慰藉，如此而已。」他追求詩文的慰藉，孤獨的創作和發表，他堅持自己的創作理念，卻與詩壇和人群有一段遙遠的距離，他說：

> 我自然一直蹲踞在詩壇上一個陽光照不到的角落。日子一久，也甘於被人忽視和遺忘。

錦連這種自我描述，大抵符合實情。而把自己界定為陽光照不到的、被人忽視和遺忘的世界邊緣的角落，其遙遠、疏

2　華萊士‧馬丁（Wallace Martin）著：《當代敘事學》，北京：北京大學出版社，1990，頁184。

離、卑微的敘述口吻，不但成爲其詩作的獨特視角，也是其觀察世界的方式。

二、

　　詩人把自己推到世界的邊緣觀察世界，錦連對於觀察者「我」，有其獨特的描寫。《守夜的壁虎》作爲詩輯名稱，在深夜裡清醒的那隻壁虎，正是詩人的自喻。錦連在「壁虎」詩中云：

　　　　守著夜的寧靜
　　　　不轉眼珠的小壁虎
　　　　以透明的胃臟
　　　　靜聽著壁上的大掛鐘

　　　　連空氣都欲睡的夜半
　　　　我亦孤獨的清醒著
　　　　守著人生的寂寥……

　　守著夜的寧靜，不轉眼珠的小壁虎，孤獨的守著人生的寂寥。錦連借助於某個獨特的表象，蘊含著獨到的意義，成爲形象敘述的閃亮質點。他對「我」的描述，不借助議論，而是透過有意味表象的選擇，例如他在《笠》詩刊第五期「笠下影」專欄中，自述自己寫詩的形象是：

　　　　我是一隻傷感而吝嗇的蜘蛛

　　他自己解釋「傷感」爲「對存在的懷疑、不安和鄉愁，常使我特別喜愛一種帶有哀愁的悲壯美（當然也不妨含有一些

冷嘲和幽默的口吻）」，解釋「吝嗇」為「我珍惜往往只用了一次就容褪色的僅少的語彙」，解釋「蜘蛛」為「為了捕捉就得耐心等待」，趙天儀認為「我們可以了解他是一個帶有實存意識的現代詩人，他自稱是『一隻傷感而吝嗇的蜘蛛』；一方面表現了他有一種自知之明，因為他也是從日文跨越到中文的詩人之一，所以，了解珍惜掌握語言的重要。另一方面則又表現了他對人生的態度，也就是『對存在的懷疑，不安和鄉愁』。在人生的探索上，在鄉土的大地上，他是以帶有批判性，諷刺性及逆說性來面對那存在的困境。」[3] 其所言甚是。躲在角落吐絲（詩）的蜘蛛（詩人），其詩句是珍貴的，所以吝嗇。雖然語言是吝嗇的，存在的感受卻是豐富的，他在〈畢加索〉一詩中云：

> 變成一支天線
> 所有的感言
> 擴散為最細微的放射狀
>
> 由於如此狀態的持續
> 茶器柔軟地歪曲
> 個體即徐徐地開始溶化

　　自己成為一支天線，放射狀的接收世界的感言，這種強烈的存在感受，正是錦連作為詩人的特質，然而過度豐富的訊息，卻使詩人無法承受，個體即徐徐地開始溶化，如畢加索畫中的茶器柔軟地歪曲。錦連借助有意味表象的選擇，在暗示和聯想中把意義蘊含其間，意象作為敘述中的閃光質點，使之在

3　趙天儀：〈鄉愁的呼喚──論錦連的詩〉，收於《錦連作品集》，彰化：彰化文化中心，1994，頁126。

文章中發揮著伏脈和結穴的功能[4]。錦連寫「我」的這種敏銳性，充分呈現其強烈的自省特質，他在第一本詩集《鄉愁》裡，有一首詩題目爲〈我〉：

> 我——
> 我是個天才的僞善者

他在後來寫《守夜的壁虎》，更接續此一主題，詩題即是〈僞善者〉：「今天一整天／我仍然是一個僞善者」，在另一首詩〈我〉中，他更進一步說：「我是個性格懦弱的人／我是個徹底矛盾的人／我是個天才的僞善者／我因孤獨而快要發瘋了。」這種強烈自嘲，正因詩人有其潔癖，他在《守夜的壁虎》自序云：「每一個人都在參與寫歷史，每一個人都以不同的方式向他所賴以生存的世界做某種發言。從年輕時代起，我一直以即使一輩子都無法成爲詩人也不願意成爲撒謊者自誡。」錦連心中有強烈的自我要求，也有強烈的壓抑，尤其在情感困頓時更是如此，他在〈黃昏〉一詩中云：

> 低下了頭因暗淡的紫色思念而哽咽的愛情記憶
> 沒有把握地無限量的溢出來
> 一條蚯蚓的我爬回那信息滑過來的路
> 投身於綠青的涼冷情焰中

「一條蚯蚓的我」以此一形象描寫自我，極爲鮮明。詩人站在如此卑微的角度發聲，有時是一種自憐自省的態度，就如他在〈孤獨〉一詩中的描寫：

4　楊義：《中國敘事學》，嘉義：南華管理學院出版社，1998，頁299。

我曾經在夕陽即將西沉的
荒涼的平原上走著
尋訪一個陌生人
孤單而蹣跚地走著

沒有遇上要尋找的人
拖著疲憊的腳步和無依不安的心
在怪寂靜的荒野上
孤獨而呆呆地走著
離鄉背井的孤獨和寂寥
深切地湧上心頭

──如今和那一天相似的心思
重顯於我的胸懷
從我的雙眼
就是再掉下了眼淚
又有什麼不可思議？

　　錦連詩作中有許多描寫「孤獨」的作品，孤獨者不但有豐富的存在感受，也是寫詩的最佳位置，當然其中也有濃厚的自憐意味，錦連曾以貓與自我作對比，〈貓〉一詩中自喻：「做為一個人我也是孤獨的／一直懷念燦爛的太陽／我卻一直走著夕暮的路過來。」蹣蹣獨行的走著夕暮的路，心裡藏著對情感的渴慕，他在〈愛〉一詩中強烈表達情感的失落：

　　我要愛

默默地離開我
而讓我傷心
帶給我憂悶
把熱情灌輸給我
使我燃起激情的
純潔的少女啊

因爲難過我才愛
因爲不能忘掉我才愛
以全神傾注的誠實
愛你的整個存在

時光流逝
而眞的離我而去的人呀……

　　以第一人稱講述的作品，有時未必告訴我們甚麼重要的東
西，不過它往往重複重要的主題。如果考察從現實作者到文本
敘述者的心靈投影方式，「一條蚯蚓的我」，在許多情況下更
蘊含文化密碼的關鍵性價值，其中作者與敘述者的關係，常是
形與影、道與藝的連結。不過錦連也不認爲所有的作品皆要以
委婉的意象來表達，在〈愛〉這首詩中情感的表達是直接的，
而在〈Mannerism〉詩中情感的表達則更爲狂放：

如果要哭就哭出血
如果要笑就像狂人
想要慟哭一場
爲何不像要脹裂胸地大放聲調？

從極端到極端
從眞實到眞實
從飛躍到飛躍
爲何要一直拘泥於修辭？

　　哭出血、笑如狂人、捶胸頓足大放聲調，從極端到飛躍，
情感的表達應不拘形式與格調，這是錦連追求的另一種藝術形
態。一種是狂放、熱情、強烈批判的我，一種是寧靜、委婉、
意象動人的我，兩種藝術形態的我，都有對美感詩意的追求，
就如這首〈獻辭〉所云：

如花一般優美
如花一般溫柔
如花一般堅毅地活下去吧

懷有不爲人知的哀傷的人呀

　　這是一首獻給情人的詩，這是一首獻給自己的詩，這也
是一首獻給追求美感、追求詩意者的作品。錦連在〈美學〉詩
中說：「它在穩靜的理念中燃燒／它以密度在謙虛裡燃燒／
悲戚的風景裡那錯亂中的純粹／純粹的蒼綠被分離並爲了燒
卻而被留下的／它……」如火之燃，如花之開，詩人提出看
世界的兩種方式，也是其詩的表達方式。誠如海德格（Martin
Heidegger）所言，語言被證實爲內心情感的有聲表達，被證
實爲通過意象與概念而進行的表述，在它之中對所言事物的言
說得已完成，而此完成又是一種獨創；其中被純粹說出來的東

西正是詩[5]。

三、

前文提到錦連的兩種藝術形態，一種是靜謐、委婉、意象動人，一種是狂放、熱情、強烈批判，此處先討論前者。我們先回到語言，語言以其蘊含的價值標準和態度，提供認識事物的方式，我們認識事物始終是從這一或那一視野來體驗。詩人學會一種自己的語言，不再盲目重複我們從小接受的話語和說法，而從特殊的語言表現指事名物的方式。就如波赫士（Jorge Luis Borges）舉美國詩人康明斯（Cummings）的詩：「上帝猙獰的面容，比起湯匙還要閃亮」[6]，詩中用湯匙的意象為比喻，既是生活經驗，又能切入奇特而夢幻般的生命本質。錦連透過其獨特視野，亦呈現其獨到的藝術形式，例如〈夏〉：

> 重新在腦袋裡構成的牛的內臟
> 伴隨著趨於窒息的時間之流
> 累積以悶悶的思念開始
>
> 而意圖啼叫的那些……
> 類似鴉片的吐瀉和噴泉的誘惑
> 意圖啼叫而啼叫的那些……
> 竟不像牛的音壓
>
> 焦躁的加濃使內臟崩潰了

5　海德格爾（Martin Heidegger）著、孫周興譯：〈語言〉，《海德格爾選集》，上海：上海三聯書店，1996，頁985-986。
6　波赫士（Jorge Luis Borges）著：《波赫士談詩論藝》，台北：時報文化出版，2001，頁45。

黃色濃汁的氾濫
在起伏打滾而流涎著的街道轉輾
不安的熱轉輾

夏日悶熱的氣氛像牛的內臟塞滿了腦袋，這個意象的比喻，既是生活經驗，又呈現夢幻般的生命特質。在窒息的時間之流裡，又加上悶悶思念的累積，更爲壓迫而擁擠。在夏日悶熱的空氣，牛的啼叫，或人因思念而意圖啼叫的，那些聲音就像令人上癮的鴉片的吐瀉，或夏日充滿誘惑的噴泉，遙不可得，那些意圖啼叫而啼叫的，壓根就不像牛的叫聲。夏日愈濃，就像牛的內臟破裂，黃色濃汁的氾濫，如熱氣在起伏打滾而流涎著黃色濃汁的街道，轉輾轉輾，讓人強烈感受不安的熱。將夏日悶熱的氣氛，喻爲牛的內臟破裂，黃色濃汁的氾濫，意象極爲鮮明。又如〈季節〉同樣也寫夏日：

七月的熱暑和油脂緊貼在我
懷了孕的妻子的額頭
帶著黑紗
對不斷變遷的過去歲月投以茫茫的眼光
像狗般想要逃到遙遠城鎮的我們
我們有著青春的傷疼
有對衰亡的不安在糾纏著
緊抱著啃咬心靈的創傷

懷了孕的妻子的額頭，緊貼著七月的熱暑和油脂，相當動人的描寫。尤其是生活的困苦，加上帶著青春的傷疼與對衰亡的不安，使人像狗般想要逃到遙遠的城鎮，而回望不斷變遷的過去歲月，只能投以茫茫的眼光，並緊抱著啃咬心靈的創傷。

這樣委婉生動的描寫，與錦連先生的生命經驗是密合的。同樣描寫夏日，《守夜的壁虎》中那首〈思考……〉，亦有動人的表達：

　思考正趨於夢境
　向叫做埔里的山地蛇行的巴士
　非得預想衝突事件不可的這種暑熱
　蛇行的流汗
　有對慘禍的可怕的期待

夏日的山路，埔里的山地蛇行的巴士，如鬱悶的夢境，汗流不止的這種暑熱，在如烤箱的巴士裡，面對在山地蛇行的巴士，令人非得預想衝突事件不可，並有著對慘禍的可怕的期待。錦連先生在許多首詩裡都寫到夢境，如〈小巷子〉：

　夢裡我似乎在很熟悉又陌生的小巷子漫步
　破舊的小巷以溫柔的面容和微笑的眼神迎接我
　我造訪的不知名的衰微城鎮這小巷子也曾經是某些人的故
　　鄉
　頂著被夕陽照映的雲彩那個小鎮的後街陌巷傳來那樸實庶
　　民輕鬆又愉快的鄉音
　剛才在水溝裡看見的小螃蟹因河川近而會回到牠的故鄉那
　　汪洋大海吧
　我想起因對自己出生的土地懷有無限的思慕而煩悶過的少
　　年時代
　我一起想逃出被束縛的困境而為盼望過流浪生涯的意念所
　　苦惱的日子
　從前離鄉好久而終於回來的人含著眼淚走過的巷子是否是

這一條？

我想體會為了想要更了解故鄉才離開故鄉的遊子在他心中
縈迴過的無法名狀的心緒

……

不管是我還沒出生或我不在場這裡一定不斷有響著生活的
聲音

啊啊！那些極其善良的單調——我所嚮往的永恆的聲音

流逝的歲月裡某日下午走過這裡的人們交談的音符的迴響

如今在哪裡？

要去尋找它而夢裡我在似乎熟悉又陌生的小巷子漫步

　　錦連先生在詩中用了許多長句，並跳脫一般的句法和標
點，詩裡更清楚寫到遊子故鄉的夢境，破舊的小巷以溫柔的面
容和微笑的眼神迎接我，這小巷子也曾經是某些人的故鄉，頂
著被夕陽照映的雲彩那個小鎮的後街陌巷傳來那樸實庶民輕
鬆又愉快的鄉音，句法的跳接讓人有著魅惑之感。錦連先生
顯然受有超現實主義的影響，超現實主義在二〇年代興起，
一九二四年安德烈・布雷東（Andre Breton）發表〈超現實主
義宣言〉，從理論上對超現實主義作出較明確的闡述，其中反
對立體主義的形式僵化，並把無理性和無意識這一新的主題帶
進現代藝術。進一步說，超現實主義者大都在不同程度上接受
弗洛伊德關於夢和無意識的學說，在創作中充分展示人的夢幻
和無意識。另一方面，超現實主義者對創作過程中主體與客體
的關係也提出新的看法，他們認為傳統哲學觀念限制了想像力
的發揮，扼殺了創作主體的創造精神，甚至扭曲了人與世界相
互關係的本質，因此藝術創作必須擺脫傳統觀念的束縛，即從
理性、邏輯、道德等傳統思維中解放出來，使創作中的主體與
客體，意識與無意識獲得一種相互交融、相互映照的新關係。

此外，超現實主義提出，藝術品必須具有「驚奇性」、「神奇性」，才能產生動人心魄的藝術魅力；而要獲得這種「驚奇性」、「神奇性」，就要把看起來距離最遠、最不相關的意象組合在一起[7]。錦連先生的作品，我們可以找到許多此類的特性，不過相較於台灣詩壇所謂超現實主義者，錦連先生的語言就顯得素樸和簡明，我們再看這首〈箱子〉：

> 我要為自己告白
> 我意識到有趨向一種情緒的意識在
>
> 那是水
> 於蒸餾水的完全的意義上
> 我感覺可悲
> 哀傷的創造
> 是懶惰？不或是由於幾天下來的疲勞感的累積
> 而當我要面對
> 所謂人生這一個已經沒有感傷住處的一塊透明體時
> 我感覺可悲
> ……
> 我是一個
> 因溺斃而被沖走的不安和悄悄的喜歡所震顫的空箱子

因為情感的失落，自己只是一個空箱子，而且是一個因溺斃而被沖走的和悄悄的被喜歡所震顫的空箱子，所謂人生，只是一個已經沒有感傷住處的一塊透明體。真是充滿超現實的聯想，然而整首詩的語言仍保持其一貫的簡樸風格，錦連先生在

7　見劉象愚、楊恆達等主編：《從現代主意到後現代主義》，北京：新華書店，
　　2002，頁112、116。

《守夜的壁虎》的自序云：「終戰第二年，日文被全面禁止，我的詩作失去了發表的舞台，同時一直想參加高普考改變人生前程的渴望，也隨之破滅。接著台灣被捲入大陸內戰，環境遽變，二二八和四六事件後的戒嚴、清鄉、白色恐怖時期，動盪不安人人自危的情況下，在前途黯淡的孤寂中，我不忍放棄對文學的愛好和執著，繼續以日文創作。」對於接續而來的中文創作，張德本先生有很好的解說：

> 錦連好不容易轉換呈現的中文，沒有繁縟賣弄的流習，他的詞彙語法，反而是質樸歸眞，令人有鉛華洗盡的驚奇，平淡的淺語，卻表現深邃的涵義。

素樸和簡明的語言，配上濃烈的存在感受，形成錦連詩獨特的特質。而其存在感的濃烈，又與「孤獨」得省思有關，錦連在〈我盼望在那種氣氛中過日子〉詩云：「詩是從心靈的孤獨中產生的／詩是在苦悶中凝視自己時產生的／詩是對人類愛的匱乏感到寂寞時產生的」他更在〈孤獨〉一詩中，表明他對孤獨的省思與耽溺：「他喜歡孤獨／雖然怎麼也脫離不了成為群眾的一個／但他卻喜歡孤獨／天才的孤獨／俠客的孤獨／隱士的孤獨／喧嘩中的孤獨／獨居者的孤獨／權力者的孤獨／異端者的孤獨／暗殺者的孤獨／殉道者的孤獨／傲骨者絕望者的孤獨／背德者的孤獨／不妥協者的孤獨／獨來獨往者的孤獨／堅持大是大非者的孤獨」各種類形的孤獨，提供更多的想像，其中有著對生命的追求，宗教的崇拜，生活的熱情：

> 孤獨
> 孤獨是一種熱情
> 是一種追究

是一種宗教
是絕對的命題

那是唯獨願意爲它殉情的人所擁有的一種美
孤獨是詩！

　　孤獨成爲一種崇高的美德，顯然與其內向的思維與生活的困頓相關，錦連在〈往事〉一詩中追憶過去：「在人生的各個關鍵時刻／我多半都會遭遇到挫折／稍微懂事時／我就知道貧窮的滋味／爲幫助維持十一個人的家族生計／十六歲就謀職工作／種種夢想和奢望都與我無緣」，他並不怨天尤人，但也因爲生活所迫，有更多的機會省思孤獨的意義，並由此體會其中的美感，錦連在另一首〈孤獨〉詩中云：

孤獨就是在晨光微現的冷冷空中
留下像有什麼意思的航跡
以對人間俗世毫不在意的表情歇腳於屋頂或電線
隨興轉換視線或方向呱呱啼鳴的曉鴉
牠們細嚼著與穿過我內心的空洞相似的淒涼
互相傾訴著愛和哀愁的那種無奈的身影

　　錦連這種對孤獨美感的省思，站在人群之外觀察自然，注視生活，這正是他靜謐、委婉、意象生動的詩作的由來。

四、

　　錦連詩作的另一種藝術形態，是狂放、熱情、強烈批判的詩作，這類作品往往與其社會觀察有關。錦連曾出版一本日記《那一年》，這是錦連一九四九年的日記，在這近六十年前的

日記裡有許多這樣的記載：「和平還沒有解決途徑的狀態下，共產軍逐漸逼近，因此國民政府決定暫且遷至廣州，南京如果淪陷，所謂國民政府就會名存實亡了。」[8] 這些關心成為此年日記的重要主軸，青年時期的錦連，二十一歲的彰化火車站電信室報務員，對社會有強烈的關懷，甚至顯示有社會主義的傾向。而他的關懷，正是集中在台灣這塊土地上，其〈為時已晚？〉一詩云：

這個島嶼罹患著重病
久久不能治好
可悲的是自己不太覺得痛苦
所以可能無法痊癒

這首詩雖是較近期的作品，卻有其作品關懷主題的代表性。詩中指明台灣病了，更嚴重的是它並無自覺，而台灣之所以病，往往是跟這土地上的人物行為有關，災變發生官員只是作秀，記者則是幸災樂禍，外表上時代是進步了，實質是虛有其表，裡面隱藏的問題更多。〈時代進步了〉一詩云：

因為時代進步了

所以現在：「三個字的比兩個字的多」：
指揮官比士兵多
總經理比經理多
作文家比作家多
作詩家比詩人多

8　錦連著：《那一年（1949年）錦連日記》，高雄：春暉出版社，2005，頁16。

學問家比學者多
愛國者比烈士多
……

下層構造自然也就有了：
「鬥臭」異己組
「招軍」買馬組
「結黨」成群組
「暗中」較勁組
「笑裡」藏刀組
……

聽說近來更增加了：
「急功」近利組
「顛倒」是非組
「諂媚」專精組
「腳踏」雙船組
「兩邊」通吃組

　　這真是諷刺至極的作品，台灣政壇急功近利、顛倒是非、諂媚專精、腳踏雙船、兩邊通吃者，真是所在多有，至於鬥爭的手法如：鬥臭異己、招軍買馬、結黨成群、暗中較勁、笑裡藏刀等，亦是令人會心一笑。而不論文壇、詩壇、政壇，這都是令人啼笑皆非的時代：

這是互相不信任的時代
這是注重不禮貌的時代
這是比賽耍嘴皮的時代

這是要提高分貝的時代
這是厚顏又無恥的時代
這是需要包裝和美化自己的時代
這是隨時都可以聲淚俱下的時代
這是眾人把良心拋給野狗啃食的時代
這是對自己過去的卑劣言行無須懺悔的時代
這是……的時代這是……的時代
所以……所以……

　　這樣的時代令人感慨，許多人為利益無所不用其極，面對現今的社會以及存在處境的荒誕，個人一旦覺醒要去追求個人的尊嚴和獨立，這種孤獨感當然難以承受。如今這個時代，政治與媒體愈來愈喧鬧，而人卻比任何時代更孤獨，這是現代人的真實處境，個人如果要在這時代發出聲音，常只能出之於反諷，因為是非、真假常迷惑人的眼睛。〈石碑〉一詩云：

最大的說謊者
說著最漂亮的話
並且
竟然也把它刻在石碑上！

最怯懦的偽善者
扮成最高貴的聖人
並且
竟然也把它刻在石碑上！

最卑賤的騎牆派
喊著最激昂慷慨的口號

並且
竟然也把它刻在石碑上！

最酷愛勳章的人
常吐出恬淡無欲的言詞
並且
竟然也把它刻在石碑上！

　　大說謊者，說著最漂亮的話；怯懦的偽善者，扮成最高貴的聖人；卑賤的騎牆派，喊著最激昂慷慨的口號；酷愛勳章的人，常吐出恬淡無欲的言詞，而虛假的一切，都以假象刻在石碑上，這麼弔詭的情況，只有透過詩，透過文學才能說出政治與媒體不能說或說不出的人生實相。〈包裝〉一詩云：

鬥爭又鬥爭
幾千年來不斷地鬥爭下去
這就是他們血淋淋的歷史

現在在台灣這塊土地上
唯有這種傳統
被延續繼承下來

然而時代卻是進步了
如今除了鬥爭以外
還需要掩飾和修補
演藝人員如此
媒體如此
民意代表當然如此

這是個嶄新的時代
這是個化妝和包裝的時代
畢竟連詩人也把自己包裝起來了

　　錦連對社會的批判，往往出之於反諷，反諷背後有一更高的價值觀，而且是對社會的熱情爲基礎，馬爾庫塞（Herbert Marcus）說：「現實必得人們去發現、去創設。感官必須學會不再通過法律和制度的中介去看事物，因爲這些事物正是由此中介予以形式化的。」[9] 聲名或媒體正是人們看事物的中介，許多內在的爭鬥，卻需要更多的美化、宣傳與包裝。除了內在的爭鬥，還有更多趨炎附勢者，例如〈順風旗〉：

阿母
您時常講：世間眞濟人攏嘛會曉「彼個時舉彼個旗」
我幾落擺問您這甚麼意思？
您笑笑講：憨囝仔咧！舉「順風旗」就是了
……

　　在《錦連作品集》裡收了一首〈他〉，描寫順風旗極爲傳神：「他對歷史很敏感／有什麼旗子漸趨流行他也拿／有誰舉起的旗子很雄風他也舉／有什麼旗子較顯眼他就搶／有什麼口號較響亮他也喊」、「但不一會兒　神不知鬼不覺／你卻忽然會發覺／什麼旗子什麼口號／都變成他最先舉起最先喊出的／他時而保守時而激進／時而斯文時而粗獷／但無論如何他就

9　馬爾庫塞（Herbert Marcus）著，余啓旋、劉小楓譯：《新感性》，引自朱立元主編《二十世紀西方美學經典文本》第二卷，上海：復旦大學出版社，2000，頁709。

是旗手」這首詩對趨炎附勢、搖旗吶喊的人物，諷刺得入木三分，所謂「名嘴」往往具有這些特質。錦連作為一位詩人，本不必是位鬥士，也不必以批判和改造社會為宗旨，但其冷靜的觀察，亦使其觀念與行為在此社會上顯得格格不入，〈齒輪〉一詩正是描寫此一感受：

　　無論怎麼作都無法契合
　　我和鄰人的齒輪
　　我和同事
　　我和這個社會的齒輪

　　無論怎麼作都無法契合
　　意見的齒輪
　　價值觀
　　愛恨的標準

　　彼此的齒輪無法契合
　　越堅持自己的主張
　　我和人們的距離越會漸漸擴大
　　我的世界和別人的世界的鴻溝越深
　　……

　　創作者的價值觀、愛恨的標準與世俗無法契合，觀念和人們的距離越來越擴大，世界和別人世界的鴻溝越來越深，不見容於世俗，這正是詩人的書寫位置。

五、
　　錦連詩中的兩種藝術表現，一種是靜謐、委婉、意象動

彰化學

人；一種是狂放、熱情、強烈批判。這兩種藝術表現，卻統一在其「外緣」的發聲位置與素樸的語言下。素樸的語言與其跨越語言一代的背景有關，錦連在《笠》二十期「詩的問答」中討論〈發現新的詩語〉的問題云：「我必須承認我只懂得極少的語彙（vocabulary），因此我非珍惜它而來謹慎的使用不可。」不過他採用較素樸的語言，也是經由謹慎的思考和抉擇，他用語謹慎，深思語言的新機能，避免掉入「詩即美文」的惡習，堅持用簡淨的語言寫簡淨的詩作，形成極耐玩味的詩作風格。錦連在《守夜的壁虎》自序中說：「這是一個平凡的青年，在平凡的生活中所寫下的庶民事物感懷。」帶著遙遠的、疏離的、卑微的敘述口吻，這正是錦連詩中敘述的位置，「外緣」的發聲位置。不論是靜謐、委婉、意象動人，或是狂放、熱情、強烈批判的藝術表現，皆站在世界的外緣，人群的外緣，事物的外緣，卻由外緣的視野切入事物的本質核心，並且帶著憂傷、卑微的基調。

錦連詩作的白色美學

李桂媚[*]

一、前言

本文擬以「錦連詩作的白色美學」爲研究主題，以錦連的中文詩集爲觀察對象[1]，試圖探究錦連詩作對白色此一色彩意象的經營與表現，此研究議題的生成，主要導因於下述幾點思考：

第一、選擇以台灣新詩的色彩意象爲研究對象，在於色彩之於文學作品的美學價值猶待開發。在西洋美術史的脈絡裡，愈是重視形式的畫派就越強調色彩的表現，大抵而言，從文藝復興以至寫實主義，此時期的繪畫是內容重於形式的，自印象派以降，現代美術則轉向形式重於內容，因而愈是後期出現的藝術流派越是著重表現手法，色彩的經營便是其重心之一；反觀文學，整個思潮的演進順序雖與藝術發展相似，但色彩在文學作品中所發揮的作用卻是內涵大過於形式的。黃永武在評價古典詩的色彩設計時，即曾言：「色彩字在詩中的價值，不啻是繪采設色的外表工夫，還可以透視詩心活動的內層世界。」[2] 由此可見，色彩在詩中扮演的角色實不容小覷。再者，蕭蕭論及古典詩歌的色彩時，則進一步指出現代詩和古典

---

* 國立台北教育大學台文所碩士生。

1 錦連已出版的中文詩集包括：《鄉愁》，彰化：新生，1956；《挖掘》，台北：笠詩刊社，1986；《錦連作品集》，彰化：彰化縣立文化中心，1993；《守夜的壁虎》，高雄：春暉，2002；《海的起源》，高雄：春暉，2003，計五本。

2 黃永武：《詩與美》，台北：洪範，1987，頁21。

詩一樣充滿色彩，其認為：「以色彩激引讀者視覺，再進而觸發意識聯想，以達成情意交流、感染的效果，古今詩人似乎有志一同。」[3] 然而，相對起古典詩歌的色彩研究成果，現代詩雖色彩斑斕，色彩相關研究卻乏人問津，不免有遺珠之憾，本研究即有感於色彩意象之於文學作品的特殊性，以及現代詩色彩研究的待開拓，因而選擇以台灣新詩的色彩意象為觀察對象，期能洞悉色彩意象在新詩中的人文意涵與多元表現。

第二、選擇錦連詩作為研究範圍，在於錦連詩作的色彩美學仍待彰顯。錦連擁有豐富的創作量，以其詩作為觀察對象的相關評論卻顯得匱乏，對此，李友煌便曾感嘆：

> 過去，有關錦連詩作之介紹或評論性文章，數量並不多，……而有關錦連詩作的學術性論文，則更寥寥可數，目前只有東海大學中文所阮美慧的碩士論文《笠詩社跨越語言一代詩人研究》、李魁賢的〈存在的位置──錦連在詩裡透示的心理發展〉、成大台文所碩士生王萬睿的〈現代性：從壓抑與反思的歷史開始──試論錦連詩中「火車」意象的現代意義〉、同所碩士生李敏忠的〈存在的震顫──評錦連五〇年代「即物」詩的抒情優位〉，以及張德本的〈台灣鐵路詩人──錦連的鐵路詩〉五篇。[4]

時至今日，除了前述五篇學術研究外，後續研究尚有：李友煌的學位論文《異質的存在──錦連詩研究》、真理大學台文系召開的「錦連詩作學術研討會」[5]、張德本撰寫的《台灣

3　蕭蕭：《青紅皂白》，台北：新自然主義，2000，頁200。
4　李友煌：《異質的存在──錦連詩研究》，成大台文所碩士論文，2004，頁3。
5　該研討會論文可參見真理大學台灣文學系主編：《福爾摩沙文學：錦連詩作學術研討會論文集》，真理大學台灣文學系，2004。

鐵路詩人錦連論》，以及其他散見於報章雜誌的評介文字。[6]
然而，相關評介以介紹性文章居多，有關錦連的學術性研究依
舊有限，且相較起銀鈴會與笠詩社的其他重要詩人，錦連詩作
的研究成果實屬寡量，仍待後續研究者進行耕耘。

另一方面，綜觀錦連詩作的既有研究成果，有人聚焦於
詩作的現代性，有人著眼於詩作的批判性，也有人關注於詩作
的抒情性與人道關懷，更有不少研究者討論錦連詩作的意象運
用。就錦連詩作的意象經營來說，舉凡鐵道意象、圖象詩、電
影詩都是研究者常論及的題材，張德本在〈台灣鐵路詩人──
錦連的現代美學〉一文中即讚許錦連詩作「含有豐富的意象銳
度」，[7]該文除了對錦連的圖象詩、電影詩、超現實詩有所討
論外，亦以〈夜市〉、〈老舖〉、〈母親和女兒的照片〉、
〈蚊子淚〉、〈青春〉等詩為例來論證「意象的聚焦」，檢視
張德本在「意象的聚焦」中所提及的詩例，不難發現，這些詩
例大多使用了色彩詞，且色彩詞於詩中發揮了舉足輕重的作
用，再回探錦連詩集所收錄的作品，亦可窺見文句間不乏色彩
意象的運用。陳明台即曾以〈夜市〉一詩為例，指出錦連早期
創作的短詩「具備新鮮的色彩感覺，透過剎那間捕捉到的簡

6　學術性論文有：陳采玉：〈錦連青年時期詩語言之特色〉，《高苑學報》10期
　　（2004.07），頁187-197；阮美慧：〈論錦連在台灣早期現代詩運動的表現與
　　意義〉，《真理大學台灣文學研究集刊》7期（2004.12），頁23-48；李友煌：
　　〈時代的列車──台灣鐵道詩人錦連〉，《高市文獻》18卷1期（2005.03），
　　頁67-99。介紹性文章則包括：周華斌〈寫在生活現場──錦連先生（せん
　　せい）介紹與訪談記〉，《笠》241期（2004.06），頁36-47；林盛彬：〈必也
　　狂狷乎？真性情而已！──專訪錦連先生〉，《文訊》233期（2005.03），頁
　　138-144；岩上：〈錦連和他的詩〉，《文學台灣》54期（2005.04），頁238-
　　247；蔡依伶：〈家在鳳山，錦連〉，《印刻文學生活誌》22期（2005.06），
　　頁138-145；王靜祥：〈追尋流轉在鋼軌上的密碼：2005年9月3日No.41週末文
　　學對談錦連VS張德本〉，《台灣文學館通訊》9期（2005.10），頁48-54；薛
　　建蓉紀錄：〈台灣鐵路詩人──流轉在鋼軌上的密碼〉，《明道文藝》357期
　　（2005.12），頁127-139；黃建銘：〈冬日的午後，與詩人錦連在鳳山聚首〉，
　　《台灣文學館通訊》11期（2006.06），頁54-58；謝韻茹：〈夢與土地的詠歎
　　調：錦連小評〉，《笠》260期（2007.08），頁143-144等文。
7　張德本：《台灣鐵路詩人錦連論》，台北縣：北縣文化局，2005，頁56。

單意象來陳示精巧的詩思。」[8]然而，細探錦連詩作的現有研究，始終少有研究者論述其色彩意象之運用，不免可惜，有鑑於此，錦連筆下的色彩究竟展現出哪些風貌，又如何強化了詩作的情感與氛圍，便是本文意圖探討的課題。

　　第三、選擇白色為論述主軸，在於白色於錦連詩作的代表性。錦連共出版過五本中文詩集，細數五本詩集中使用到色彩詞的詩作篇數，可以發覺，每本詩集均有四成左右的詩作運用了色彩詞，此外，錦連不只是色彩意象使用頻率極高，其選用過的顏色種類亦相當繁多，比如：紅、黃、綠、青、藍、紫、灰、黑、白、金、銀等色澤都曾出現於詩句裡，其中又以白色出現的次數最多；再者，錦連晚期的詩作多半收錄於《海的起源》內，就此一詩集來說，色彩詞的數量雖不似以往豐富，但白色依舊是該詩集使用最頻繁的色彩，由此可見，不論早期還是晚期，白色意象從不曾缺席，它無形中貫串起了錦連的詩作風格，白色之於錦連詩作，不光是在數量上出現次數多，在質地上亦有其特殊性。

　　基於前述思考，本文將從錦連詩作的白色意象出發，一探白色意象在詩人筆下呈現了哪些的面貌，繼而探索當結合了詩人的想像，產生了哪些書寫的可能。本文選用色彩學為論述基礎，佐以康丁斯基（Wassily Kandinsky, 1866～1944）的藝術理論，以錦連中文詩集為研究對象，期能透視詩中的色彩經營與作用。全文分為兩個面向，首先將析論白色作為意象，具備了哪些精神向度的意涵，繼而觀察白色意象的色彩搭配，探索白色搭配其他色彩所呈顯出的情感與想像。

二、白色的情感世界

8　陳明台：〈硬質而清澈的抒情——純粹的詩人錦連論〉，《笠》第193期
　　（1996.06），頁111。

　　康丁斯基認為：「色彩是一個媒介，能直接影響心靈。」[9]色彩不僅是感官作用的生理感受，更牽引著精神世界的想像與經驗，李銘龍便曾表明色彩意象是「色彩引起的感覺，經過心理的直覺反應、經驗聯想及價值判斷等綜合運作之後，所形成的對色彩的『印象』。」[10]此外，康丁斯基論及色彩的語言時，曾有如下的闡述：

> 當我們聽到「紅」時，紅便進入我們的想像裡，毫無邊際，也許也被聯想到暴力。紅，我們不是實際地看到，而是抽象地想像到，它喚起精確和不精確的內在想像，而產生純粹內在、物體的聲音。[11]

　　當色彩採取文字的形態來表情達意，讀者所觀看到的並非色彩本身，而是經由色彩詞彙的表達，喚醒讀者記憶中的色彩樣貌與感覺，進而引發聯想，形構出色彩意象。

　　宋澤萊在〈論詩中的顏色〉一文中表示，詩中加入顏色，能帶給讀者不一樣的感受。[12]錦連詩作正可論證此一觀點，試比較《鄉愁》詩集收錄的〈我〉與《守夜的壁虎》收錄的〈偽善者〉：

9　康丁斯基（Kandinsky, Wassily）原著，吳瑪俐譯：《藝術的精神性》，台北：藝術家，2006，頁48。

10　李銘龍編著：《應用色彩學》，台北：藝風堂，1994，頁16。

11　康丁斯基（Kandinsky, Wassily）原著，吳瑪俐譯：《藝術的精神性》，台北：藝術家，2006，頁50。

12　宋澤萊：〈論詩中的顏色〉，《宋澤萊談文學》，台北：前衛，2004，頁33。

〈我〉[13]	〈偽善者〉[14]
疲憊之極， 我倒在床上而哭泣。 我的淚球， 滲透了感傷的核心。 我—— 我是個天才的偽善者。	精疲力盡 跟蹌倒伏床上 枕頭的汗臭味 在感傷的深處哽咽 淚水—— 微溫的淚水 滲進白色的床單 ——今天一整天 我仍然是 一個偽善者……

　　拙見以爲，〈偽善者〉可視爲〈我〉的修改版，兩首詩雖在文詞選用與詩作長度上有所差異，但所描繪的畫面與內容卻是相同的，以詩中我疲憊地倒在床上哭泣的場景爲開場，繼而將焦點轉向淚水，最末點出對自己依舊是偽善者的反省。然而，儘管兩首詩所意圖闡述的內涵相似，〈偽善者〉在意象上的經營顯然技高一籌，〈我〉詩中未出現色彩詞，〈偽善者〉則使用了白色來爲作品增色，〈我〉一詩透過「我的淚球，／滲透了感傷的核心」來直陳感情，〈偽善者〉轉化感傷之情爲「微溫的淚水／滲進白色的床單」，一來運用「微溫」加強情緒的激動，二來藉由「白色床單」意象的特質增加詩作張力，白色象徵了純潔、善良，床單意味著包裹、覆蓋，無形中呼應著尾段的「偽善」，由此觀之，色彩意象確實對詩作有畫龍點睛之效用。

　　另一方面，誠如曾啓雄所言，隨著歷史文化的演進，語言符號所對映的意義也隨著約定俗成而增加，色彩語言亦然，「文字記號與意義之間的關係不再限於一對一的狀態，可能是

13　陳金連：《鄉愁》，彰化：新生，1956，頁6。
14　錦連：《守夜的壁虎》，高雄：春暉，2002，頁25。

一對多的。」[15]色彩作為一種文字符號，其蘊藏的內在意涵自然不單一，因此，「白色」並非一個靜止不動的概念，而是擁有多元意涵的，筆者彙整色彩學相關資料，[16]白色的色彩意涵如下：

表1：白色的色彩意涵

色彩情感	純潔、坦蕩、輕快
色彩象徵與色彩聯想	潔淨、清潔、涼爽、單純、率直、真誠、神聖、寂靜、柔弱、透明、清晰、新鮮、自由、光明、和平、正義、信仰、永遠、無限、原點、未來、可能性、完全、冷峻、冷淡、虛無、無、恐怖、空洞、投降
色彩屬性	無彩度

前述已提及色彩意涵的多元性，通過表1正可論證此一特質，白色雖是無彩度的顏色，其所指涉的意涵卻非常豐富。

其次，在色相上，白色是最明亮的色澤，因而成為純潔的象徵，相關研究即指出：「當然，『白』還具有種種其他意義，但幾乎所有的國家，都把白色和潔淨的東西聯想在一起。」[17]大抵而言，白色與黑色是相對的，比如白色表徵著純潔、明亮，黑色就意味著罪惡、黑暗，[18]一如康丁斯基所述：「白色一直被視為快樂和純潔，而黑色像是一張陰沉的幕，有

---

15 曾啓雄：《色彩的科學與文化》，台北縣：耶魯國際文化，2003，頁179。

16 吳東平：《色彩與中國人的生活》，北京：團結，2000，頁18-24；李銘龍編著：《應用色彩學》，台北：藝風堂，1994，頁32；谷欣伍編：《色彩理論與設計表現》，台北：武陵，1992，頁184；林昆範：《色彩原論》（台北：全華科技，2005），頁103-104；林書堯：《色彩認識論》，台北：三民，1986，頁169-170；林磐聳、鄭國裕編著：《色彩計劃》，台北：藝風堂，1999，頁66。

17 廿一世紀研究會原著，張明敏譯：《色彩的世界地圖》，台北：時報，2005，頁128。

18 李蕭錕在《台灣色》一書中曾指明：「黑色的負面意義多於正面評價。」參見李蕭錕：《台灣色》，台北：藝術家，2003，頁93。

死亡的象徵。」[19]白色多半被解讀爲正面象徵，黑色則多被當成負面象徵，但白色並不只涵蓋正面意義，同時也負載有反面意義，《色彩意象世界》一書便提及：「中國人認爲白色表示空虛，是缺乏充實感的顏色，意味著不吉祥。」[20]用於喪事的白色固然令人忌諱，然而，誠如前段所作的討論，「白色」的涵義並非恆定不變的，隨著東西方的文化交流，西方用於婚禮的白色在東方也愈來愈廣被接受。

三、白色意象的開展

如前所述，西方文化眼中的白色往往是光明、美好的，林素惠詮釋康丁斯基的色彩理論時，曾談到：

> 康定斯基[21]形容藝術界所出現新的訊息爲白色光：「這是好的，是白色的，充滿著希望的光芒」（This is good. The white, fertilizing ray.），另外在「關於藝術的精神性」裡他視「白色」爲充滿希望之色，甚至到了一九三〇年代還寫文章讚頌空畫布、光禿禿的牆爲充滿無數期待與無限可能。[22]

康丁斯基在〈禿牆〉一文中讚賞禿牆是「最理想的牆」、「貞潔的牆」、「浪漫的牆」，更言禿牆是「被圍限而又向四方發出光芒的牆」，類似的意象也出現在錦連詩作中，然而，錦連筆下的白牆並非那麼光明美好，試看〈無爲〉一詩：

19　康丁斯基（Kandinsky, Wassily）原著，吳瑪俐譯：《藝術的精神性》，台北：藝術家，2006，頁69。

20　參見原作者未註明，呂月玉譯：《色彩意象世界》，台北：漢藝色研，1987，頁131。

21　該書將Wassily Kandinsky譯爲康定斯基，此處引文依據原作，但考量康丁斯基爲近年較普遍的譯法，筆者撰寫之論述文字採用康丁斯基的譯名。

22　參見林素惠：《康定斯基研究》，台北：台北市立美術館，1989，頁264。

提起筆
　想訴說心中的悲愁
　　但從筆尖卻流不出文字來

翻翻書
　想把寂寞掩飾過去
　　但書頁裡卻有痛苦的議論翻滾著

閉上眼睛
　想思索人生
　　但從混沌裡卻產生了另一個懷疑

閤上書本丟下筆
　睜開眼睛
　　我站了起來

我的面前
　聳立著一面耀眼的白壁
　　不容否定的現實的相貌[23]

　　把悲傷沾上了墨，卻無力舞墨成文；想藉由書本忘卻寂
寞，無奈書本裡的字句不斷喚醒著回憶；試圖通過思索來釐清
一切，反倒激起更多疑惑。終於，下定決心採取具體的行動，
投筆、閤書、睜眼、起身，不料眼前卻橫亙著現實的白牆，不
容否定、無法踰越的阻礙……〈無為〉一方面傳達了心有餘而

23　錦連：《守夜的壁虎》，高雄：春暉，2002，頁20-21。

力不足的無奈，另一方面也揭示了現實的衝擊，縱使詩中我已「闔上書本丟下筆」，眼前依舊豎立著「一面耀眼的白壁」，「耀眼」一詞看似正面，涵義上卻不是用來代表光明，而是強調白壁無法從視線中抹去，這面耀眼的白壁所表徵的不是希望，而是現實中難以移除的侷限。

再者，採用白牆意象的詩作還有〈歌頌〉：

以白壁為素地
有著金黃色的蜘蛛網的雕凸

灼熱的中心
太陽撒下了燦爛的金粉

茅屋裡
無力氣的病嬰在低哭的午後

大自然深遠地
寂靜地而且無限地華麗[24]

首段描述牆壁上的景觀，「金黃色的蜘蛛網的雕凸」可能是點綴在白牆上的金黃色網狀浮雕裝飾，也可能是旖旎晨光下的翩翩倒影；次段則是描摹太陽的灼熱與陽光的燦爛；到了第三段，場景由室外轉向室內，茅屋裡沒有漂亮的金黃雕飾，只有因生病而低哭的嬰兒；末段筆鋒又回到屋外，大自然依舊幽幽地展示著自身的華麗，屋內屋外儼然是兩個世界，剝開絢麗的外觀，內在竟是怎麼也粉飾不住的蒼白人生。李友煌曾評

---

24 錦連：《守夜的壁虎》，高雄：春暉，2002，頁182。

價此詩是「詩人以極其冷靜的白描手法，刻劃出一幅『天地不仁』的風情畫」，又言「病嬰無力氣的低哭竟成了對大自然的『歌頌』，這是多麼極端的諷刺啊，它甚至是一種逆說了。」[25] 其實整首詩的對比並不光是內外景觀的對比，詩作甫開頭的「白壁」與「金黃色雕凸」在視覺上亦是一種對比，金黃色雕凸越是耀眼，便越加突顯白壁的蒼白。

　　錦連詩作所呈現的白色空間並不單只有白牆，尚有：白色寢室、白色溪流、白色畫布、白紙等等。在〈因整天下著雨〉一詩裡，詩人直陳：「在白色的寢室裡／充滿幸福的溫暖中／極其安詳地／我將進入夢境」，[26] 此處的白色不再代表憂傷，反成為安詳的象徵，為寢室內的人提供一股溫暖的幸福感。至於白色溪流則現身於〈主人不在家〉一詩中：「2.小徑（月明之夜的白色溪流）」，[27] 當主人不在家的時候，屋內的走廊將拋開原本的樣貌，化身為因月光而閃閃發亮的白色溪流，與其他家具一同遊戲。

　　此外，值得一提的是，於錦連詩作中多次出現的白紙意象，其不僅是白色外貌的物象，更是一個充滿存在感的空間，幾番讓詩人清楚感受到它的張力，比如〈一剎那〉：

讓白紙一直擺在那裡
哦對寫詩感到恐懼的一剎那

是白的單色過於強烈的緣故
對謙虛的白色示威感到畏縮的一剎那……[28]

25　李友煌：《異質的存在──錦連詩研究》，成大台文所碩士論文，2004），頁164。
26　錦連：《守夜的壁虎》，高雄：春暉，2002，頁38。
27　錦連：《守夜的壁虎》，高雄：春暉，2002，頁327。
28　錦連：《守夜的壁虎》，高雄：春暉，2002，頁290。

這首詩書寫著創作者的焦慮，當文字不慎擱淺的時候，就連望見平日面對的白紙都會心生畏懼，看似簡樸的白紙展示著鮮明的白色色調，其帶來的壓迫感恐怕更勝於案牘。林昆範論及白色意象與聯想時，曾提到：

> 白不只是白色，如「空白」、「白卷」等語彙中的「白」，代表的是「無」或「透明」，即使在現代的言語表達中，也經常以白色表示透明，如白晝、白光、白開水等。[29]

〈一剎那〉中的白紙，其實兼具了白色與透明的意涵，一方面是以白色來描摹紙的外觀，另一方面也傳達出「無」的空白感。再者，誠如林昆範所言，白晝是現今常用的語彙，錦連也有多首詩作選用白晝或是白天一詞，包括〈挖掘〉、〈那個城鎮〉、〈給冬天〉、〈葬曲〉、〈印象──高雄行〉、〈海的起源〉等詩。

除了前面討論的白牆與白紙外，錦連詩作中的白色物象還有：頭髮、臉、牙齒、手、腳、月亮、雨珠、雲、霧、鐵軌、車、燈塔、床單、窗簾、布鞋、手帕、網球、茶葉、詩篇……這些物象大致可分為三類，一是形容人，二是形容自然景觀，三是形容物體。就人物描繪而言，〈老舖〉、〈當我要啓程之前〉、〈老阿婆〉、〈有個殘廢老兵〉都是以斑白的髮色來象徵人物的年長；〈腳〉、〈紫梳岩──埔里遊記〉、〈東園酒家──其二〉、〈議會〉、〈眸子〉裡有著蒼白的四肢與肌膚，〈參拜〉、〈平交道〉、〈太陽眼鏡〉、〈從尊

29　林昆範：《色彩原論》，台北：全華科技，2005，頁103。

嚴的深處〉、〈自言自語〉、〈追尋逝去的時光——第二部·
一九四二——九四三·台北經驗〉則出現一張張蒼白的臉;
另一方面,錦連筆下的白色外貌人物並非全是衰老或蒼白的,
〈舊照片〉中的女主角有著雪白細嫩的手,〈夜市〉、〈女〉
兩首詩也以雪白和純白來形容女性的牙齒。

其次,白雲是大自然中常見的白色意象,亦是錦連詩作
中常見的白色意象,舉凡〈獨居〉、〈故鄉〉、〈送別會〉、
〈那一刻〉、〈熱的發明——往苗栗途中〉、〈月亮·太陽·
生存和衰亡〉、〈事實〉、〈醫院和菜市場〉、〈鞦韆〉等
詩,當中都可見到白雲流動的蹤跡,且白雲的自在浮動總牽引
著詩中主角的心情;與自然景觀相關的白色意象還有霧、雨珠
和月亮,〈聲響〉選用了霧的意象來刻畫意識與非意識的模糊
地帶,白玉般的雨珠在〈沉滯〉一詩裡閃閃發亮,淡白的月亮
則陪伴〈等音訊的人〉守候愛情。

至於擁有白色外觀的物體,則多半用來呼應寂寞憂傷的心
境,例如:〈寂寞之歌〉裡「嫩╱柔╱紫黃╱白金」的斑斕色
彩反襯著「寂寞的慨嘆」;[30]又如〈孤獨〉一詩,詩中的白色
燈塔正是孤獨的寫照;〈偽善者〉中的淚水隨著感傷的心情流
進白色床單;〈夏季的一天〉則是「以微白的哀感開始又以微
白的哀感結束」。[31]白色物體不僅被當成負面情緒的形容,也
用於表徵不祥與死亡,在〈那一刻〉詩中,垂直落下的白手帕
象徵著不吉祥;〈逝者如斯乎〉裡,詩中的我搭著白色轎車趕
赴弟弟過世的現場;〈劇本〉裡的主角更是臥在銀白色的鐵軌
上結束生命。

此外,賴瓊琦解析白色的色彩意涵時,曾談到:「白則
是一切都可以看清楚,因此就有明瞭、清楚、沒有文飾等的意

---

30 錦連:《錦連作品集》,彰化:彰化縣立文化中心,1993,頁84。
31 錦連:《守夜的壁虎》,高雄:春暉,2002,頁237。

思。表白、自白、告白就是講清楚的意思，白心是明白共心，潔白的心的意思。」[32]根據這段描述，我們可以理解到，白色有清楚與說明的意涵，此點特性在錦連詩作中亦可窺見，〈劇本〉裡以「突然響起驟雨似的喝采」作為收場白；[33]〈箱子〉一詩站在箱子的視角展開獨白；〈台灣Discovery〉末段則有旁白獻聲。

四、白色的配色美學

就色彩搭配來說，白色和任何一種色彩相搭配都能提供調和的感受，賴瓊琦即認為白色在色彩搭配裡的功能是「配合其他色使整體清爽起來」，[34]翻閱錦連詩集，不難發覺白色與其他色彩的搭配，其中，亦有白色與白色的搭配，比如〈輕夢〉即多次使用白色意象：

輕輕踩過
淺淺夢境的是
護士小姐的白色布鞋

在淺淺夢境
跳著仙女之舞的是
門窗的白色窗簾

在淺淺夢境
展開翅膀的是

---

32 賴瓊琦：《設計的色彩心理：色彩的意象與色彩文化》，台北縣：視傳文化，1997，頁226-227。

33 錦連：《守夜的壁虎》，高雄：春暉，2002，頁335。

34 賴瓊琦：《設計的色彩心理：色彩的意象與色彩文化》，台北縣：視傳文化，1997，頁229。

病房的白色牆壁

淺淺的夢境
橫溢著沒有歌聲的是
少女們的白色詩篇[35]

〈輕夢〉以「淺淺夢境」和「白色」來貫串全詩，在淺淺的夢境裡，充滿了輕盈的白色色調，不論是輕踩過夢境的白色布鞋，還是輕舞飛揚的白色窗簾，亦或是展翅翱翔的白色牆壁，均予人一種清新、輕快的感受，末段則由動態轉為靜態，白色詩篇不似其他白色物件在夢境中起舞，反而採取無聲的姿態來表現自我，康丁斯基曾言：「白色對我們的心理而言，就像一個絕對的沉默，……這種沉默不是死亡，而是無盡的可能性。」[36] 由此觀之，此處少女們的白色詩篇雖然是沒有歌聲的，此一意象卻仍是正面意涵的表徵，隱喻著夢與詩的無限可能。

〈輕夢〉一詩充分展示了白色基調的情感呈顯，此外，前述曾論及的〈一剎那〉亦是白色意象反覆出現的詩作，然而，白色與白色的搭配並非錦連白字意象詩作的最大特色，其更擅於經營白色與其他色彩的並置，前文已對錦連詩作中的白色意涵進行了初步討論，以下將探索白色與其他色彩意象的色彩搭配，藉以釐清錦連如何調和筆下色彩，進而豐富詩作內涵。

首先，從詩集《鄉愁》開始，錦連即善用白、紅對比來增添詩意，例如〈老舖〉：

35 錦連：《守夜的壁虎》，高雄：春暉，2002，頁218-219。
36 康丁斯基（Kandinsky, Wassily）原著，吳瑪俐譯：《藝術的精神性》，台北：藝術家，2006，頁67。

夜靜的老舖，
　　有一朵薔薇。

旁邊，
白髮的老頭子托著腮幫，
把視線獃獃地釘在街上。

花瓶裡的薔薇動也不動，
老頭子，
是否想像著年青的日子？

六月的，
　　冷靜的夜晚。[37]

　　老舖裡有著白髮的老人與紅色的薔薇，薔薇鮮紅的花色對映著老人斑白的髮色，形成了鮮明的對比，既是色彩上的對比，也是青春與年老的對比，通過兩者的對比，提供詩作更多樣的意涵，李魁賢便曾談到此詩是「一朵（紅）薔薇，和一位『白』髮老頭子，呈現強烈對比：植物與動物，紅顏與白髮，青春與暮年，生機與衰頹。」[38]

　　另一方面，運用紅白配色來強化詩作張力的還有〈夜市〉：「西瓜──／紅的鮮豔之閃耀。／／水份──／從少女們雪白的牙齒間，／滴落下來。」[39]紅色果肉的西瓜與雪白牙齒的少女呈現了色彩分明的畫面，紅色汁液由白色牙齒滴落，

---

37 陳金連：《鄉愁》，彰化：新生，1956，頁4。
38 李魁賢：〈存在的位置──錦連在詩裡透示的心理發展〉，鄭炯明編，《越浪前行的一代：葉石濤及其同時代作家文學國際學術研討會論文集》，高雄：春暉，2002，頁235-236。
39 陳金連：《鄉愁》，彰化：新生，1956，頁12。

更顯得動感十足。〈女〉一詩也兼具白、紅色彩，詩人眼中的「她」，有著「閃耀而純白的牙」，卻也像是「充滿反抗的噴火動物」[40]，此詩以白色的純潔、明亮來描述女的靜態面，以紅色（火）的熱情、激烈來勾勒女的動態面。

其次，後續出版的詩集同樣不乏白、紅色調的並用，舉凡：〈挖掘〉、〈紫梳岩——埔里遊記〉、〈等音訊的人〉、〈平交道〉[41]、〈葬曲〉、〈畫想——伸向未來的雙臂〉、〈東園酒家——其二〉、〈熱的發明——往苗栗途中〉[42]、〈議會〉、〈也許〉[43]、〈劇本〉、〈月亮‧太陽‧生存和衰亡〉、〈自言自語〉、〈「詩」的隨想〉[44]等詩作都可窺見紅、白兩色的印記。值得一提的是，〈議會〉與〈自言自語〉兩首詩都通過紅白的對比來傳達政治批判，其中，〈議會〉以議員、代表們「發紅著鄙猥的臉」[45]對比著斟酒女人蒼白的手；〈自言自語〉則以「人是會知恥臉紅」來反諷政客就算嚇得臉色發白，也不會臉紅。[46]

再者，錦連筆下尚有白色與其他顏色的對比，比如〈思慕〉，「純白的空間和醒目的墨色」[47]展現了白與黑的對比，白與黑是兩個極端，白色在此表徵紙張的空白，黑色則意指鋼筆的墨色，白與黑分別代表著文字的無與有；又如〈有個雨天——崎溝子〉：

在平靜的恩惠裡顫抖的
單調的綠色風景中

40　陳金連：《鄉愁》，彰化：新生，1956，頁15
41　〈平交道〉一詩雖無「紅」字，但有紅色意象「血」。
42　〈熱的發明——往苗栗途中〉一詩雖無「紅」字，但有紅色意象「火花」。
43　〈也許〉一詩雖無「紅」字，但有紅色意象「血」。
44　〈「詩」的隨想〉一詩雖無「紅」字，但有紅色意象「血」。
45　錦連：《守夜的壁虎》，高雄：春暉，2002，頁378。
46　錦連：《海的起源》，高雄：春暉，2003，頁95。
47　錦連：《守夜的壁虎》，高雄：春暉，2002，頁132。

　　潤溼發亮的這路標的一條白線
　　是大膽的色彩誇示[48]

　　道路兩旁有著綠色樹木的景致，道路中央則可見路面的白色標示線，在雨水的潤澤下，不論是樹木的綠還是路標的白都顯得濕潤、富有光澤，綠、白兩色因而同時成為搶眼的色彩，此處正如康丁斯基對色彩並置的討論，兩個色調差異的色彩，可以通過兩者的對比來吸引注意力，成為一種和諧。[49]

　　然而，錦連並非只擅於表現色彩的對比，其配色美學更涵蓋了色彩的調和，試看〈葬曲〉：

　　朋友呀兄弟姐妹呀

　　如果我死了

　　就請你們把我哀傷的屍首

　　深埋在鄰接著海邊的小丘

　　那翠綠的草坪底下吧

　　時光流逝

　　當我的墳上不知名的野花散發微微花香時

　　我就會想起早晨連接白晝

　　白晝連接夜晚的

　　那往昔相愛的美好日子

　　然後

　　聆聽打上被夕陽照得紅通通的海灘潮聲

　　我將會祈禱

48　錦連：《守夜的壁虎》，高雄：春暉，2002，頁284。
49　康丁斯基（Kandinsky, Wassily）原著，吳瑪悧譯：《藝術的精神性》，台北：藝術家，2006，頁75。

從前相聚又離散的人們都有永遠的幸福

朋友呀兄弟姐妹呀
如果我死了
就請你們把我哀傷的屍首
深埋在鄰接著海邊的小丘
那沾滿露水的草坪底下吧[50]

　　〈葬曲〉一詩訴說著想像中的生命告別，全詩透過我的口吻，帶出一幕幕的葬地場景，從「海邊的小丘」到「翠綠的草坪」，畫面由藍色轉變為綠色，接著鏡頭轉向墳上的野花，畫面色彩遂變成泥土色與粉紅色，而後文字轉為死者內心回憶的描述，從早晨過渡白晝再到夜晚，色調可謂由白色漸趨於黑色；再者，此段亦可作另一種解讀，「早晨連接白晝」意指日出時分，「白晝連接夜晚」意指黃昏時刻，再接上後面詩句點出「被夕陽照得紅通通的海灘」，此處即展示了黃色到紅色的色彩階調變化，先是晨光的淺黃色澤，繼而是傍晚初始的橘黃色調，而後橘黃色調隨著夕陽的西下慢慢加深成橘紅色調；最末一段的詩句大致與首段相符，唯有末句相異，儘管畫面類似，兩段所建構的色彩感覺卻不相同，大體而言，兩段的色調表現皆是先藍色後綠色，其中，第一段刻劃出的草坪是充滿生機的翠綠，最末段的草坪則是翠綠中沾滿露水，傳達了綠色與水珠的結合，呈現出一種負載濕潤感的綠色。
　　此外，〈孤獨〉一詩雖不似〈葬曲〉般色彩繽紛，卻調和了黑、白、青三種顏色，形塑出清冷、孤獨之感：

50　錦連：《守夜的壁虎》，高雄：春暉，2002，頁176-177。

孤獨就是獨自呆立於海角
白天默然地思索著什麼
夜裡就不停地緩緩旋轉又旋轉
向幽暗的天空和黝黑的海面投射青白交替的亮光
並一再撫慰這寂靜的城市卻只謙卑地暗示其存在
那個從病房窗口能遙望的白色燈塔[51]

　　此段描摹海角燈塔於夜晚發送光線的景象，並藉此隱喻孤
獨，燈塔的實際外觀雖是白色，但夜晚所望見的燈塔外貌恐怕
給人灰色的視覺感覺，呈顯出的畫面因而是灰色的燈塔置於黝
黑的海面上，發出青色與白色交替的光束，無彩度的灰、黑、
白傳達了孤寂的情緒，再添上隸屬於冷色調的青色，整個畫面
就更冷清了。

五、結語

　　詩人錦連自日治時代出發，至今仍持續新詩創作，其詩作
不只數量豐富，質地亦受人肯定，張德本即曾評價：

知性、批判、前衛是現代主義的精神指標，以此衡量錦連
「電影詩」、「圖象詩」、「超現實傾向」的表現技法與
形式創新，「形上詩」的知性探索，「文明反省」的批判
性，錦連是三者具備，早就毫無所缺自成一位詩人。[52]

　　一如張德本所言，錦連詩作兼具了表現手法的創新、形上
思維的探索與現象的批判，本文選擇其少被論及的色彩意象為
分析對象，聚焦於詩人較常使用的白色意象，期能進一步詮釋

51　錦連：《海的起源》，高雄：春暉，2003，頁66。
52　張德本：《台灣鐵路詩人錦連論》，台北縣：北縣文化局，2005，頁32。

錦連詩作的特色。

　　就白色而言，西方繪畫在處理聖母瑪利亞此一題材時，多半會利用白色百合花來象徵她的純潔，然而，色彩意涵其實有它的複雜性，白色雖然常用於表徵光明與聖潔，但在錦連詩作中並非如此，更多時候白色是哀傷與憂愁的代表，此外，除了純潔、美好、孤獨、哀愁這些意涵外，錦連筆下的白色還有其他意涵，舉凡：安詳、無、年老、蒼白、死亡、述說等等。其次，在白色的色彩搭配上，我們可以發現，錦連既善用紅白兩色的對比來強化情感，也善於調和多種色彩來烘托情境。

　　另一方面，通過本研究之析論，還可以察覺，錦連筆下的白色意象，既出現在現代主義傾向的作品，也運用於現實主義的詩作，形成此點特徵的原因有二：一來導因於白色意涵的多元性，白色不僅同時擁有正面意涵與負面意涵，其精神內涵亦隨著時間與文化的演進日趨豐碩；二來誠如陳采玉觀察到的錦連詩作語言特色：「他不斷嘗試透過不同的手法，從不同的角度觀察人的內在思維和外在物象間的矛盾，將他對實存境域的批判焠煉成一句句詩語。」[53] 縱使創作階段不同，錦連始終保有發掘現實事物情感的敏銳，在追求形式創新與突破的同時，[54] 詩人仍不忘投注情感於詩作之中，檢視錦連所經營的色彩意象，從單色的使用到多種色彩的搭配，錦連筆下的色彩往往不只是物象外貌的描繪，更是情感與想像的彰顯。

53　陳采玉：〈錦連青年時期詩語言之特色〉，《高苑學報》10期（2004.07），頁195。

54　錦連在接受訪談時自言：「我並非想標新立異，只是看到新手法就想運用。藝術就是創作，要創新嘛！」參見周華斌：〈寫在生活現場──錦連先生（せんせい）介紹與訪談記〉，《笠》241期（2004.06），頁43。

六、附錄

錦連詩作中運用「白」字之詩例[55]

詩名	使用色彩字	出處	出現「白」字之詩句
〈老舖〉	白	《鄉愁》（頁4）	白髮的老頭子托著腮幫，／把視線獸獸地釘在街上。
〈老舖〉	白	《挖掘》（頁11）	白髮的老頭子托著腮幫／把視線獸獸地釘在街上
〈老舖〉	白	《錦連作品集》（頁51）	白髮的老頭子托著腮幫／把視線獸獸地釘在街上
〈老舖〉	白	《守夜的壁虎》（頁114）	白髮的老頭子托著腮幫／把視線獸獸地釘在街上
〈夜市〉	紅、白	《鄉愁》（頁12）	水份──／從少女們雪白的牙齒間，／滴落下來
〈夜市〉	紅、白	《挖掘》（頁19）	水份──／從少女們雪白的牙齒間／滴落下來
〈夜市〉	紅、白	《錦連作品集》（頁59）	水份──／從少女們雪白的牙齒間／滴落下來
〈夜市〉	紅、白	《守夜的壁虎》（頁224）	水份──／從少女們雪白的牙齒間／滴落下來
〈女〉	白	《鄉愁》（頁15）	閃耀而純白的牙
〈女〉	白	《海的起源》（頁2）	閃耀而純白的牙
〈禮讚〉	白、黃金、金	《鄉愁》（頁22）	以白壁為素地，／有著黃金色的蜘蛛網的雕凸
〈歌頌〉	白、黃金、金	《挖掘》（頁27）	以白壁為素地／有著黃金色的蜘蛛網的雕凸
〈歌頌〉	白、黃金、金	《錦連作品集》（頁67）	以白壁為素地／有著黃金色的蜘蛛網的雕凸
〈歌頌〉	白、黃金、金	《守夜的壁虎》（頁182）	以白壁為素地／有著金黃色的蜘蛛網的雕凸
〈寂寞之歌〉	綠、紫黃、白金	《挖掘》（頁42-43）	苦於沒有綠素的茶葉堆積如山／嫩／柔／紫黃／白金

---

55 本表排序方式依照詩集出版順序，依序為：《鄉愁》、《挖掘》、《錦連作品集》、《守夜的壁虎》、《海的起源》，各詩集詩例依出現頁序排列，其中，有些是重複收錄的詩作，考量錦連詩作前後版本略有差異（多半差異表現在標點符號的運用），故移動該詩例順序，讓不同出處的同一首詩例前後排列，以供參照。

〈寂寞之歌〉	綠、紫黃、白金	《錦連作品集》（頁84-85）	苦於沒有綠素的茶葉堆積如山／嫩／柔／紫黃／白金
〈挖掘〉	白、紅、黃	《挖掘》（頁65-67）	白晝和夜　在我們畢竟是一個夜
〈挖掘〉	白、紅、黃	《錦連作品集》（頁106-108）	白晝和夜　在我們畢竟是一個夜
〈那個城鎮——給苗栗・羅浪兄〉	白、紫	《挖掘》（頁82-83）	接連著眼淚　接吻　白晝和夜的片刻和片刻
〈那個城鎮〉	白、紫	《錦連作品集》（頁124-125）	接連著眼淚　接吻　白晝和夜的片刻和片刻
〈那個城鎮〉	白、紫	《守夜的壁虎》（頁356-357）	接連著眼淚　接吻　白晝和夜的片刻和片刻
〈遠遠地聽見海嘯聲〉	白、黑	《錦連作品集》（頁6-7）	蒼白的光線撫摸著面頰／把手伸出去／就白白地在黑暗中夢幻般的浮現
			在純白的書頁上跳躍的文字
〈獨居〉	白、藍	《錦連作品集》（頁10-11）	我更使勁地咬緊嘴唇／而凝視流動著白雲的藍天
〈獨居〉	白、藍	《守夜的壁虎》（頁56-57）	我更使勁地咬緊嘴唇／而凝視流動著白雲的藍天
〈無為〉	白	《錦連作品集》（頁16-17）	我的面前／聳立著一面耀眼的白壁
〈無為〉	白	《守夜的壁虎》（頁20-21）	我的面前／聳立著一面耀眼的白壁
〈當我要啓程之前〉	白	《錦連作品集》（頁28-39）	兩鬢斑白的這臉上
〈貨櫃碼頭〉	白、灰	《錦連作品集》（頁40-42）	如今期望的瞳孔浮出魚白的哀怨
〈白日夢〉	白	《守夜的壁虎》（頁1）	一直沉思於遙遠的思念中／啊　白日夢
			啊　白日夢／是初冬的早晨十點鐘
〈紫梳岩——埔里遊記〉	綠、碧、紅、白	《守夜的壁虎》（頁6-7）	用白蠟般纖細的雙手／邊拉著一百零一尺的吊桶／邊靜靜說話的尼姑們呀
〈老阿婆〉	白	《守夜的壁虎》（頁18-19）	白鬢髮二三根

〈僞善者〉	白	《守夜的壁虎》（頁25）	微溫的淚水／滲進白色的床單
〈沉滯〉	白	《守夜的壁虎》（頁30-31）	窗邊有白玉的雨珠如水晶般地發亮
〈等音訊的人〉	紅、白	《守夜的壁虎》（頁36-37）	出現著淡白的傍晚月亮時
〈因整天下著雨〉	白	《守夜的壁虎》（頁38-39）	在白色的寢室裡
〈故鄉〉	白	《守夜的壁虎》（頁72-73）	有充滿光輝的白雲流過時 青春的夢想／和純潔的眼瞳在溫柔微笑著的／白雲自在飄游的地方——
〈給冬天〉	白	《守夜的壁虎》（頁84-85）	白天平靜無事／衹加深了冬天的寂靜
〈參拜〉	白	《守夜的壁虎》（頁112-113）	啊 您那認眞淒美又蒼白的側臉呀
〈平交道〉	白	《守夜的壁虎》（頁116-117）	像瘋子般蒼白的臉上我露出無言的微笑
〈送別會〉	白	《守夜的壁虎》（頁123）	散佈在猶如大海的蒼穹 那些白帆般的雲朵
〈思慕〉	白、墨	《守夜的壁虎》（頁132-133）	只有純白的空間和醒目的墨色
〈大海〉	白	《守夜的壁虎》（頁151）	看不到白帆的影子
〈葬曲〉	翠綠、白、紅	《守夜的壁虎》（頁176-177）	我就會想起早晨連接白晝／白晝連接夜晚的／那往昔相愛的美好日子
〈畫想——伸向未來的雙臂〉	白、紅	《守夜的壁虎》（頁184-185）	要填補空白的第一色彩已定了
〈聲響〉	白	《守夜的壁虎》（頁188-189）	霧……白濛濛的霧
〈歷史〉	白、灰	《守夜的壁虎》（頁190）	伏在厚重的白紙上
〈腳〉	白	《守夜的壁虎》（頁199）	死人的腳是冰涼的／宛如蠟製標本般白皙又苗條
〈迎媽祖〉	黃、白	《守夜的壁虎》（頁203）	行經窗外的 無言的白熾頌歌的氣壓

〈殘障者〉	白	《守夜的壁虎》（頁206）	白色小網球聲爽快地飛響天空的早晨
〈輕夢〉	白	《守夜的壁虎》（頁218-219）	輕輕踩過／淺淺夢境的是／護士小姐的白色布鞋
			跳著仙女之舞的是／門窗的白色窗簾
			展開翅膀的是／病房的白色牆壁
			橫溢著沒有歌聲的是／少女們的白色詩篇
〈瀑布〉	白	《守夜的壁虎》（頁227）	有個白癡在灑水
〈夏季的一天〉	灰、白	《守夜的壁虎》（頁236-237）	以微白的哀感開始又以微白的哀感結束
〈東園酒家——其二〉	白、紅	《守夜的壁虎》（頁247）	那手指　白白的指尖
〈太陽眼鏡〉	白、青苿色、黃	《守夜的壁虎》（頁250）	漱石的小說「少爺」裡的／臉色蒼白而瘦弱的「瓜子老師」
〈從尊嚴的深處〉	白	《守夜的壁虎》（頁256）	臉色一下子就變得非常蒼白
〈印象——高雄行〉	白	《守夜的壁虎》（頁260）	白天／電燈也亮著的車廂裡
〈眸子〉	黃、白	《守夜的壁虎》（頁276）	幾乎衰弱得變黃的白皙肌膚
〈有個雨天——崎溝子〉	綠、白	《守夜的壁虎》（頁284）	潤濕發亮的這路標的一條白線
〈一剎那〉	白	《守夜的壁虎》（頁290）	讓白紙一直擺在那裡
			是白的單色過於強烈的緣故／對謙虛的白色示威感到畏縮的一剎那……
〈那一刻〉	白	《守夜的壁虎》（頁291）	白手帕垂直落下
			白雲風雅地在夜遊……
〈舊照片〉	灰、白	《守夜的壁虎》（頁312-313）	妳雪白細嫩的手
〈主人不在家〉	白	《守夜的壁虎》（頁327）	2.小徑（月明之夜的白色溪流）

〈熱的發明——往苗栗途中〉	白	《守夜的壁虎》（頁333）	幽遠的白雲從腳底下湧起
〈劇本〉	白	《守夜的壁虎》（頁334-335）	收場白——突然響起驟雨似的喝采
〈箱子〉	白	《守夜的壁虎》（頁344-345）	我要為自己告白
〈議會〉	白、紅、泥土色	《守夜的壁虎》（頁378-379）	於是帶有傷感顏色的／染過指甲的女人蒼白的手伸過來斟酒
〈海的起源〉	白	《海的起源》（頁1）	白天／情緒的水分必定會蒸發
〈也許〉	白	《海的起源》（頁12-13）	你白費了力氣
〈劇本〉（散文詩）	紅、白銀	《海的起源》（頁28）	在把載滿了秋天裝飾的森林邊緣繞個大圈而來的白銀的鐵軌上
〈逝者如斯乎〉	白	《海的起源》（頁46-47）	那時　我卻坐著山口先生的白色轎車
〈有個殘廢老兵〉	白、黑、灰	《海的起源》（頁54-56）	你稀疏的頭髮斑白
〈月亮‧太陽‧生存和衰亡〉	紅、藍、白	《海的起源》（頁57-58）	向著藍天白雲吹吹口哨
〈短劇〉	棕、乳白、銀	《海的起源》（頁63-65）	狗在乳白色的跑車旁駐足
〈孤獨〉	白、青	《海的起源》（頁66-67）	孤獨就是獨自呆立於海角／白天默然地思索著什麼
			向幽暗的天空和黝黑的海面投射青白交替的亮光
			那個從病房窗口能遙望的白色燈塔
〈台灣Discovery〉	白	《海的起源》（頁84）	旁白：眼前正上演著粗暴的血淋淋的／大自然殘酷的上帝的攝理
〈自言自語〉	紅、白	《海的起源》（頁94-95）	他們的臉定會變蒼白　很快厚厚的臉皮會被嚇破的
〈事實〉	白	《海的起源》（頁111-113）	扔掉武器　躺在草原仰望天空吧　有白雲在浮動！

〈追尋逝去的時光——第二部·一九四二～一九四三·台北經驗〉	白	《海的起源》（頁182-184）	裡頭正對面一張陳舊眠床住著臉色蒼白的老嫗和當女工的養女
〈「詩」的隨想〉	墨、白	《海的起源》（頁185-187）	揮舞諷刺的白刃而不沾血便無法回鞘的詩
〈醫院和菜市場〉	藍、白	《海的起源》（頁192-193）	有鳥兒　有動物　有藍天有白雲　有薰風
〈鞦韆〉	灰、黑、白、藍	《海的起源》（頁212-213）	我真想坐在那鞦韆　向漂浮著白雲的藍天

引用書目

1. 王靜祥：〈追尋流轉在鋼軌上的密碼：2005年9月3日No.41週末文學對談錦連VS張德本〉，《台灣文學館通訊》9期，2005.10。

2. 吳東平：《色彩與中國人的生活》，北京：團結，2000。

3. 宋澤萊：《宋澤萊談文學》，台北：前衛，2004。

4. 李友煌：〈時代的列車——台灣鐵道詩人錦連〉，《高市文獻》18卷1期，2005.03。

5. 李友煌：《異質的存在——錦連詩研究》，成大台文所碩士論文，2004。

6. 李銘龍編著：《應用色彩學》，台北：藝風堂，1994。

7. 李魁賢：〈存在的位置——錦連在詩裡透示的心理發展〉，鄭烱明編，《越浪前行的一代：葉石濤及其同時代作家文學國際學術研討會論文集》，高雄：春暉，2002，頁233-255。

8. 李蕭錕：《台灣色》，台北：藝術家，2003。

9. 谷欣伍編：《色彩理論與設計表現》，台北：武陵，1992。

10. 阮美慧：〈論錦連在台灣早期現代詩運動的表現與意義〉，《真理大學台灣文學研究集刊》7期，2004.12。

11. 周華斌：〈寫在生活現場——錦連先生（せんせい）介紹與訪談記〉，《笠》241期，2004.06。

12. 岩上：〈錦連和他的詩〉，《文學台灣》54期，2005.04。

13. 林昆範：《色彩原論》，台北：全華科技，2005。

14. 林書堯：《色彩認識論》，台北：三民，1986。

15. 林素惠：《康定斯基研究》，台北：台北市立美術館，1989。

16. 林盛彬：〈必也狂狷乎？真性情而已！──專訪錦連先生〉，《文訊》233期，2005.03。

17. 林磐聳、鄭國裕編著：《色彩計劃》，台北：藝風堂，1999。

18. 真理大學台灣文學系主編：《福爾摩沙文學：錦連詩作學術研討會論文集》，真理大學台灣文學系，2004。

19. 張德本：《台灣鐵路詩人錦連論》，台北縣：北縣文化局，2005。

20. 陳明台：〈硬質而清澈的抒情──純粹的詩人錦連論〉，《笠》第193期，1996.06。

21. 陳采玉：〈錦連青年時期詩語言之特色〉，《高苑學報》10期，2004.07。

22. 陳金連：《鄉愁》，彰化：新生，1956。

23. 曾啓雄：《色彩的科學與文化》，台北縣：耶魯國際文化，2003。

24. 黃永武：《詩與美》，台北：洪範，1987。

25. 黃建銘：〈冬日的午後，與詩人錦連在鳳山聚首〉，《台灣文學館通訊》11期，2006.06。

26. 蔡依伶：〈家在鳳山，錦連〉，《印刻文學生活誌》22期，2005.06。

27. 蕭蕭：《青紅皂白》，台北：新自然主義，2000。

28. 賴瓊琦：《設計的色彩心理：色彩的意象與色彩文化》，台北縣：視傳文化，1997。

29. 錦連：《挖掘》，台北：笠詩刊社，1986。

30. 錦連：《守夜的壁虎》，高雄：春暉，2002。

31. 錦連：《海的起源》，高雄：春暉，2003。

32. 錦連：《錦連作品集》，彰化：彰化縣立文化中心，1993。

33. 薛建蓉紀錄：〈台灣鐵路詩人──流轉在鋼軌上的密碼〉，《明道文藝》357期，2005.12。

34. 謝韻茹：〈夢與土地的詠歎調：錦連小評〉，《笠》260期，2007.08。

35. 康丁斯基（Kandinsky, Wassily）原著，吳瑪俐譯：《藝術的精神性》，台北：藝術家，2006。

36. 廿一世紀研究會原著，張明敏譯：《色彩的世界地圖》，台北：時報，2005。

37. 原作者未註明，呂月玉譯：《色彩意象世界》，台北：漢藝色研，1987。

錦連詩試論
——以《支點》為主

林水福[*]

一、前言

　　錦連究竟寫了多少篇詩？這個問題或許連錦連自己都不容易回答。

　　以已出版的詩集來看，從《鄉愁》的一九五六年到《挖掘》的一九八九年，其間相隔三十年，顯然應有不少詩作遺失或未公諸於世吧！

　　二〇〇二年出版《守夜的壁虎》（春暉出版社）收錄了已出版的大部分詩作，同一時間出版且大部分內容一樣的日文詩集《夜を守りてやもりが……》，〈自序〉裡錦連談到：

> ……在二二八、四六事件後的戒嚴令、肅清、掃蕩、掃紅、白色恐怖等相繼的不安與恐怖，在那麼暗澹的孤獨之中，我從文學追求安寧，有所感、斷斷續續以日文寫詩……除了在一九九五年八七水災泡了水破破爛爛的之外，剩下部分大約曬了一星期太陽，曬乾之後，無論如何捨棄不了的謄到筆記本。[1]

　　原稿未標明寫作日期，是已遺忘？或者沒想到那些詩篇有

＊　　興國管理學院講座教授。

1　　原文係日文，中文譯者林水福。

變成鉛字與讀者再見的一天？

〈自序〉裡錦連接著說：「從能夠判讀的內容推算，那些應是三十歲（1957）以前的東西無誤。」

人的記憶不一定可靠，但是在沒有其他證據下，我們只能相信詩人自身的說法。

《守夜的壁虎》依錦連之說是一九五三至一九五七年的作品，但各詩篇之間的先後關係，則無從考證。

二〇〇三年三月錦連出版中文詩集《海的起源》，末尾的「附註」標明每一首詩的完稿日期、發表日期及發表刊物名稱。同年七月出版的日文詩集《支點》，沒有「附註」，未標明詩篇的寫作日期。

儘管中日文詩集名稱不同，其實兩者「大同小異」。「小異」處有篇數不同，前者一〇七首，後者九一首。排列順序也不一致。《支點》有〈序に代えて〉（代序）談到長期以漢語創作是愚蠢且深感後悔。說明這本《支點》是三十歲之後，以日文書寫的第一本詩集。

《海的起源》則無序。這兩本詩集究竟應當成兩部詩集看待？或一部呢？留待有心人討論。

李魁賢在〈存在的位置——錦連在詩裡透示的心理發展〉[2]裡指出：「經過相當長時間的停筆後，一九九四錦連重新出發、面目一新，且與早期和中期的創作風格、題材有明顯的差異。」《支點》除了排列於前頭的〈支孳〉到〈ニヒリズム〉（中文：虛無主義）五首之外，其餘皆創作於一九九四年之後。

本文擬以《支點》為主[3]，透過「孤獨」、「老病與傷

2　收錄於《葉石濤及其同時代作家文學國際學術研討會論文集》，春暉出版社，2002年2月。

3　依行文需要，參酌《海的起源》及日文版《夜を守りてやもりが……》。

逝」、「詩風」、「神」等幾個主題探究錦連詩的意涵以及精
神、思想的轉變。

二、孤獨

　　錦連直接以「孤獨」爲題的詩，《守夜的壁虎》與《支
點》各有一首。

　　雖然詠孤獨的詩篇不多，卻是錦連作爲詩人的主要動力來
源，與孤高情操的精神表現所在。

　　《守夜的壁虎》裡的〈孤獨〉：

　　我曾經在夕陽即將西沉的
　　荒涼的平原上走著
　　尋訪一個陌生人
　　孤單而蹣跚地走著

　　沒有遇上要尋找的人
　　拖著疲憊的腳步和無依不安的心
　　卻還抱著一線希望
　　在怪寂靜的荒野上
　　孤獨而呆呆地走著
　　離鄉背井的孤獨和寂寥
　　深切地湧上心頭

　　——如今和那一天相似的心思
　　重顯於我的胸懷
　　從我的雙眼
　　就是再掉下了眼淚
　　又有什麼不可思議

這裡的「孤獨」其實較接近孤單、寂寞。

相對於中文「在怪寂靜的荒野上／孤獨而呆呆地走著／離鄉背井的孤獨和寂寥／深切地湧上心頭」部分，日文版如下：

妙に侘びしい荒野を
　独りぼんやりあるいていた
　ふるさとを離れた孤独の淋しさが
　しみじみ胸に湧いて来た

試譯如下：

在極為淒涼的荒野
獨自茫茫然走著
離鄉背井的孤獨的寂寞
深深湧上心頭

詩人為何感到孤單、寂寞？因為要探訪之人未遇，走在淒涼的荒野，而興起離鄉背井的「孤單、寂寞」情懷。日文「孤独の淋しさ」應為「孤獨的寂寞」並非「孤獨和寂寥」，著重在「孤獨」所帶來的「寂寥」，不是孤獨與寂寥並列。這裡談的孤獨、寂寞（寥），來自現實人生的不如意，與藝術的追求無關。

《支點》裡的〈孤獨〉依《海的起源》的「附註」完稿於二○○○年九月七日，於北海道千歲市立醫院病房。中文〈孤獨〉於二○○一年一月一日發表於《文學台灣》第三十七期春季號。

考量詩人作此詩的時間、地點、背景，相信應是先以日文

書寫，再翻成中文發表的。

這首〈孤獨〉開頭即引用松尾芭蕉的俳句。

旅に病み夢は枯野をかけめぐる——芭蕉

錦連的《守夜的壁虎》與《支點》（《海的起源》）二本詩集，開頭引用他人詩句的，這是唯一的一首。因其「唯一」，在錦連詩心中，應有獨特之意義。

首先對芭蕉寫作這首俳句的背景稍加解釋。

這首題為〈病中吟〉的俳句作於元祿七年（1644）十月八日深夜（亦有一說是九日凌晨二時），而芭蕉逝世於一六四四年十月十二日。換句話說，是芭蕉逝世前四天的作品，也是生涯最後的一首俳句。

出現在《笈日記》[4]及《枯尾花》[5]的這首〈病中吟〉皆為：

旅に病で夢は枯野をかけ㬢る

而在《泊船集》出現的是：

旅にやんで夢は枯野をかけ㬢る

俳句規則是五、七、五音，最後五音也有寫成「かけまはる」的；不過，依芭蕉弟子之一、也是俳句詩人的去來（1651～1704）的書信，應唸成「かけめぐる」。至於「旅に病で」與「旅にやんで」，儘管寫法不同、讀音相同、意義也一樣，

4　芭蕉弟子之一支考（1665～1731）所著。
5　芭蕉弟子之一其角（1661～1707）所著。

錦連引文寫成「旅に病み」可能是記憶的錯誤造成的。

　　這首詩是錦連到北海道旅行，途中不意病倒，住進北海道千歲市立醫院，「孤獨」感油然而生，聯想到與芭蕉人生境況，尤其是這首〈病中吟〉所描述的極為相似，或者以芭蕉作為憧憬的對象。

　　儘管在我個人了解的有限範圍內，錦連似乎未捉到自己接觸和歌的情形。但是，從這首〈孤獨〉的引用，以及《守夜的壁虎》裡的〈隻身旅行〉，有充分理由認定錦連對芭蕉應不陌生才是。

　　引文的錯誤，有可能是詩人過於「熟悉」造成的，不認為有再查證之必要。

　　《守夜的壁虎》日文版裡的〈独り旅〉（錦連自譯〈隻身旅行〉[6]）：

> 僕は独り旅を愛する
> 何とはなしに愛する
>
> 天地の寂寞を求めて
> 奥の細道にわけ入った芭蕉の
> 苔蒸したさびのこころではなく
> 又安價なセンチソンタリストの
> 無病の呻吟でもなく
> 緑の平野を丘を河を
> 又時には岩を嚙む怒涛の海を
> 車窓からぼんやり凝視めているとき
> 静かに湧いてくるさまざまな感情の徂徠が

6　日文〈独り旅〉，中文譯為〈單身旅行〉較通用。

哀しい程になつかしいので

僕は独り旅を愛する
何とはなしに愛する

　　　錦連這首詩的重點在於說明自己爲何喜歡「單身旅行」。
是因爲「當我呆呆地從車窗眺望著／那種翠綠平原丘陵河川／
有時激打岩石濺起浪花的洶湧大海時／靜靜湧上心中的種種感
情的起伏往來／令人依戀而有點感傷」「並非追求天地的寂寞
／而走進『奧之細道』的芭蕉／那長了清苔的『寂靜』的心
思」（錦連自譯）寫於三十歲之前的這首詩，錦連說不是以一
種像到「奧之細道」旅行的芭蕉那樣，爲了探尋「天地的寂
寞」，以「さび」（sabi）的心情。這是寂情，再次印證「不
說謊的詩人」的「名實相符」。
　　　芭蕉一生有過幾次大旅行，留下《鹿島紀行》[7]、《笈之
小文》[8]、《更科紀行》[9]、《奧之細道》[10]等名垂不朽的紀行
文學。如《奧之細道》開頭：「日月百代之過客、行年亦爲旅
人」，芭蕉不僅將日月視爲過客，亦把人生當成「旅行」。旅
行，不只是欣賞湖光山色之美，而是透過「旅行」追求俳諧的
突破與圓熟。
　　　回到〈病中吟〉，這裡的「夢」無疑的是對風雅（即俳
諧）的追求之心。「旅途」中病倒，或許已自知來日無多，但
追求風雅之心猶在曠野裡奔馳。這裡呈現詩人對人生與藝術相

7　鹿島紀行：貞享元年（1684）八月，偕門人曾良、宗波到鹿島賞月時之紀行
　　文。
8　笈之小文：貞享四年（1687）十月，從江戶出發，經吉野、高野……至須磨、
　　明石結集之紀行文。
9　更科紀行：元祿元年（1688）秋，到更科之紀行文。
10　奧之細道：芭蕉最重要之紀行文，於1702年由門人整理問世。記載1689年3月27
　　日由門人曾良陪伴，從江戶出發的大旅行見聞錄，歷時七個月，全長二千四百
　　公里。

剋的苦惱身影，讓我們看到了長年在創作藝術上踽踽獨行，至死不休類似求道者的執著「縮影」。

　　　　旅に病み夢は枯野をかけめぐる──芭蕉

孤独　孤独とは何だろう

孤独とは独り岬に突つ立ち
昼間は黙然として何かを考えており
夜はゆっくりと休みなく回転しながら
うす暗い空と黒ずんだ海に向ってかわるがわる青い光と
白光を放ち
一再ならずこの静かな時を慰めながらつつましくその存
在を暗示している
あの病室の窓から遠く見える白い灯台だ

孤独　孤独とは何だろう

孤独とはかすかに朝日射す冷たい空に
何か思わしげな飛翔の跡を残し
俗世界を少しも気にしない表情で屋根や電線に脚を休め
気の向くままに視線や方向を変えつつカアカアと啼く明
け鴉
ぼくの心の空洞をつき貫けてゆく寂しさに似た思いを噛
みしめ
互いに愛と哀愁を訴えているあのやるせない姿だ
　　　　──北海道千歳市立病院の病棟にて

錦連《海的起源》裡的〈孤獨〉：

病倒於旅途，我的夢在荒野裡流竄

　　　　　　　　　　　　——松尾芭蕉

孤獨孤獨是什麼？

孤獨就是獨自呆立於海角
白天默然地思索著什麼
夜裡就不停地緩緩旋轉又旋轉
向幽暗的天空和黝黑的海面投射青白交替的亮光
並一再撫慰這寂靜的城市卻只謙卑地暗示其存在
那個從病房窗口能遙望的白色燈塔

孤獨孤獨是什麼？

孤獨就是在晨光微現的冷冷空中
留下像有什麼意思似的航跡
以對人間俗世毫不在意的表情歇腳於屋頂或電線
隨興轉換視線或方向呱呱啼鳴的曉鴉
牠們細嚼著與穿過我內心的空洞相似的淒涼
互相傾訴著愛和哀愁的那種無奈的身影

　　〈孤獨〉（錦連作／林水福譯）：

旅途病倒夢魂猶馳騁荒野

　　　　　　　　　　　　——松尾芭蕉

孤獨孤獨是什麼

孤獨是獨自聳立於海角
白天默默地思索著什麼
夜晚不停地緩緩旋轉
向微暗的天空與黝黑的大海投射青白交替的光芒
一再撫慰這寂靜的小鎮卻謙卑地暗示它的存在
從那病房的窗戶可以遠遠看到的白色燈台

孤獨孤獨是什麼

孤獨是在晨曦微現的冷冷空中
留下似有深意的飛行軌跡
以對俗世毫不在意的表情歇腳於屋頂或電線上
隨意改變視線或方向聒聒啼叫的曉鴉
咀嚼著與穿過我內心的空洞相似的寂寞心思
互相傾訴愛與哀愁的那種無奈的身影
　　　　　　　　──於北海道千歲市立醫院病房

　　錦連在這首詩中以二種事物來譬喻孤獨。一是「從那病房
的窗戶可以遠遠看到的白色燈台」，它向「微暗的天空與黝黑
的大海」投射「青白交替的光芒」。詩人向世人「展示」各色
各樣的詩作，不求聞達於社會，默默地撫慰寂寞的心靈，不在
耀眼的舞台上展露身影，不就像燈台嗎？
　　「孤獨」的另一種譬喻是「以對俗世毫不在意的表情歇
腳於屋頂或電線上聒聒啼叫的曉鴉」。曉鴉「聒聒啼叫」有時
或許擾人清夢、不受歡迎，但牠依然不在意任意改變方向或視

線，有如詩人寫作不迎合世俗，有諷刺、有批評，有時難免咀嚼眾人皆醉我獨醒的寂寞情懷，但詩人依然吐露出「愛與哀愁」的本質詩心。

如曉鴉在「晨曦微現的冷冷空中」、「留下似有深意的飛行軌跡」，錦連一生創作不輟，當然也希望在人世間留下些許「雪泥鴻爪」吧！

「燈台」與「曉鴉」一動一靜，發光發聲，前者受歡迎，後者被嫌棄，但兩者皆甘於寂寞，默默地堅守崗位，盡其本分。錦連這首〈孤獨〉現實生活中，寫於病榻，聯想到一生追求俳諧藝術的前輩詩人芭蕉的情況，感受到深深的孤獨之感，可是他的精神層面，追求藝術的意志力，仍然非常旺盛、飽滿。

兩首同樣名稱〈孤獨〉的詩作，呈現詩人不同階段的人生體悟與所追求的東西之不同。顯然，詩人已從年輕時的訪友不遇的孤單寂寞情懷轉化為往藝術、精神層面的追求與執著所感受到的「孤獨」。

三、老病與傷逝

錦連在《支點》裡有幾首以老病、傷逝為主題的詩作。

二〇〇〇年九月七日錦連於北海道千歲市立醫院寫下上述的〈孤獨〉；九月八日於高雄長庚醫院寫下〈勳章〉；翌日寫下〈僵直〉，也在長庚醫院。三天三首詩，分別創作於日本和台灣，都在病房裡，由此亦可見錦連那時肉體儘管疼痛、不適，但意志力、創作慾極為旺盛。〈勳章〉帶嘲諷味道，與〈孤獨〉、〈僵直〉大不相同。

〈僵直〉的第一節：

被抬上手術台的肉體

浮現著歲月的皺紋
與精神的衰弱相稱
乾扁得有點不忍卒睹

　　具象的肉體、皺紋與抽象的歲月、精神對立，讓詩一開始就呈現緊張氣氛。接著「手術刀劃下第一道／有氣無力的鮮血在地平線泛出一條紅色」從具象、近距離的第一刀，導向抽象、遙遠的地平線。在地平線上劃出一道紅色，涇渭分明，意味著面臨生死交關的緊要關頭，不免讓人緊張起來，然而錦連的下一句卻是「抗拒著昏睡／不可思議的歡喜──瞬間跑遍了全身」出人意表，彷彿是件大喜事。

　　最後一節：

我徘徊在意識與無意識之間
沐浴著生與死愉悅與悲傷
相互交錯的閃光
以莊嚴的姿態僵硬

　　在「意識」與「無意識」之間徘徊，「生之愉悅」與「死之悲傷」兩種正負截然不同的情緒如閃光快速交互出現，乃是常人的一般反應；然而，「以莊嚴的姿態僵硬」驟然把生死境界提升到超越生死，宛如進入宗教層次，讓人彷彿看到一具法相莊嚴的神佛造像。

　　另一首〈草蓆上〉描寫剛斷氣的嬰兒「死相」：

時間慢慢被夕陽烤焦了
出現了死相的嬰兒
剛剛斷了氣的嬰兒的臉蛋

閃爍著從容的喜悅

詩人從已逝的嬰兒臉上「讀出」閃爍著從容的喜悅。這是嬰兒未受到婆娑世界的折磨、污染，即擺脫塵世的糾纏因而出現「從容的喜悅」？面對死亡，詩人的反應不僅不是悲傷，有時反而是「喜悅」！

另一首〈視網膜病變〉（2002年8月7日），如果不看題目，不容易看出詩人的「眞意」。「不讓我前進／不讓我行走／不讓我攀登／不讓我休憩」隱約讓人感覺到詩人似乎遇到了大的挫折。末尾「還一再催逼我去做某種行爲的／那究竟是什麼？難道它就是我的一生？」「某種行爲」指的是什麼？不易了解。內容與題目並無密切關係，可以說，詩人在意的、擔心的並不是視網膜病變，而是自己一心一意想做的、想完成的工作，可能會因爲視網膜病變遭遇到困難。這首呈現一種堅強的意志、不服輸的精神。

相對於《守夜的壁虎》裡的〈在病床〉，例如「五天多來／被發燒糾纏／我的心也終於氣餒」發燒五天即已氣餒。「如果會死／就讓我有像詩人般的／獨創性的死！」詩人並不害怕死亡，即便要死，希望有像樣的、像詩人樣的、具獨創性的死。「獨創性」就是與眾不同，而又能獲得贊同、打動人心。日本大文豪夏目漱石在創作中長眠，逝世時手中仍握著筆，臉趴在稿紙上。這種死法本身，極爲莊嚴、神聖，足以震撼人心，傳誦千古。

〈在病床〉其三：「……從前曾經想過／二十歲就結束性命也毫無悔恨／可憐如今卻殷切盼望不死」不想死，不是害怕死亡，而是還有許多「未竟之業」！

錦連從年輕時，對於死亡並不畏懼，一心一意記掛著詩的千秋大業。

　　對相識多年的詩友陳秀喜女士的逝世，錦連寫了〈會者常離〉以爲悼念。

　　「會者常離」或「會者定離」出自佛教，意爲相遇必定會有別離。錦連深知緣起、緣滅，悲歡離合，天下無不散的筵席，乃是人世間不易的定理。或許因此，對於陳秀喜的辭世，他說：「我最後沒有流下一滴淚」。

　　沒有流下一滴淚，是否表示不惋惜、不悲傷呢？

　　不是的。錦連說在「寂靜的黎明，曦日曙光微露時／雲朵被夕陽染紅浮現天空時／聽到從遠處傳來幽幽的美妙歌聲時／無所事事走在人跡罕至的小路時／看到夕暮的天空盡頭突然有候鳥身影時／被思考生與死的不安與寂寥襲擊時」懷念「您」，也想起「在關子嶺笠園涼亭談笑的您」，最後一句，錦連寫道：

　　好多次好多次我咀嚼失去孤獨的寂寞

　　「孤獨」如前述，對錦連而言，彷彿是一種促使寫詩的動力，失去了孤獨，只剩下寂寞。孤獨與寂寞的不同，如蔣勳在《情慾孤獨》中說：

　　孤獨和寂寞不一樣。寂寞會發慌，孤獨是飽滿的，是莊子說的「獨與天地精神往來」，是確定生命與宇宙間的對話，已到了最完美的狀態。李白也用過，在〈月下獨酌〉裡，他說：「花間一壺酒，獨酌無相親；舉杯邀明月，對影成三人。」這是一種很自豪的孤獨，他不需要人陪他喝酒，唯有孤獨才是圓滿的。

　　　　　　　──〈孤獨六講〉，《聯合文學》55期，台北，2007.12

如蔣勳所說孤獨是圓滿的，失去了孤獨，也就不圓滿，有所缺憾了。

錦連對陳秀喜的悼念以「失去孤獨的寂寞」應是對朋友最高的肯定，也是最深層的懷念。

四、詩風的轉變——向日本傳統回歸

錦連在〈關於詩的隨想〉裡也贊成「想讀詩的人，想寫詩的人」都已經是詩人的說法，強調詩的題材、內容、形式不拘；感情、諷刺、咒罵、自嘲、自我否定、性幻想……什麼都可以入詩。

從錦連自身的詩作，也可以印證詩人不斷嚐試寫各種題材、形式、內容的詩。

在題為〈花〉的詩裡，從第一到第四節，讓人以為錦連寫的是種花、欣賞花。他說：「從少年時期我就喜歡種花／播種澆水／每天拿去陽台曬太陽／注視它的成長……等花開了就再種別種花……不知不覺花園變大……五顏六色的花佔據了我的生活空間」。詩人欣賞花，被花的顏色迷住，陶醉在花香裡，在花兒圍繞的生活裡感受到小小的幸福。

從第五節起，詩人才告訴我們這裡所說的花指的是詩。詩人一方面說，有沒有人欣賞我不在意，因為花本身會誇示它的存在。但另一方面也期待「有人會駐足於我的花園窺視」，從群花散發出的「思想」香味裡找出深層意義。這種矛盾心理，我想是所有藝術創作者共通的吧！

錦連詩風多變，如在〈花〉乙詩中所說「花開了就種別種的花」，透過日文，接受來自日本的傳統東西，以及源自西方，經日本詩人的攝取、吸收、消化再吐出來的，有西方的影子卻不完全像的東西。

論者[11]提到錦連的前衛，手法新穎，如果以發表當時而言，在台灣或有新意；但是，從日本、或源頭的西方而言，「新意」的讚詞，不該戴在錦連頭上，錦連自身也無掠人之美之意。在一篇訪問稿[12]中，錦連說：「我並非看詩論才來寫詩的，而是先接觸詩，寫詩之後，再看詩論的……我寫現代詩的時候，完全不知道要用什麼主義、手法來寫，而是看到日本詩較利的手法，如電影詩等……就想試試看。」

以良知主義、表現主義、現實主義……等等「詩論」劃分、分析錦連詩作，固然有值得參考、借鑑之處，但是否能那麼清楚區分，似乎仍有討論空間。

錦連收錄在《支點》的詩篇，與以往的有些不同。依我個人「粗淺的感受」，儘管題材方面依然關心社會、國家、政治，但似乎較少，而且表現方面也不那麼直接，那麼殺氣騰騰。明顯的，錦連比較關心的有二大主題，一是朝向更大更遠的「文明的未來」叩問；另一是回歸到個人身邊對周遭的人物，自然的關懷。

我總覺得描寫個人的情懷，才是錦連真正想寫的——與日本傳統韻文的本質相連接；至於諷刺性主題的詩作，源自西方，是錦連在個人生活上遭到困頓時「應運而生」的。

錦連在〈我盼望在那種氣氛中過日子〉說詩是從「心靈的孤獨」「在苦悶中凝視自己」「對人類愛的匱乏感到寂寞時」產生的。最後一節明白告訴我們「那種氣氛」指的是什麼？

　　它有時是遺忘已久的蟬鳴
　　是從遙遠的世界吹來的風聲
　　是層層落葉上枯葉又掉落的姿影

11　參閱李友煌碩論（92年成大台文所）。
12　參閱李友煌碩論（92年成大台文所）。

我的詩心突然湧現——我期盼在那種氣氛中過日子

在蟬鳴、風聲、落葉之中，詩心湧現。換言之，描繪自然，讓人聯想到日本韻文的傳統詩集之一《古今和歌集》[13]，〈序〉裡明言和歌要寫什麼？

花に鳴く鶯、水に住む蛙の　を聞けば、生きとし生けるもの、いづれか歌をよまざりける。
（聽到花間啼囀的鶯，棲息於水中的蛙聲，所有生物，何者不能詠入和歌？）

意思是自然景物，鶯啼、蛙鳴，一切生物皆可以入詩。日本傳統詩的兩大主題，自然與愛情。儘管日本詩人接受西方的洗禮，有政治性、嘲諷性的詩作，但無疑的骨子裡，傳統的根依然深深盤據。年輕時，錦連也寫過不少詠愛情的詩篇。《支點》裡逐漸往抒發個人情感，描繪自然的方向傾斜。或許也是一種回歸吧！回歸到日本傳統韻文的世界裡。

錦連在〈我的發現〉自問：「在漫長人生的時間長流裡／忽然讓我發現、眼睛發亮的那忘不了的是什麼呢？」

詩人回答：

那不是向高空伸展的綠樹嗎？
那不是悄悄倚在山後的木板小屋嗎？
那不是越過遠方樹梢而來的細微風聲嗎？

13　日本最初由天皇（醍醐）下令編撰的和歌集，成立於十世紀。共1111首和歌，二十一卷，以四季、戀愛為主，有假名、真名兩序。成為日本和歌的「典範」，影響及於近世，連明治天皇「御歌所」的歌風亦受影響。

認為「這是多麼美麗的發現，打動心靈不已的感動，要把這件事告訴這世界，這人生的每一個人」！

綠樹、小屋、風聲，不都是我們經常會接觸到的自然景物嗎？

五、神

從《守夜的壁虎》到《支點》，錦連對於神，意識上似乎不同。例如《守夜的壁虎》裡的〈神〉：

死後有一天
人將會重生這一概念
對不幸的人也不會給予絲毫慰藉

因為慰藉不能克服死亡
而
神就是「活著」的意思

「神」是什麼？是否真的存在？相信是絕大部分的人一生當中，或多或少都會思考的「問題」。詩中用「重生」兩字，既不是佛教的「輪迴」，也不是基督宗教的「復活」；不過，就語意而言，應是「復活」的意思吧！由此推測，那時錦連並未特別接近宗教。

從「慰藉不能克服死亡／而／神就是『活著』的意思」來看，顯然，不只是未接近宗教，甚至認為宗教、神沒有太大的實質意義，「活著」才有意義的一般人的看法。

另一首〈序詩〉：

燭光下

生命對永恆的愛獻上真摯的供養

朋友啊
自古以來神不曾住過教堂或條理之中

倘若有神
神必定存在於人類的溫柔的心中

　　詩中「條理」不知是否就是「教理」或「教義」之意？
「自古以來神不曾住過教堂或條理之中」意謂著自古以來根本
沒有「神」，連「教堂」或「條（教？）理」裡也沒有過，遑
論其他地方了！

　　「倘若有神」，假設句法，就敘述者而言，他認定是沒
有（神），所以才用「倘若有神」的說法。接下來「神必定存
在於人類的溫柔的心中」，這是一般無特別宗教信仰的人的說
法，與「良心」之意接近。

　　如上述，在《守夜的壁虎》裡，錦連並無特別的宗教信仰
或神的意識。

　　然而，《支點》裡，錦連似乎有些改變。寫於一九九八年
十月的〈溪流〉：

不顧人類的榮枯盛衰
溪水今天依然在地表上淙淙而流
有時單調有時激情濺起浪花的水聲
那是諸神透過聲音的細語與愉悅
也訴說著永恆的存在

這世上孤獨的人們

常來到這冰涼的岸邊倚在樹幹
想解讀眾神智慧的啟示
靜靜地豎耳傾聽著

第一節裡詩人把淙淙流水聲想像成神的「細語與愉悅」；認為同時神也藉此「宣示」祂永恆的存在。顯然，詩人心中有著明確的「神」的觀念。

第二節，孤獨的人們來到溪邊，倚在樹幹，聽著淙淙流水聲，試圖解讀神的啟示。不僅承認神的存在，也認為神有大智慧，所以孤獨的人才試圖解讀神的啟示。

另一首〈有海角的僻鄉──NHK記錄片──〉：

（略）
在那無醫村給予全心全力照顧的老人斷氣時
醫生眼中泛著淚光我忘不了那莊嚴如神的身影
醫生悲戚的臉上閃爍著神聖的光輝

醫生對自己全力全心照顧的老人，最後仍然無法延續生命斷氣時，不免眼中泛出淚光的身影，錦連以「莊嚴如神」形容；醫生悲戚的臉上閃爍著「神聖的光輝」。儘管在詩的下一節錦連對人力薄弱，無法克服疾病，如「星星一個接一個誕生又消逝」的死亡情狀，就如許多基督教徒面對無辜的信徒遭受迫害，被剝奪生命時也不免懷疑「神是否真的存在？」的疑問一樣，也提出「神究竟是什麼？」的喟嘆與懷疑。

從「莊嚴如神」、「神聖的光輝」的用詞，以及對神的懷疑，在在都顯示詩人心中有「神」的存在。

〈Quo Vadis, Domine?──主よ　我れいずこに往くべきや？〉副題意思是「主啊我該往何處去？」這首詩是詩人因觸

碰到早逝的朋友遺留在身邊的信件，有感而發寫的。有趣的是，詩的內容有「生連接死死本身又連接另一個人生」顯然是佛教輪迴的觀念。基督宗教教義，人死後回到主的身邊，並無輪迴觀念。而且，副題「主啊我該往何處去？」則是基督宗教的用詞。

顯然，在《支點》裡，詩人雖無特定的宗教信仰，但是面對死亡，人力無法挽回時，不免懷疑神是什麼，或者想藉助神的大智慧，解救人間疾苦。

六、結語

年過七十之後，錦連的孤獨感與日俱增，在深深的孤獨感包圍之下，錦連卻呈現旺盛的創作力與意志力。

面對老病與死亡，他並不畏懼。對於死，他甚且說是「充滿鼓舞的對『未知』的參與」「是榮耀的解脫」「是對神祇的真正讚美」「是帶有激烈戰慄的回歸」。（〈生老病死〉）

從年輕時候的無神，到《支點》裡已有明顯的承認神存在的意識，儘管似乎沒有特定的宗教信仰。

錦連多種類型的詩裡都透露出一股對詩的執著與堅持，我個人偏好他寫個人情感、自然方面的詩篇，相信風簷展「詩」讀，將來必定會有陌生人，對錦連「透過紙背滲出的人生汗水」「接在手掌心舔一舔」（〈Katharsis（淨化）〉）除了帶點鹹味與酸味之後，還會摻雜一些悸動與歡愉吧！

生存困境的掙脫
——試論錦連詩作裡的「悲哀」

莫渝[*]

一、詩的出發

　　大約二戰結束後數年，錦連的詩文學活動，才有明確的記錄。一九四九年初，他先接觸「銀鈴會」的鋼版油印刊物《潮流》，一位女同事告訴他可以在三月十五日前投稿。於是他「謄寫了十首短歌，十二句俳句和七篇詩……向雜誌投稿或請斯道前輩批評自己的作品，是生平第一次」（錦連，2005：40）。很快地，「有點擔心的我的作品三首詩（小小的生命、在北風之下、遠遠聽見海嘯聲）也被登出來」（錦連，2005：52）。這些作品登載在四月一日的《潮流》第二年第一輯，為該系列雜誌最後一次出版，排序第五冊（林亨泰主編，1995：36）。先看〈在北風之下〉的全詩：

　　　嚮往碧藍的天空我立在屋頂上
　　　分外明亮的天空裡
　　　北風吼著吹過來
　　　是因為冬天的來臨而發怒
　　　或者為漸近逝去的秋覺得惋惜
　　　帶著莫大的悲哀
　　　發出喊聲

---

* 　《笠》詩刊主編。

北風吼著吹過來

汗濕的臉頰
被尖銳的風凌辱的初夏的山
以及
初秋時散步走過的林蔭路
都在沙塵中哆嗦
在南方平原的彼方

雲層叫風給颳到一邊
在灰色的陰影中
為著死的預感而嘟喃不已

風打北方吹過來
盯盯地望著天空
我的心隨著每一擊波濤
逐漸給叫醒過來
突然抱著胳膊
為何我會悲哀
分外明亮的天空啊
你冷然望著四季的悲哀
完全是一雙認命的寂寞眼神
分外明亮的天空啊
你究竟在思索什麼[1]

1　張彥勳：〈探討「銀鈴會」時代的重要詩人及其創作路線〉，刊登《笠》詩刊
　　111期，1982年10月15日，頁41-2。有括號加註：（此詩以日文刊於銀鈴會「潮
　　流」春季號38.4.1張彥勳譯），38，即1949年。據《錦連作品集》頁4，標注
　　一九四八年，似乎有誤（出入）。

　　這首詩廿八行，不規則地分四段。第一段，從外景入手：因為嚮往碧藍的天空，我登上屋頂，站立著觀望，時值暮秋初冬，北風挾帶著悲哀怒吼狂嘯地吹來。第二段，自我介紹，我來自南方平原，夏天時爬過山，初秋走過林蔭路，僕僕風塵中，臉頰微微汗濕。第三段，僅三行，由於北風狂吹，雲層都被遠離中天，邊緣呈顯陰灰，帶著「死的預感」，（天空依舊分外明亮）。第四段，風從北方一直吹過來的，我望著天空，逐漸清醒，悲哀油然而生，頓感「天空」以認命的寂寞眼神望著悲哀的四季，不禁問「天空」：你究竟在思索什麼？這樣的探問，彷彿質詢自己，在風雲際會的此刻，你（我）究竟思索什麼？能做些什麼？

　　詩中，出現三次「分外明亮的天空」及三個「悲哀」，這是詩藝的忌諱。詩，為最精簡的語言藝術，豈容如此重複浪費？讓我們檢視它們出現的狀況，第一次「分外明亮的天空」（在第2行）屬肯定句，作者（我）對天空晴朗景色的直覺反應；第二次（在第24行）和第三次（在第27行）集中於同一段，都屬質疑的呼喚，這時的「天空」，不盡與第一次出現的「天空」同義，有「無語問蒼天」的「天」的隱義，作者連續質疑這個「天」：以宿命眼神漠視「四季的悲哀」，「究竟在思索什麼」。至於三個「悲哀」，第一個是肯定句，加諸「北風」的形容詞，還冠上「莫大的」，可見作者對「北風」有極度的感應。第二個與第三個，集中於末段，第二個（在第23行）屬自我內斂檢認的懷疑：我悲哀，「為何我會悲哀」？第三個（在第25行）同第一個一樣，加諸「四季」的形容詞。

　　廿一歲的文藝青年錦連，首次發表的這篇作品，標示著幾層意義：一、宣示自己的文學身分；二、藉此與前輩或同好文人親近；三、表明自己思路方式與文學趨向。試著循此繼續檢討。

在此之前，錦連閱讀文學書刊、寫作，接受同事讚美與批評：「拿給湘雲小姐看，她只是連聲讚美。除了鄭其土指出的對話不自然以外，總之，這是失敗之作」（錦連，2005：25）。碰巧見到《潮流》後，對當時一九四九年初的文壇環境，錦連提出的看法：「自從日文遭禁以來，一直在想，日本文學的愛好者是否都已窒息，頗感孤獨的我為什麼都沒有機會碰到這種雜誌；然而在自己身邊有一群同樣熱情追求精神糧食的人存在，我竟然完全不知。啊啊！我發現多麼歡喜的事呢！我發現多麼棒的伙伴。一直在孤獨中生活的我，怎麼可能不加入《潮流》。」（錦連，2005：38）。有了心中追索仰慕的文學伙伴與團體，「隨信附寄一萬元會費加入《潮流》的『銀鈴會』」（錦連，2005：48）。等到作品刊登出來，自己的「文學身分」確定，也引來《潮流》主要同仁朱實的「突然來訪……因休假回家，順便帶《潮流》的《潮流‧第二年‧第一輯》來給我」（錦連，2005：52）。這兩項都是原本可以預期且實現的效益。

第三項，表明自己思路方式與文學趨向，則歸這首詩詩藝所呈顯的脈絡。在未發表詩作之前，錦連已自行摸索一些時日，這篇作品居然有如此較長篇幅的舖陳，起承的銜接，段落的發展，形成完整的結構。作者由景生情，對外景的確實描繪，如「我立在屋頂上」，若由某些劣筆接續，可能出現流於口號式的文句，但錦連沒有掉入陷阱。相對於外界北風的「悲哀」，內在心境有所呼應，兩者搭配合宜。首度一出手，即有這樣明朗還引人思維的現實主義作品，誠屬難得。同時刊登的另一首詩〈遠遠地聽見海嘯聲〉（錦連，1996：6-7），一樣值得稱許：十九行不分段一氣呵成的詩。「我」熄燈準備就寢，漆黑裡，窺見農曆十六夜的明月，映照窗框，移動的蒼白光線撫摸臉頰，用手去揮撥，感覺有某樣東西浮現，原本

「平靜的心靈」，忽然騷動不安，似乎可以聽見遠遠的「海嘯聲」；隨即安靜下來，「我」回想剛剛閱讀的詩集，沉迷於那位詩人（待查）的容顏，且爲詩句感動。作者意欲告訴的是他的閱讀，抑使他心靈不安的「海嘯聲」？姣美的文學情境與現實的騷動之間，有無糾葛或交集？詩作末行「猶如……」，作者沒有講完，留下刪節號，是未明的伏筆。

只有短時間的興奮，隨著「銀鈴會」的解散[2]，缺乏園地發表，錦連仍繼續閱讀，寫日文詩，同時，學習中文。再出現台灣詩壇上，已是一九五五年了，他轉轍[3]順利，中文詩投稿《現代詩》季刊[4]。這時的錦連，從現實主義向現代主義靠攏[5]。一九五六年二月，紀弦主導「現代派的集團」宣告正式成立，錦連列名「現代派詩人群第一批名單」八十三位之一[6]；同年八月，在家鄉彰化市出版第一本中文詩集《鄉愁》，集錄廿九首詩，大都十行以內的小詩，現代主義下的產品。一九六一年，現代主義《六〇年代詩選》出版，錦連爲二十六位作者中台灣籍六名之一。一九六四年，「笠」創社創刊，錦連爲十二名發起人之一。遲至一九八六年二月，錦連才出版第二部詩集《挖掘》。一九九三年六月，上述兩冊詩集連同新作品合成《錦連作品集》由彰化縣文化中心出版。二〇〇二年八月，將一九五二至一九五七年間家藏自存的日文詩，分

2　張彥勳：「終於在一九四九年（民國三十八年）春天完全結束了會務運作，從此消失在文壇上」，見張彥勳：〈銀鈴會的發展過程與結束〉，林亨泰主編《台灣詩史「銀鈴會」論文集》頁31；同一書，頁64，林亨泰：「在經一九四九年的摧殘後」。是解散、結束、與摧殘，都指向1949年四六事件。

3　早期有「跨越語言的一代」稱呼由日文書寫轉爲中文書寫的一批日治時期成長的詩人作家。對「跨越」一語，莫渝以火車軌道的轉轍器爲例，曾撰〈轉轍或跨越〉乙文，刊登《文學台灣》53期春季號2005.01.15.。

4　附件一、錦連早期詩作刊登《現代詩》索引，提出另一看法，認爲「轉轍語言的一代」較合理。

5　此處「靠攏」，無任何褒貶義，可指寫作方向的轉轍，由初期的現實主義，向現代主義傾斜。

6　紀弦主編《現代詩》第十三期，1956年2月1日，「現代派詩人群第一批名單」依姓氏筆畫排列，錦連排第78名。

日文版和自譯成中文版兩冊同時出版，取名《守夜的壁虎》。
二〇〇三年四月，集合大部分新作及一些舊作出版《海的起源》，七月，刊行日本語詩集《支點》。

　　錦連的寫作歷程，出現過高峰期。一九五〇年代的錦連參與現代派活動，有意氣煥發的神采。出版詩集《鄉愁》之後，似乎匿跡[7]。時寫時歇，以及早期日文詩寫而未發表，至晚年才出土問世，錦連似乎潛藏著詩創作歷程的盲點。閱讀其詩作的文本，瀏覽其詩活動起伏的顯與隱，本文嘗試抽取其困境的質素，探求其蹉跎歲月之因，並理出文學家面對困境如何自適。

二、錦連「悲哀論」的形塑

　　再回看錦連最初發表的兩首詩：〈在北風之下〉與〈遠遠聽見海嘯聲〉，它們都歸屬現實主義範疇下的作品。兩首詩的背景一白日，一夜晚；白日出現的是「北風」與「分外明亮的天空」，夜晚出現的是「海嘯聲」與「十六夜的月亮」。寫作當時，「北風」和「海嘯聲」是否意有所指的隱喻？不得而知。針對前一首，李魁賢引錄開頭三行詩，說：「把當時二十歲少年對時局的敏銳性表達無遺。此後他一生的軌跡似乎就在晴朗與風暴的時代交會點上，承受著北風的吹襲。」（李魁賢，2002：79），李魁賢指稱的是一九四八至一九四九年間，在中國戰場上國共鬥爭失利的中國國民黨軍敗退至台灣，可能影響台灣政局的大變動；如此看待「北風」，「海嘯聲」何嘗不也是同類「騷動」的暗示。

　　是因為感受「時局的敏銳」，導致文藝青年錦連萌生「為

7　匿跡，指詩作少發表（包括寫作），即使參與「笠」詩社的創社創刊。1986年出版詩集《挖掘》，共56首詩，轉載自詩集《鄉愁》者有26首。新作與歲月不成比例。

何我會悲哀」的自問嗎？除了外界原因，主要因素應該在己。〈在北風之下〉乙詩出現三個「悲哀」，前後兩個悲哀是外界事物：北風和四季，中間第二個純屬在己：「為何我會悲哀」。

我為什麼會悲哀，直接的吶喊，詩人想向誰索取答案？

「悲哀」一詞，似乎是潛藏錦連內心的元素，是他創作歷程中無法排遣驅除的元素。初期現實主義的詩如此，一九五五、五六年活躍於現代主義風行時的作品亦如此。請看：

〈蚊子淚〉

蚊子也會流淚吧……

因為是靠人血而活著的。

而，人的血液裡，
有流著「悲哀」的呢。[8]

本詩從假設前提「蚊子也會流淚吧……」進行推論（其實是先有結論，再尋求理由）。而證據「人的血液流著悲哀」，也是假設。兩個假設，由「靠人血而活」來支撐，顯然有點自言其是。但就詩意傳達的訊號，這首詩完成了現代主義排除敘事具備精練的「感染」效果。這首短詩，原本不被注意，或許因為「淚」、「悲哀」等不夠「主知」，在一九九○年之前甚

8　最初刊登《現代詩》13期，1956年2月1日，頁22，標題〈蚊子〉；收進詩集《鄉愁》，改題〈蚊子淚〉，排序詩集之首。

少受到詩選集編者的青睞[9]。近來,一再被朗吟,被討論,算是錦連的名篇代表作。談論者包括詩歌演唱家趙天福、莫渝、利玉芳、李魁賢、應鳳凰、陳明台、岩上等[10]。

人,「生年不滿百,常懷千歲憂」[11],個體生老病死的煩憂,外界環境加諸的壓力,種種懷憂與困境的糾纏,遺傳性格的張顯,形塑了人生取向。糾纏每個人的悲哀也不盡相同;總歸之於不如意者十之八九,處處感受到彌漫在天地間難遣的「萬古愁」。錦連這首小詩僅四行卻分三段,隱含著一股無以名狀的悲鬱。把「悲哀」當作人的本質,是由兩段式的邏輯推演而成:蚊子吸「悲哀人」的血,因而流悲哀淚。從這樣邏輯推演:「人的本質是悲哀,血液自然有悲哀的成分;吸人血的蚊子,自然也吸取了悲哀」,詩人猜測蚊子的淚一樣含著「悲哀的成分」。生活,也許可以不必獨抱「悲哀」,人類何以只流著「悲哀」的血液?無以言說,個性使然,個體偏愛導致,也就是作者悲觀心理的移情、投射。

再看稍晚的一首詩:

〈妊娠〉

有著,
重量感的悲哀。

有著,

9 僅收進鍾肇政著《本省籍作家作品選集·10·新詩集》,文壇社,1964年。鍾肇政係掛名,實際編輯作業為剛創社出刊《笠》成員中桓夫、林亨泰、錦連、趙天儀、古貝五人負責。該書入選95位台籍詩人,作品300餘篇,厚496頁,為戰後台籍詩人作品第一次大集合。
10 附件二、〈蚊子淚〉的解讀摘要。
11 中國《古詩十九首》中第十五首的〈生年不滿百〉:「生年不滿百,常懷千歲憂。晝短苦夜長,何不秉燭遊。為樂當及時,何能待來茲。……」

期待著奇蹟的恐怖。[12]

　　妊娠，即婦女懷孕。新婚婦懷孕，既喜又羞也有恐懼害怕的心理。這首詩很輕巧地傳達孕婦的驚喜的雙重心理。作者選用的語詞似乎偏重負面，「奇蹟的恐怖」還有平衡的等質：「奇蹟」值得盼望，「恐怖」寧可閃避；「重量感的悲哀」，卻有加強語氣的壓迫，而且置放前端，造成先期的惶惶。以「妊娠」為詩題，似乎為著擺脫俗稱「懷孕」、「孕婦」的用語，讓中性的醫學名詞搭上現代主義的主知、知性、冷靜的思維。懷孕，為什麼會有「悲哀」？究竟擔心什麼？是孕婦擔心？抑詩人替孕婦擔心？

　　接著，看比〈妊娠〉又晚的另一首：

〈腎石論〉

腎石是由鹽份結成的——醫生說。
腎石是由憂鬱與悲哀凝結而成的——我想。

我想在夢裡，
醫生和患者的對話，
手術刀和詩人的筆尖的閃耀……。[13]

　　醫學名詞「腎結石」，簡稱「腎石」。這篇〈腎石論〉，作者取醫生與患者（詩人）成雙線平行的對話，各自解說病理。醫生從生理角度認定，有其客觀具體學理的依據；詩人（患者）純主觀的想像，以心理立場，認為由「憂鬱與悲哀凝

12　《現代詩》11期，1955年秋季，頁90。
13　《現代詩》14期，1956年4月30日，頁47。

結而成」，即俗稱「鬱結」、「塊壘」。按西醫說法：「腎結石是尿液中的礦物質結晶沉積在腎臟裡形成顆粒。」按中醫說法：「鬱結或塊壘是憂鬱與悲哀凝結而成。」兩者並置，是沒有交集的平行線。因此，這是一首合成的詩，作者硬將不相干的兩物，企圖藉矛盾的統一，達到詩的驚奇效果。作者還假託是夢境對話，對話也互相摩擦出「閃耀」的火花。詩的目的達到。比較可注意的是，「悲哀」再度出現。在這首詩，「悲哀」附著於心理的立場，是作者內心狀態的呈現。

檢視錦連重新出發的這三首詩，人為什麼悲哀？懷孕為何「有著重量感的悲哀」，推想「腎石是由憂鬱與悲哀凝結而成的」，這些跟「為何我會悲哀」一樣，

都是針對人生感到焦慮引發的定論。神學家思想家田立克說：「文學與藝術在它們創作的內容與題裁上，都引用焦慮作為它們的主題。」（胡生譯，1989：37），又說：「焦慮乃實有覺查到它本身有虛無可能的一種狀態。……焦慮乃是虛無存在之覺醒。」（胡生譯，1989：37）錦連的「悲哀論」實際上可以說是虛無與焦慮的衍生。上述幾首詩，大體上是作者個體自發意識的流露及形成的困境，類似的作品尚能在下列詩句見到：

> 那是無法醫治的我的病
> 那種疾病纏繞著我的一生
> ……
> 沿著模糊而無助的山脊
> 我的哀愁無限地延伸著
> ……
> 而我的痛楚穿過空洞的心裡城鎮
> 將把哀愁撒散在像彎頭釘般敗北的路上
> ——〈我的病〉（錦連，1996：26-7）

〈我的病〉完整暴露錦連「悲哀論」的極點：心靈／精神疾病纏繞一生、哀愁無限延伸、哀愁撒散在敗北的路上。

> 連空氣都欲睡的夜半
> 我亦孤獨地清醒著
> 守著人生的寂寥……
>
> ——〈壁虎〉（錦連，1956：8）

壁虎是詩人夜間值班的伙伴，學習的榜樣，共守「人生的寂寥」。

> 嗶吧嗶吧嗶吧地
> 渺小的生命們爆裂蹦開
> 灰塵似的屍體紛紛飛落到我的手背
> 然而由於心中湧起的
> 殘忍但卻有點悲戚的微笑
> 我的面頰不由得僵硬起來
>
> 因爲我忽然發現
> 人類跟這群飛蛾並沒有兩樣……
>
> ——〈蛾群〉（錦連，1996：122-23）

從「蛾赴燈火」的現象，領會「人蛾」等值的存在事實，此項哲理跟〈蚊子淚〉中的「人蚊」血液交流的意義相通。

> 今天又在陌生的小鎮下車
> 像隻狗

在彎曲了手臂和軀幹的街道
……
我緊緊地感觸到
生命被不可抗拒的哀愁的風圈
緩慢而確實地逼向死亡
我又能期望碰到新奇的可親的溫暖的一些什麼？

——〈趕路〉（錦連，1996：119）

詩題〈趕路〉，可以明指前往較遠的目的地，中途累了，休息歇腳一會兒，再繼續往前走；也可以暗喻人生之路，覓工作定居，再搬家覓工作定居，重演但不見得重複的「趕路」。整首詩的氣氛是灰沉、低迷、感傷、悲觀的，生活在現實底層的人。作者更認定宿命，他還是像狗一樣跟蹌地「趕路」，時時感受「生命被不可抗拒的哀愁的風圈／緩慢而確實地逼向死亡」。田立克說：「陷身於焦慮狀態中那種『孤立無援』的現象，我們從一般動物與人類身上，都可以觀察得到。在此情況下，通常它所表現的形態是：茫無目標，反應不當，以及缺乏意向性。」（胡生譯，1989：38）這段話，也從〈在月台上〉一詩末段得到印證：

一邊掛慮著自己不確定的前程
一邊掛慮著長在鐵橋下那一片芒草乾枯的
將會再我的歸路上出現的那淒涼河床景象
而往往要向宿命論傾斜的我的——
我的腳本究竟被寫成什麼樣的結局？

——〈在月台上〉（錦連，2003：23）

以上抽樣列舉個體性格讓錦連深感虛無悲哀的詩例，可

以歸爲個體意識的困境。至於外界加諸的壓力，如時局變遷、社會動盪，可稱爲群體意識下的困境。錦連〈詩觀〉有這麼一段話：「我對寫詩沒有什麼特別的動機。也許少年時代的過剩傷感、自憐、多病、害羞、孤獨和遠離家鄉等等，以及光復前後的迷失和徬徨，使藉讀書逃避現實的我，不知不覺地誤入了寫詩的迷途。」（笠詩社主編，1979：224）前半，說明了個體的困境；後半，道出群體的困境：「光復前後的迷失和徬徨」，包括語言轉轍重新學習的困境[14]。底下，抽樣列舉這類群體意識下困境的一些詩例。

> 被毒打而腫起來的，
> 有兩條鐵鞭的痕跡的背上，
> 蜈蚣在匍匐匍匐……
>
> 臉上都是皺紋的大地癢極了。
>
> 蜈蚣在匍匐，
> 匍匐在充滿了創傷的地球的背上，
> 匍匐到歷史將要湮沒的一天。
>
> ——〈軌道〉（錦連，1956：18）

具備多輪的冗長列車，等同於百足蜈蚣，爬行於隆起腫脹的鐵鞭上；腫脹的鐵鞭也似滿臉的皺紋，都是蜈蚣匍匐的結果，「杞人憂天」或心懷人道情操的詩人，自然擔心創傷累累的地球不堪負荷。起筆，由「被毒打而腫起來的」一行切入，

---

14 錦連在回憶文章〈我所認識的羅浪〉說：「戰後他頓時陷入『語言轉換』的困境，那種苦楚和無奈，我也是感同身受。」，見《羅浪詩文集》，苗栗縣立文化局，2002年12月，頁4。

將主題「鐵軌」扮演受害者的身分，暗示著與作者相同的心思——人生「苦旦」的角色。「被毒打」更意味著外界強加的無形壓力。

> 彼此在私語著
> 多次挫折之後他們一直蹲著從未站起來
> 習慣於灰心和寂寞他們
> 對於青苔的歷史祇是悄悄地竊語著
>
> 忍受著任何藐視誘惑和厄運
> 在鐵橋下他們
> 對於轟然怒吼著飛過的文明
> 以極度的矜持加以卑視
>
> 抗拒著強勁的音壓
> 在一夜之間突然
> 匯集在一起
> 手牽手
> 哄笑然後大踏步地勇往直前
>
> 夢想著或許有這麼一天而燃起希望之星火
> 河床的小石頭們他們
> 祇是那麼靜靜地吶喊著
>
> ——〈鐵橋下〉（錦連，1996：32-33）

在政治嚴峻的時空，受到迫害屈辱後，人民失聲噤聲，只能私語竊語，像鐵橋下「河床的小石頭們」。為何將地點安置在鐵橋下？除了作者熟悉的職業工作點外，鐵橋是二元化的空

間場域。列車行走陸面軌道，都會發出隆隆響聲，經過鐵橋，由於橋下空曠，響聲更巨大，暗喻壓迫者的強勢；相對的，橋下河床的小石頭們，不僅無聲，還得承受莫大噪音的侵害洗腦。這是一篇受害者無言的吶喊。然而，究竟能發揮多少效果，無從預估。

從夢遊中醒來
忽然發覺我佇立於這奇異的碼頭好久
在這空曠的碼頭
在這平坦的大祭壇上
放置著一排排笨重笨重的貨櫃

從前這碼頭充滿著喧嘩和歡愉
碼頭的身軀因幸福而舒展著筋肉
碼頭的脈絡因希望而膨脹又鼓勵

自從這來路不明的貨櫃堆積於這碼頭
它們遮斷了遙遠的水平線
使我們看不見燦然的日出和日落

颶風一次又一次地掃過
海浪一波又一坡地洗過這貞潔的碼頭
如今期望的瞳孔浮出魚白的哀怨
碼頭的臉孔淚痕斑斑

淒涼的碼頭颳起了血腥的狂風
無聲的哀號在貨櫃間漂散
無助的願望漂散成無奈的灰塵

飛揚的自尊的殘渣佈滿著文明腐爛的天空

這巨人的棺材
急需待運出海
然而——
誰知道
這巨人的棺材要置放多久
這僵死的碼頭何時蘇醒
————〈貨櫃碼頭〉（錦連，1996：40- 42。1984年4月作品）

「碼頭」這場域，是人員與貨物進出的重要地點，是繁
榮或凋敝的表徵。作者在這首詩裡，出現相對立的形容：奇異
的碼頭、空曠的碼頭、貞潔的碼頭、淒涼的碼頭、僵死的碼頭
等。原本單純的景觀，因外界加入「屠殺」、「特權罷佔」
等，引發碼頭變色，呈現不同時空有不同的感受。巨型貨櫃堆
放碼頭，「急需待運出海」，卻不離開，強勢佔據／佔領特定
空間。這首〈貨櫃碼頭〉跟〈日夜我在內心深處看見一幅畫〉
（錦連，1996：20-21）有相似的意涵，前者係怨懟的抗議，
後者爲悲憫的同情，都是外界群體意識下的哀愁。

錦連曾以「我是一隻傷感而吝嗇的蜘蛛」形容自己的創作
思維，這傷感、吝嗇、蜘蛛構成了寫作三面向。蜘蛛，是他的
靈感論，「耐心等待」獵物般的靈感湧現；吝嗇，爲方法論，
創作節制，不濫情，懂得節制；傷感，則是他的創作精神（心
理）。他說：「傷感——對存在的懷疑，不安和鄉愁，常使我
特別喜愛一種帶有哀愁的悲壯美（當然也不妨含有一些冷嘲
和幽默的口吻）」[15]。岩上在〈錦連詩中的生命脈象訊息與意

15　《笠》詩刊第5期1965年2月15日，頁6，（林亨泰執筆）「笠下影」專欄，錦連
　　自述的詩觀。

義〉說：「在錦連前期的詩作裡，充塞著哀愁、痛楚、孤獨、寂寥、煩惱、不安、反抗、悲哀的情緒，直接與他當時所處的時代背景與工作的環境關係密切，可以說他的作品隱藏著時代的惡露和詩思密碼交感的存在信號，而呈現了個人與社會群體的焦慮」（岩上，2007：281-2），亦吻合錦連的寫作心理壓力。晚年的錦連也坦然承認「我一直踞於庶民現實世界的一個角落，發出滿載著無奈的呼喊和愛恨交集的訊息」（錦連，2002：3）。

悲哀是人的本質，是錦連「悲哀論」的主軸，它的形塑，除肇因上述個體與群體意識外，由於他深讀日本詩文，是否受日本傳統美學「物の哀」的影響，有待進一步求證。儘管他是讓悲哀掌控思維的詩人。

三、錦連如何掙脫

在錦連的詩觀裡，提到蜘蛛，他並無以蜘蛛作詩的實例。倒是美國詩人惠特曼（Walt Whitman, 1819～1892）的短詩〈無言的綴網勞蛛〉，可以說是創作的好例子，兩段十行的詩：「一隻無言堅忍的蜘蛛，／我看見牠孤懸在小小的崎岬上，／看見牠如何為了探測廣亙的周匝，／牠自體內吐射出細絲一縷一縷又一縷，／永遠地吐織，永遠不疲倦地加緊吐織。／／而你呵我的靈魂，你站立之處，／被無際的太空所圍繞、隔離，／你不停的冥思、探索、投擲、尋求連結諸多領域，／直到你所需要的橋樑建立，直到那延長性的錨穩住，／直到你投擲的遊絲攀著某地方，啊我的靈魂」（吳潛誠譯，2001：203）。第一段，讚賞蜘蛛的永遠不疲倦地吐織，第二段反求自己，希望能攀勾住定點，以利繼續拓展。

錦連也有自己的定點，作為詩／絲的延伸，這個作品是〈支點〉：

　　圍住他的一切都形成肅靜的秩序

　　一個個的我在移動時
　　秩序散亂位置就會改變
　　一個個的我在停止時
　　一切都會大為緊急地在新體系上佔位

　　我就如此確信吧

　　那麼就在那支點上
　　我究竟要站或不站呢？……

　　雖說做為染色劑血液在祭典上是不可欠缺的但卻……
　　　　　　──〈支點〉（錦連，2003：6。1959年作品）

　　秩序的變動與否，關鍵在「我」，我是支點。詩人創作的
基點，以自我為中心，外界事物圍住「我」，都隨「我」移動
或靜止而改變，我「悲哀」，萬物跟隨「悲哀」。「悲哀論」
固然是錦連創作的元素，跟代表作〈蚊子淚〉同時，錦連有一
首同題詩：

　　蚊子呀
　　你一定是吸飽了人類的血而醉得無法飛起來了吧

　　可能……

　　蚊子呀

你根本不曉得我的血是因爲愛情而在熊熊地燃燒的吧

——〈蚊子——苗栗詩抄之一〉（錦連，2002：305。1950年代作品）

同樣吸血，這隻蚊子似乎是作者豢養的寵物，餵牠血，還跟牠講悄悄話，盼望這隻寵物能感受主人血液裡有熊熊燃燒的「愛情」。跟此詩類似意涵，日治時期鹽分地帶詩人莊培初，筆名青陽哲，有首詩〈壺〉：「在什麼時候變得很冷的這壺裡／有什麼戀情可以投下／來裝些酸棗吧／那是不管用的／這壺裡需要一些戀情」[16]莊培初這首〈壺〉，他不要在「壺」裡裝添看得到摸得著的實用品，他要放入抽象的精神層次的「戀情」。酸棗是食品，可填補食欲，詩人要的是另一層次的解渴止飢——戀情。愛情與麵包孰重？因人而異。詩人借〈壺〉言說對愛戀的期待。回到錦連的這首詩，這隻蚊子不再流著悲哀的淚，因爲牠的加害者（恩主）流的不是悲哀淚，而是熊熊的愛火。情愛能改變人生的色彩。

同時間（1950年代），錦連寫了兩首內容迥異，心境截然不同的「蚊子」，也寫了兩首孕婦詩，除上引的〈妊娠〉，請看：

女人呀
因妳懷了孕
懶腰和眸瞳
充滿妖媚豔麗的亮光

女人呀
因妳懷了孕

16　《光復前台灣文學全集・10・廣闊的海》（遠景版，1982年），原刊載《台灣文藝》第3卷第2、3號，1936年2月4日，日文書寫，林芳年譯成中文。

就如野獸般美麗又怪傷感

——〈懷孕的女人〉（錦連，2002：292。1950年代作品）

此詩結尾雖有「傷感」之語，畢竟被全詩「妖媚豔麗的亮光」壓住。

在〈妊娠〉詩裡，作者直言：「有著重量感的悲哀」，此詩，掃除陰霾；在另一首〈重量感〉：「這種重量——歡愉和有難於形容的感傷／這種豐盈的重量感／當我雙手抱著嬰兒的時候」（錦連，2002：255。1950年代作品）。

就上述檢討兩組同時期同題卻不同表現技巧的詩作來看，錦連應該不全然是讓悲哀掌控思維的詩人。或許可以這麼說，當「愛情」來臨的時刻，以及有愛情結晶——嬰兒時，傷感灰色的人生增添些許粉紅色，錦連會暫時排除困境，不吟唱悲歌。

心理諮商師黃龍杰認為「相對於抗憂鬱劑和抗焦慮劑這些生物化學藥劑，詩詞似乎可以是一種心理社會藥物，更接近『心病心藥醫』這句俗語裡的『心藥』，或至少是一種藥引，可利用來活化團療中某些治療性因素。」（黃龍杰，2004：230），錦連自家提煉的「藥引」，除了情愛的滋潤，閱讀或書寫是另一種方式，如筆下的「反抗」聲音：

他們在鳴叫
極其感人地
拼命地在鳴叫

它——
甚至是一種反抗

——〈蟬〉（錦連，1993：8[17]）

　　將內心的不滿愁緒，化作文字，紓解鬱悶舒緩心情；再如前引〈鐵橋下〉的末段：「夢想著或許有這麼一天而燃起希望之星火／河床的小石頭們他們／祇是那麼靜靜地吶喊著」，藉橋下石子的聚集，將挫折後的隱忍寄託夢想，期待「希望之星火」重現。同樣是文字書寫的情緒發洩，文學療治的「藥引」。

四、結語

　　一九四〇年代，成長與正成長中的台籍詩人群，致力於日文詩創作或發表數量可觀者，當屬林芳年、詹冰、錦連三位[18]。林芳年名列鹽分地帶北門七子之一，詹冰在一九六〇年代將一九四〇年代的部分日文詩翻譯成中文出版《綠血球》乙書，順利贏得「前衛精神」的封號。錦連中文詩的寫作與發表，雖然走在詹冰前面，於一九五六年與「現代派」結合，並出版詩集，但藕斷絲連的文學活動，詩中流露的哀嘆，是否連帶折損其詩壇位置與詩藝價值？

17　引錄《錦連作品集》頁8，或《守夜的壁虎》頁115。同題發表於《現代詩》14
　　期，1956.04.30.詩原文為：
　　蟬
　　在鳴著
　　拼命地——

　　這尚且是一種反抗！

18　林芳年（林精鏐，1914～1989），據〈林芳年略年譜〉1935至1943年「在台灣
　　各日刊報紙及文學雜誌發表新體詩三百多首。」，見《林芳年選集》頁426，中
　　華日報社出版部，1983年12月1日。詹冰（1921～2004）言：「雖然有二十多
　　年的詩歷，但其中有近於十年的空白時代（自民國四十年至五十年），所以新
　　詩作品不到四百篇」，見《綠血球》頁94，笠詩社，1965年10月。錦連，詩集
　　《守夜的壁虎》是1952至1957年日文詩的翻譯，共271首，至於1952年之前，整
　　理中，參見附件三、莫渝電話請教錦連簡要記錄。另據李魁賢記載：「錦連日
　　文詩手稿在一九五九年八七水災受損後得以辨認重抄的手抄本即有二八四首之
　　多」（李魁賢，2002：80）。

　　詩文學的閱讀與寫作都是在「寂寞」中進行，一首〈寂寞之歌〉的結尾，錦連說：「因為夜已過長／而且天還未亮」（錦連，1996：85），茫茫長夜，詩人守候詩。〈我盼望在那種氣氛中過日子〉有如此詩句：「詩是從心靈的孤獨中產生的／詩是在苦悶中凝視自己時產生的／詩是對人類愛的匱乏感到寂寞時產生的」（錦連，2003：152）。錦連回顧自己的寫作也說：「在已經無人想用日文寫作，或是完全放棄用日文寫作的時期，仍埋首自我創作，並且不斷想要『重新出發』，這種堅持，卻也是我到了七十五歲的今天，還勉強寫詩的原點。」（錦連，2002：2）我們肯定錦連在寂寞與堅持所進行的文學志業，見識了他從「悲哀論」出發的創作思維。

　　由於內斂人格的悲哀質素，形成了個體困境；而一九五○至一九八○年代台灣政治社會局勢增添了外在的壓抑拘束，引發集體困境，為此，錦連在其文學歷程中的寫作與發表（包含出版），時疾時歇起伏顯隱。直到晚年，言論鬆綁，自由開放且多元，他一方面創作加快，另一方面將早期封存珍藏的大量日文詩親自翻譯，出土問世，彷彿急欲彌補曾經斷裂的河堤，這樣省悟的作業，終於驚豔文學界，詩人錦連「老而彌堅」之譽不逕而走。

　　多年前，莫渝在〈笠詩人小評〉中，提及錦連的詩「精淬而內斂的含蓄，散發珠貝般迷人的知性之光」（莫渝，1999：94），這個簡評是偏頗的，僅僅側重現代主義的錦連。其實，錦連一直並行著現實主義與現代主義兩股寫作方向。倘若其詩作能建立確切的編年體，那麼，閱讀錦連將會有更完整更清晰的脈絡。

參考書目：

1. 錦連：《鄉愁》，彰化市：新生出版社，1956年8月15日初版。

2. 錦連：《挖掘》，台北市：笠詩刊社，1986年2月初版。

3. 錦連：《錦連作品集》，彰化縣立文化中心，1996年6月初版。

4. 錦連：《守夜的壁虎》，高雄市：春暉，2002年8月初版一刷。

5. 錦連：《海的起源》，高雄市：春暉，2003年4月初版。

6. 錦連：《那一年》，高雄市：春暉，2005年9月初版。

7. 笠詩社主編：《美麗島詩集》，台北市：笠詩社，1979年6月初版。

8. 林亨泰主編：《台灣詩史「銀鈴會」論文集》，磺溪文化學學會，1995年6月10日發行。

9. 莫渝：《笠下的一群——笠詩人作品選讀》，台北縣：河童，1999年6月一版。

10. 李魁賢：〈存在的位置——錦連在詩裡透示的心理發展〉，《李魁賢文集・第玖冊》，文建會，2002年11月初版，頁78-104。

11. 應鳳凰：〈錦連的〈蚊子淚〉〉，《台灣文學花園》，玉山社，2003年1月初版，頁217-221。

12. 黃龍杰：《心理治療室的詩篇》，張老師文化公司，2004年2月初版1刷。

13. 陳明台：〈導讀〈蚊子淚〉和〈軌道〉〉，《美麗的世界》，五南圖書公司，2006年1月初版，頁110-113。

14. 岩上：〈錦連詩中的生命脈象訊息與意義〉、〈錦連和他的詩〉，《詩的創發》，南投縣立文化局，2007年12月初版，頁277-303、頁304-312。

15. 保羅・田立克著，胡生譯：《生之勇氣》，台北市：久大文化，1989年10月初版。

16. 惠特曼（Walt Whitman）著，吳潛誠譯：《草葉集》，台北市：桂冠圖書公司，2001年10月增訂一版。

附錄一、錦連早期詩作刊登《現代詩》索引

序號	篇　名	刊　物	頁碼
＊	〈古典〉	《現代詩》10期，1955.夏季	頁61
＊	〈農曆新年〉	《現代詩》10期，1955.夏季	頁61
＊	〈女〉	《現代詩》10期，1955.夏季	頁61
＊	〈夜色〉	《現代詩》10期，1955.夏季	頁61
＊	〈三角〉	《現代詩》11期，1955.秋季	頁90
＊	〈妊娠〉	《現代詩》11期，1955.秋季	頁90
＊	〈石牌〉	《現代詩》11期，1955.秋季	頁90
＊	〈大廈〉	《現代詩》11期，1955.秋季	頁90
＊	〈檬果〉	《現代詩》11期，1955.秋季	頁90
＊	〈情緒〉	《現代詩》12期，1955.冬季	頁140
＊	〈蚊子〉（即：蚊子淚）	《現代詩》13期，1956.02.01.	頁32
＊	〈死與紅茶〉	《現代詩》13期，1956.02.01.	頁32
＊	〈我〉	《現代詩》13期，1956.02.01.	頁32
＊	〈雨情〉	《現代詩》13期，1956.02.01.	頁32
＊	〈嬰兒〉	《現代詩》14期，1956.04.30.	頁47
＊	〈蟬〉	《現代詩》14期，1956.04.30.	頁47
＊	〈關於夜的〉	《現代詩》14期，1956.04.30.	頁47
＊	〈修辭〉	《現代詩》14期，1956.04.30.	頁47
＊	〈腎石論〉	《現代詩》14期，1956.04.30.	頁47
＊	〈虹〉	《現代詩》14期，1956.04.30.	頁47
（以上〈蟬〉除外，餘19首，收進詩集《鄉愁》，《鄉愁》共29首詩）			
＊	〈女的紀錄片〉	《現代詩》16期，1957.01.01.	頁11
＊	〈籤滴〉	《現代詩》20期，1957.12.01.	頁29
	〈寂寞之歌〉	《現代詩》22期，1958.12.20.	

註：詩刊頁碼，係以一年排序，一年四期，每期約三十餘近四十頁。
　　＊莫渝藏書

2007.12.20.莫渝製

附錄二、〈蚊子淚〉的解讀摘要

一九九〇年以來，〈蚊子淚〉一詩陸續被提到，試依序簡述之：

1. 詩歌演唱家趙天福在多次藝文聚會場合演詩吟唱。

2. 莫渝：〈悲哀的本質〉，《國語日報·5版》，1999.10.06. 簡析錦連〈蚊子淚〉。

3. 利玉芳：「蚊子也會流淚？這是虛構的。蚊子是靠吸人的血而活著，這是明確的。可是世間也有悲苦的人，他們流著悲傷的血液，萬一吸了悲傷血液的蚊子，如果牠有靈性的話，也會同情人類的。詩的解讀應該如此簡單而已！」
   ——〈溫暖的心：欣賞錦連的詩〉，《台灣新聞報·西子灣副刊》2001.09.13

4. 李魁賢：「『人血』和『蚊子淚』本來沒有交集，要從人的悲哀（因）去推論吸人血的蚊子會流淚（果），看似簡單的邏輯。」
   ——〈存在的位置——錦連在詩裡透示的心理發展〉（李魁賢，2002：82）。

5. 應鳳凰：「寫詩的『敘述者』隨在表面上猜測『蚊子也會流淚』，其實文字背後曲折婉轉，似乎也同時感嘆著，為什麼好多吸者別人人血的人類，反而不會流淚呢？」
   ——應鳳凰：〈錦連的短詩〈蚊子淚〉〉，《國語日報·5版》，2002.11.05，收進《台灣文學花園》，玉山社，2003年1月初版。

6. 陳明台：〈導讀〈蚊子淚〉〉，《美麗的世界》，五南圖書公司，2006年1月初版。

7. 岩上：「錦連對存在的悲感，有很多直述語言的傳送，〈蚊子淚〉則採用轉折的語法表現，使人活著的悲哀如秋蟬的喘延聲波，音符更為淒切！」
   ——〈錦連詩中的生命脈象訊息與意義〉（岩上，2007：295）。

附錄三、莫渝電話請教錦連簡要紀錄

時間：二○○七年十二月二十日（四）10：00

1. 一九四九年春，開始與「銀鈴會」《潮流》接觸，首次發表。
   確認張彥勳文：〈探討「銀鈴會」時代的重要詩人及其創作路線〉，
   錦連〈壁虎〉詩的發表刊物時間待查證。

2. 一九四九年後，學習中文。之後，發表中文詩。當時有《旁觀雜誌》容許
   日文寫作稿件，會另請人譯成中文。曾發表詩，同期刊登郭水潭的一篇散
   文。

3. 《那一年（1949年）錦連日記》1949.10.15.提到：《作品集・第二輯》，
   係手抄日文詩。

4. 一九五二年之前的日文詩，已整理，打字中，包括《過渡期》和《群
   燕》，尚未披露。

2008.04.09.

試論錦連詩裡時間與死亡的意象與符碼
——以錦連詩集《守夜的壁虎》為探究範圍

郭漢辰[*]

一、時間與死亡共譜的青壯生命謳歌

　　寫於一九五二至一九五七年的錦連詩集《守夜的壁虎》[1]，收錄詩人錦連[2]六年期間所書寫詩作，這是錦連廿四至廿九歲時以日文創作的作品，錦連在人生最黃金時期寫作的這本詩集，卻在這些詩作完成近半世紀之後，經錦連親自翻譯成中文後，二○○二年才有機會完整的與世人見面。

　　該詩集所以彌足珍貴，主要是它穿過漫漫的歲月長河，以及時代巨大的變遷，包括二次大戰、二二八事變、流行疾病、友人病故等重大事故，而最後以如此優美的永恆身姿存在著，詩集所經歷的考驗，與錦連一生的遭遇，同樣驚濤駭浪，詩人如此自述該詩集坎坷的遭遇：

　　　　現存詩集的原稿是經歷八七水災（1959）後，扣除已湮滅

---

* 　國立成功大學台灣文學研究所碩士生。

1 　錦連著：《守夜的壁虎》，高雄：春暉，2002。爲錦連1952～1957的詩作，春暉也同時發行了《守夜的壁虎》日文版。

2 　錦連原名陳金連，祖籍台北縣三峽鎮，1928出生於彰化，鐵道講習所中等科暨電信科畢業，任職於台灣鐵路局電報室長達38年，在日治末期就開始以日文寫詩，直到二次大戰結束後，仍不斷書寫，一共寫了400餘首日文詩，卻一直苦無地方發表，2002年詩人著手將1952～1957年間所寫的日文詩作，翻譯成中文詩，以中日文同時出版《守夜的壁虎》及《夜を守りてやもりが……》，並且2003年出版中文詩集《海的起源》、日文詩集《支點》，再加上早年出版的《鄉愁》、《挖掘》、《錦連作品集》等詩集，形成完整的錦連詩觀及詩創作天地。

的部分，經過近一個星期的曝曬，在不捨的心情下，再次
謄寫留存下來的，在當時社會的種種客觀因素下，根本無
法想像有朝一日會以日文付梓，所以也都沒有將日期抄
上。每篇真正寫作的日期已不復記憶，而從尚可清晰辨識
出來的殘文推算，應是終戰後至婚前，也就是一九五七年
三十歲以前之作。[3]

　　研究錦連的學者，非常重視《守夜的壁虎》所呈現錦連早
期作品的全面性，雖然這已是詩人印行的第四本詩集，但卻扮
演著舉足輕重的角色，張德本認為該詩集是：

　　錦連早年詩作全面遲來的問世，將大大改變戰後台灣現代
　　詩現代主義運動的書寫視野[4]。

　　李友煌相當認同張德本的看法，更認為《守夜的壁虎》詩
集的影響性，已超越現代主義範疇，擴及到整個戰後現代詩的
書寫，他指出：

　　從這本詩集內容與形式之豐富，其實它的出土，影響的恐
　　怕不只侷限在現代主義一項上，而將擴及戰後整個台灣現
　　代詩史的書寫。[5]

　　錦連這段時間的創作，明明寫於最光明的青壯時期，如果
我們掩去詩人當時寫作的年紀，細看所收錄的二七一首詩作，
卻大量浮現層疊交映的時間與死亡意象，詩人相當擅長將時間

3　同註2，頁2。
4　張德本：〈台灣鐵路詩人——錦連的鐵路詩〉，《文學台灣》第47期，2003秋
　　季號，頁203。
5　李友煌：《異質的存在——錦連的詩研究》，2004，頁28。

的流動、死亡的乍現，當成詩作裡探討及冥想的主題，彷若這應該是詩人在老年時期才會書寫的詩作，這些詩作都證明了錦連的早熟，對生命主體的深刻懷想，老早超越他年齡的限制，這也在在說明，詩作成爲跨越歲月的永恆創作，獨自在時光長廊裡散發著幽微的光，沒有任何的限制。

詩人岩上曾形容錦連早期詩作的特色，可見各種悲哀情緒，游走在詩行的字裡行間，岩上認爲：

> 在錦連前期的詩作裡，充塞著哀愁、痛楚、孤獨、寂寥、煩惱、不安、反抗、悲哀的情緒，直接與他當時所處的時代背景與工作的環境關係密切，可以說他的作品隱藏時代的惡露和詩思密碼交感的存在信號，而呈現了個人與社會集體的焦慮。[6]

事實上，在《守夜的壁虎》詩集裡，除了岩上所說各種情緒滿溢於詩行之外，以死亡做爲主要的意象或符碼，才是整本詩集裡最洋溢的詭奇風采，其中具體死亡意象的詩作，多達十餘首，包括錦連直接對友人重病的喟嘆〈哲謙呀！不要死〉[7]「啊 哲謙啊 不要死／不要死 哲謙／『悲慘世界』裡有歌頌著強韌的生命之甦生呢」；或是自己生病時，竟期待自己的死亡樣貌〈在病床——其一〉[8]「如果會死／就讓我有像個詩人般的／獨創性的死！」；或者是詩人自己重病時，徘徊於生死之間的矛盾衝突〈在病床——其二〉[9]「從前曾經想過／二十歲就結束性命毫無悔恨／可憐 如今卻殷切盼望不死」；

6　岩上著：〈錦連詩中的生命脈象與意義〉，見真理大學台灣文學系：《福爾摩沙文學‧錦連詩作學術研討會論文集》，2004，頁109。
7　錦連著：《守夜的壁虎》，高雄：春暉出版，2002，頁74。
8　同註1，頁152。
9　同註1，頁154。

在〈葬曲〉[10]一詩裡，錦連更展現對自己具象死亡的浪漫想像，「朋友呀兄弟姐妹呀／如果我死了／就請你們把我哀傷的屍首／深埋在鄰接著海邊的小丘／那翠綠的草坪底下吧」。

以詩人自身或親友死亡遭遇為主要素材的詩，滿布整本詩集，包括〈腳〉、〈自殺的辨白〉、〈於日月潭〉、〈母親女兒照片〉[11]，都與死亡意象有著深切關係，閱讀者面對的是一本負載生命深沉的詩集，在〈致某詩人〉一詩裡，詩人悼念好友的不幸，滿紙探討死亡真相的詩行，展現了詩人認為唯有創造，才是追求永恆重生的不二法門：

> 以一個平凡的死亡
> 你一如在世時那樣
> 被遺忘掉了
> 除了唯有我在感動裡所擁有你的重生以外[12]

錦連對死亡的書寫情有獨鍾，源自於詩人對於自身命運的深刻體悟，這些個人命運的重大轉折，大多來自於大時代、大環境的影響，尤其五十年前衛生習慣不佳，使得疾病無法有效抑制，讓詩人及他的兄弟親友們，一直都飽受著肺病的凶狠煎熬，尤其肺病更讓他痛失好友施金秋，這對錦連的打擊相當重大，並且讓他的詩創作，始終沾惹濃濃的衰亡色彩，李友煌在《異性的存在——錦連詩的研究》[13]論文中，有著詳細的描繪：

10　同註1，頁176。
11　同註1，〈腳〉頁199，〈自殺的辨白〉頁329、〈於日月潭〉頁274、〈母親女兒照片〉
12　同註1，頁239。
13　李友煌著：《異性的存在——錦連詩的研究》，國立成功大學台灣文學系碩士論文，2003，也是目前國內唯一一部以錦連詩創作為主題的碩士論文。

我們可以知道詩人和他么弟曾受過肺病折磨。而從錦連其他早期詩作中，我們還可發現他的兩位摯友亦皆受難於此：一位是他在彰化火車站電信室的同事「哲謙」，錦連替他寫過一首詩〈哲謙呀！不要死〉……施金秋死於一九五四年，當時錦連二十六歲，事隔近半個世紀了，老詩人一想到施氏含恨而終的情景，仍不能自己。[14]

肺病對錦連的影響，是深遠而無法計數的，如同上述所說，他不但在詩裡描寫好友哲謙、施金秋患病的過程，詩裡也不斷提到自己患病親身經歷，事實上，錦連的太太後來也得了肺病，他們都病得著實不輕，這種在大時代的苦痛經驗，在在都讓他的詩作樂觀不起來：

> 可以說，錦連日後一再於詩作中展現的對生存的不安、質疑與反抗，對生命難題既堅強又軟弱的矛盾情結，對現實的執著與慟哭，甚至徘徊於生死臨線界的自戕絕境之邊緣的種種思想，皆有一個源頭支流指向此一時代惡疾對詩人生命投下的陰影。由錦連詩作溯源而上，鄉愁、肺疾、貧困、時代氛圍，加上詩人多愁善感的心靈，都是詩人詩心萌發的源頭，它們交互作用，加劇呈現，對錦連日後創作產生關鍵性的影響。[15]

受到詩人及朋友們痛不欲生患病經驗的影響，再加上錦連一生都在彰化火車站電報房工作，詩人對於生死的強烈體會，投映在與火車以及相關的各種設施上，其中《守夜的壁虎》詩集的第一首詩〈夜車〉，就最具有人生象徵的況味，全詩描寫

---

14 李友煌著：《異性的存在——錦連詩的研究》，2003，頁12。
15 同註14，頁3。

詩人坐在夜晚疾疾前行的列車裡，進行一場沒有目的地的流
浪，代表詩人對人生的奧妙詮釋，更詭奇的是車窗外的蟲聲、
繁星，竟成了飄渺的眾人鬼魂，一列疾行列車，寫真著人類生
命的最眞實景況：

　　　沒有目的地的
　　　流浪的
　　　孤單的旅程呀

　　　窗外是
　　　蟲聲不絕的
　　　繁星夜空

　　　眾多
　　　逝去的人們
　　　那是他們的魂魄？[16]

　　詩人在另一首名爲〈平交道〉的詩作，以平交道的具體意
象，轉換成生死交界的喻意，詩人一踏越平交道，即跨過生死
的交關，俯看生命的眞義：

　　　於是
　　　柵欄被捲起時
　　　我就毫不猶豫地踏過平交道
　　　相信還有明天
　　　我跨過死亡的境界線

16　同註1，頁2。

因爲對我而言死比生還容易[17]

詩人更在〈軌道〉一詩，將鐵路軌道形容成長長的蜈蚣，提升爲人類文明的象徵，進一步隱喻人類文明的滅亡，終有一天會來臨：

蜈蚣在匍匐
匍匐在充滿了創傷的地球的背上
匍匐在歷史將要湮滅的一天[18]

除了以具體的死亡意象，坦然面對死亡等議題，錦連的部分詩作，卻見抵抗死神的強烈意象，其中〈把手放在前額〉一詩，以甘地生前被刺時，最後一個抗拒手姿而聯想寫成，反映出自己對死亡危顫顫的挑戰及儒弱，錦連寫道：

忽然
聞到被夜露濡濡的大地芬香
我不由得有想要禱告的一股激動
而軟怯怯地蹲下去
就這樣把手放在前額……[19]

此外，對人們的死亡，當時十分年輕的詩人，已書寫出警語性質的詩行〈輓歌〉「生者／將會正襟禱告／因爲死亡是一種嚴肅的告示」。[20]

在《守夜的壁虎》詩集裡，另一個與死亡意象同時交叉映

17　同註1，頁116。
18　同註1，頁167。
19　同註1，頁102。
20　同註1，頁139。

現的主題，即是「時間」，張德本認為「詩人最關心的生命主宰者——時間」[21]，於是，在亙久的時間面前，什麼東西都是渺小得如同滄海之一粟，連同死亡、人生的寂寥，也都只是人們守候的一部分而已，針對錦連著名的〈壁虎〉一詩，已故詩人及詩論家葉笛認為：

> 這首詩裡，壁虎就是詩人的象徵，第一段，壁虎以聽覺傾聽著時間的聲音，時間就是生命，第二段，「連空氣都欲睡」，把夜深形象化，而詩人以全部的感官，感受著人生亙古的寂寥，……，這類思索存在，咀嚼孤絕的人生無何奈何的時光深沉的感受……[22]

錦連擅長以日常生活周邊的小事物、小昆蟲，做為譬喻的具體象徵，在描繪「時間」這個主題裡如同論者岩上所言，錦連在〈壁虎〉一詩，即有淋漓盡致的表現，在無盡的深夜裡，與小壁虎遙相對映的，即是掛在壁上的大掛鐘，大掛鐘是時間永恆象徵的具體呈現，壁虎也永遠只能望鐘興嘆。

詩人並在〈布魯士舞曲〉一詩，讓時間之腳不停舞動，如同跳著一支一支的舞曲，喻意著時間不斷的跳著旋迴不盡的舞曲，「數不盡的時間的腳之並排／……還有／熟人和不相識的人與熟人和不相識的人／……還有」[23]；錦連還把時間堆疊成一起成金字塔形狀，寫成〈金字塔之夢〉，他把時間量化成空間，饒有趣味，「首先／他把人類放置在三角形的底部／然後把時間和時間無地堆疊起來……」[24]

---

21 張德本著，〈台灣鐵路詩人的現代美學〉，真理大學台灣文學系編：《福爾摩沙文學·錦連詩作學術研討會論文集》，2004年，頁89。
22 葉笛著，〈複眼的詩人錦連〉，見真理大學台灣文學系編：《福爾摩沙文學·錦連詩作學術研討會論文集》，2004，頁183。
23 同註1，頁362。
24 同註1，頁168。

在《守夜的壁虎》詩集，錦連深度詮釋了時間、死亡這兩個他最關切的主題，有時兩個議題個別論述，有時在同一首詩中，看到了詩人同時觸及深層的生命課題，我們或許可以這麼說，時間與死亡共同譜成錦連在未滿三十歲之前的生命謳歌，詩人從死亡中認識生命，更從死亡中體會時間的磅礴綿長與無盡無期，兩者最後在錦連的詩中，緊緊纏繞不分彼此，找到共同及共異的部分。

以下我們將探討詩人在生命時空場域裡的意象操作，以及挖掘出詩人埋藏在詩行裡的五種符碼，深究錦連如何以詩行，闡述他詩生命裡的主要巨大標的──無所不在的死亡以及漫長無盡頭的時間。

二、生命時空場域的意象操作

著名的詩論家蕭蕭說，「意象是詩的第一個面貌」，可見意象在詩行的重要性，無論是傳統詩或者所謂現代詩，意象的使用，都是詩裡最主要豐沛素材的調配工具，蕭蕭指出：

> 詩以文字形成意象，詩人心中的意（包含前面所說的情意志三項），必須轉化為象，才能傳達到讀者的心中……[25]

用較為現代性的語彙來說，所謂「意象」，就是詩裡的文字，讓讀者閱讀之後，能在心中產生具體的影像，進而了解該詩的用意，通常意象的展現，須要有具體意義的名詞堆疊，或者動詞、形容詞的串連勾接，形成文字極大化的化學效應，其中在傳統詩運用意象最著名的例子，就是元曲〈天淨沙〉裡「枯藤老樹昏鴉、小橋流水人家、古道西風瘦馬」，這一連串名詞的集中堆置，不但不會讓閱讀者頭昏腦脹，更產生具體印

---

25 蕭蕭著：《現代詩學》，台北：東大，2006，頁149。

像，在腦海裡浮現的聯想，豐富的意象便由此繁衍而生。

　　在《守夜的壁虎》詩集，錦連熟稔地以日常生活能所見到的景物、動物、事物，做為詩裡主要的意象及切換，成了詩人運用意象的初步展現，詩人在〈布魯士舞曲〉一詩中，把時間進行擬人化的描寫，時間竟成了一雙會跳舞的腳，而在〈時間與河流〉裡，詩人原先是在釣魚，看著潺潺河流，豈料釣魚釣久了，河流竟然變成可怖的時間漩渦，河流與時間的意象，強烈斷裂之後，又及時轉換成一個新意象：

河流
放下釣線我就等下去吧
等「偶然」上鉤……

時間
……一種連續的最大恐怖
我暈眩而淹沒於渦流中[26]

　　錦連意象使用最成功也是最繁複的作品，首推一系列以小昆蟲、小動物做為主角的詩作，其書寫的主題，正是時間與空間實體毀亡的相互映現，包括〈蒼蠅〉、〈壁虎〉、〈蛾群〉、〈值夜班〉、〈某日午後〉、〈蟬〉[27]等多首作品，雖然對詩人來說，年代久遠，他無法記得先後寫作的時序，但以〈壁虎〉一詩來說，筆者認為可做為這一系列詩作的開端，由於詩人在詩行裡，將自己縮小化身為渺小的壁虎，時間和空間的量度，便擴大成無限，詩人以壁虎為自喻，猶如置身在一座

26　同註1，頁285。
27　同註1，〈蒼蠅〉頁208、〈壁虎〉頁181、〈蛾群〉頁100、〈值夜班〉頁215、〈某日午後〉頁201、〈蟬〉頁115。

無邊無盡的宇宙中，面對的不止是代表時間流逝的大掛鐘，還背負空間肉體滅絕的苦楚，在滅亡之前，無法計數的龐大寂寥，便重重揹負在壁虎即詩人的肩上，如此生動而清晰的意象，讓該詩呈現恆久的文學性，在漫漫長夜裡守候著生命的孤寂：

> 守著夜的寧靜
> 不轉眼珠的小壁虎
> 以透明的胃臟
> 靜聽著壁上的大掛鐘
>
> 連空氣都睡的夜半
> 我亦孤獨地清醒著
> 守著人生的寂寥[28]

這首詩，不但營造詩人（壁虎）和無限時空的對位意象及關聯，更帶出了詩人以小動物做為自我譬喻的一系列詩作，而〈壁虎〉一詩所突顯的時空寂寥感，在〈某日午後〉一詩裡，竟演變成渺小生命，在時空拉大之後所產生的嚴重焦慮，甚至開始出現肉體自我尋求滅亡的不安，此時，詩人跳脫出小昆蟲角色，成了訴說生命悲劇的旁觀者：

> 悲嘆之後
> 安祥的疲累侵蝕著心靈
> 這種時間
> 困倦又不慌不忙流逝的一刻

---

28 同註1，頁181。

向著毛玻璃
把頭撞上再撞上
一隻蒼蠅正企圖自殺[29]

　　錦連在接下來的昆蟲詩裡，不但呈現時空與生命體的整體
場域，並跳脫〈壁虎〉一詩裡的小動物角色扮演，詩人更乾脆
自己介入演出，出面戲謔這些微小生物，權充上帝一角，彷彿
上帝之於人類，看看錦連在〈值夜班〉一詩中，描寫自己在值
夜班時百般無聊，終於伸出小昆蟲眼中的上帝之手，狠狠壓死
小蛾，其意象生動逼真，展現不寒而慄的命運之手，其操弄的
可怖景象：

用小指頭壓死
小小的一隻蛾
如搔癢般的快感
那依依不捨的觸感　撅了嘴
自個兒假裝一隻狐狸
儘管如此 時間依然寂寞地流逝……[30]

　　詩人在另一首詩〈蛾群〉裡，詩人不再扭扭捏捏，更直接
扮演上帝角色，殘虐手段更勝一籌，飛撲不止撲火，更是撲向
命運的最惡意之火：

一個燈泡
爬滿著成千的飛蛾

29　同註1，頁201。
30　同註1，頁215。

我熄燈而拿著廢紙點了一把火
把那熾熱的憤怒
插進最密集的
可恨的可怕的這一伙起鬨的群體中

嗶吧嗶吧　嗶吧地
渺小的生命們爆裂迸開
灰塵似的屍體紛紛飛落到我的手臂
然而由於心中湧起的
殘忍但卻有點悲戚的微笑
我的面頰不由得僵硬起來

因為我忽然發現
人類跟這群飛蛾並沒有兩樣[31]

　　蕭蕭在《現代詩學》裡，提出了四種意象的使用方法，分別為「條貫法」、「圓容法」、「環接法」、「焰射法」[32]，蕭蕭認為這是一首詩裡，意象繁多時，各個意象如何貫聯的主要方式，而錦連的詩作，通常一首詩出現單一專注的意象，這些意象勾連起來，形成了多重運作的景況，同樣適合以這四個意象法來研析，以蕭蕭所指的「圓容法」來說，他指出，「許多意象為一透明的圓所包容，合力鎔冶出詩所要表現的蘊涵。」[33]

　　錦連這一系列的昆蟲詩、小動物詩，每一首詩都擁有獨自且豐沛的意象，多首詩、多個意象結合起來，逕自形成一個

31　同註1，頁100。
32　蕭蕭著：《現代詩學》，台北：東大圖書，2006，頁344-346。
33　同註30，頁345。

圓容廣闊的生命意象圖騰，即圖一裡的外圍大圓；而在大圈裡
出現的各個小圈，包括〈壁虎〉一詩點出小壁虎面臨時空的龐
大，體悟自己生命的時空位置；〈某日午後〉呈現生命在龐
大時空流逝的強烈焦躁感，最後出現自我滅亡的窘況，〈蛾
群〉、〈值夜班〉等詩，展現命運之神對生命的殘虐對待，形
成飛蛾撲火的受難意象，展現生命體在各個時空流逝裡所遭遇
的變化，不是自我滅亡，就是命運殘虐，串連生命體際遇的各
個意象，形構外圍圓形為完整生命時空場域。（見圖一）[34]

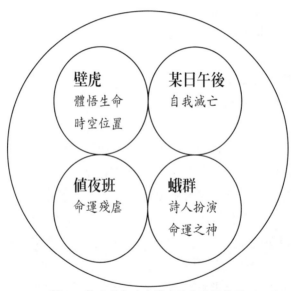

圖一、錦連生命時空場域的意象操作圖

　　上述的錦連詩作，以微小生命體，自陳於龐大的時空面
前，看似無力對抗，只能卑躬屈膝，不是自我滅亡，就是慘遭

34　圖一，參考蕭蕭在《現代詩學》344頁所提出的圓容法圖案，最外圍的大圈，為
　　時間與空間形成的生命場域，各個小圈內為錦連的各首詩作，代表各種生命體
　　在時空變化下的演變，可能自我滅亡，也或許受到命運的殘虐。

命運蹂躪，但在錦連的詩裡，卻仍脈動著一股無法計算的力量，不停蠢蠢欲動，那是源自於生命體內部本身的強大內驅力，隨時會爆發開來，錦連依然藉著小昆蟲的行為，傳達其意念，他在名為〈蟬〉的一詩中，以蟬鳴做為生命體抗衡時空，以及強力反抗命運的意象：

他們在鳴叫
極其感人地
拚命在鳴叫

它——
甚至是一種反抗[35]

錦連另一個最常使用的意象，即錦連工作一輩子的火車站相關任何設施，而在生命時空場域的描繪裡，長條形的火車，已成為詩人勾勒時空流逝的最佳圖騰，詩人多次使用火車這個意象，做為時間與死亡兩種意象的交叉映現，其中在〈火車旅行〉一詩中，以那個年代少見的圖象詩，以火車前行的長線條以及兩旁景緻，顯現時間穿梭的象徵：

疾馳的
　黑色原木

　裸露的
　　╳
　　╳

35　同註1，頁115。

　　　　×
　　　　×
　　　　×
　　　　×
　　穿過舞孃們的胯襠間

●
命中標的
○
穿過標的

指
向
寬
廣
的
長
長
的
一
條
線[36]

　　詩人以火車前進的意象，代表時光滴答走過與空間量度的消亡，在〈夜車〉一詩中達到最高峰，火車代表時間不斷地永恆前進，空間裡部分生命體，卻隨著時光演變，而開始凋零、

36　同註1，頁324。

衰敗，時間依然如火車急馳而永不回頭，因而形成了搭夜車的詩人（代表正存在的生命體），與火車箱之外的繁星、蟲鳴以及消逝的亡魂群，共存於同一時空，於是，眾多不知名的亡魂在子夜裡歌唱，而活著的人們所搭乘的夜車，永遠往前方奔去，形成了生命場域裡永恆不變的畫面：

　　　氣溫漸降的
　　　夜車裡
　　　那怪寧靜的氣氛呀

　　　我似乎聽到
　　　從某個地方
　　　傳來了漂泊的歌聲……

三、挖掘詩人密藏在詩行裡的符碼

　　現代文學不但強調意象的呈現，結構學大師羅蘭・巴特更以細碎的「符碼」Code，做為文學分析的基本元素，羅蘭・巴特在一九七〇年出版的《S／Z》[37]一書中指出：

　　　符碼是引用的透視遠景（perspective），是結構的蜃景；我們只知其出發和回返；那些從符碼產生出來的單位（我們為其編制了清單），它們本身始終是文的種種門，是內在蘊含的旁逸蔓延（digression）的徵兆、路標……，它們是這麼一大堆已經讀過、看過、做過、經驗過的事物的

37　羅蘭・巴特（Roland Barthes，1915～1980），一生從事的研究、書寫，橫跨文學、哲學、社會學等各種不同領域，他重要的評論著作包括《寫作的零度》（1953）、《符號學原理》（1964）、《敘事作品結構分析導論》（1966年）等，他在1968年發表〈作者之死〉以及1970年的《S／Z》，開始挑戰結構主義的系統穩定性，1970年出版的《S／Z》，便是他後期的代表作。

碎片，符碼是這些已經存有的紋路……。[38]

羅蘭・巴特在《S／Z》一書裡，進行了更豐沛、更大膽的文本分析，他將巴爾札克的作品《薩拉辛》，巧妙切割成五六七塊片段，畫分成九十三個小節，詳加闡釋解析，他更首度提出五種符碼，分別為情節符碼、闡釋符碼、文化符碼、意素符碼、象徵符碼，將小說的各個片段、各種元素，加以歸類評注，羅蘭・巴特詳加解釋這五種符碼的蘊義：

> 這五種符碼構成一種網路、一種局域（topique），整篇文貫串於其中（更確切地來說，在貫串的過程中，文才成為文，……眾聲音（眾符碼）的彙聚成一個寫作，成為一個立體空間，其中五種符碼、五種聲音，相互交織，經驗的聲音（情節符碼）、個人的聲音（意素符碼），科學的聲音（文化符碼），真相的聲音（闡釋符碼）、象徵的聲音（象徵符碼）。[39]

研究者試圖將文本切細成最瑣細的符碼，以便重新詮釋文字裡的真義，個人認為不論是傳統詩或者現代詩，都是較適合以這種方式研究的文體，國內目前至少有三個研究案例，探究五種符碼在文本的運用方式，分別是鄭樹森的〈白先勇「遊園

---

38 羅蘭・巴特著，屠友祥譯：《S／Z》，台北：桂冠，2004，頁28。
39 同註38，頁28。事實上，5種符碼的運用，巴特在《S／Z》一書其他篇章裡，有著更詳細的闡釋，國內學者李泓泊在刊登於《文學前瞻第四期》的〈讀長恨歌──羅蘭・巴特五種文學符碼的方法運用〉一文裡，將巴特的說法進行了一番整理，其中情節符碼：閱讀時以抽象的字眼來命名一系列的情節，並以清單的方式標示出來。闡釋符碼：在閱讀文本的過程中，以不同方法來表述問題、回答問題以及形成或能醞釀問題、或能延遲解答的種種機遇事件。意素符碼：「意素」指的就是「含蓄意指的所指」，是關於個人、處境、對象的含指項。象徵符碼：它在於文本深層的象徵結構，是構成作品核心的思想。文化符碼：指的是各類的知識匯集，屬於科學或智慧符碼。

驚夢」的結構和語碼——一個批評方法的介紹〉、古添洪〈讀「孔雀東南飛」——巴爾特語碼讀文學法的應用〉、以及李泓泊〈讀長恨歌——羅蘭·巴特五種文學符碼的方法運用〉[40]，三篇論文裡就有二篇是討論傳統漢詩的研究，希望藉由新的角度，開發出傳統詩的全新意涵。

　　錦連的詩作，用字簡潔、意象集中（意素符碼），從日常生活細節裡，探究人生哲理（闡釋符碼），不但喜歡置入一些小情節（情節符碼），詩行裡更常出現對比強烈的象徵（象徵符碼），尤其錦連跨越日治及戰後國民政府兩個時期，牽涉到兩個不同時代的文化背景（文化符碼），因而使用羅蘭·巴特的五種符碼，企圖透挖掘出埋藏在錦連詩中有關時間與死亡的祕密。

　　我們以錦連的〈腳〉一詩，做爲第一個使用五種符碼的分析文本：

　　死人的腳是冰涼的
　　宛如蠟製標本般白皙又苗條
　　死人的腳掌那精細的線條

　　像祭典似的葬禮
　　興高采烈的小鑼大鼓的節奏
　　像要跳動起來的死人的腳蠟像的腳[41]

40　李泓泊，〈讀長恨歌——羅蘭·巴特五種文學符碼的方法運用〉，《文學前瞻第四期》，李在該文中，就使用這5種符碼方式，分析白居易的長恨歌：「（1）長恨歌，闡釋符碼，謎1：問題的提出，長恨歌爲何長恨，如同羅蘭·巴特對於〈薩拉辛〉這名稱提出的問題。（2）漢皇重色思傾國，御宇多年求不得。★文化符碼：『傾國』一詞有其典故，出自於漢朝李延年的一首詩：『北方有佳人，絕世而獨立，一顧傾人城，再顧傾人國，寧不知傾國與傾城，佳人難再得！』」

41　同註1，頁199。

★闡釋符碼：關於問題的提出，詩人爲何選擇「腳」，做為該詩的重點？詩人想藉著死人的腳，做為對人類死亡具體的描繪，整首詩集中在亡者的腳意象裡打轉，從靜止不動的腳，但後來因葬禮的音樂，詩人竟聯想到死人的腳竟會跳動起來，最後經過時光流動，詩人的眼光，又回到蠟像般動也不動的腳，從人體死亡，到想像人可能死而復生，但終究這一切全都是想像，死亡的現實像那隻亡者的腳，如此清楚地擱放在詩人眼前。

★情節符碼：此詩的情節，在第二段已有提及，「像祭典似的葬禮」，點出詩人是在葬禮中，瞥看到亡者的腳，成為此詩裡唯一的情節布局，詩人進入靈堂歇靈，看到亡者的腳冰冷沒有溫度，映現在詩人的眼裡，不過，那詩人最初看到亡者的腳究竟是如何一個樣貌？詩人最早形容腳是「宛如蠟製標本般白皙又苗條」，好像詩人看到的是整個裸露的腳，但後一句又稱「死人的腳掌那精細的線條」，又彷彿只看到露出壽衣之外的腳掌，詩行裡模糊不清的語句，替閱讀者開啓了一扇超出原先情節之外的想像篇章。

★意素符碼：時間與死亡爲該詩的探究主題。該詩乍看，只浮現死亡意象，但時間的流動，卻在詩人看到亡者的腳那一刹那即已開始，時間的流轉，甚至讓詩人聽到葬禮的樂聲，一度誤以爲亡者的雙腳在跳動，時間的動，相對於亡者腳的不動，時間與空間的對映，成了該詩深度的意涵。

★象徵符碼：生與死，死人的腳與現實社會葬禮的「興高采烈的小鑼大鼓的節奏」，形成強烈對比，兩種空間量度的對比，一邊是冰涼的亡者的腳，另一邊是葬禮裡的音樂，詩人竟以「興高采烈」形容葬禮裡大鑼小鼓的節奏，不但有反諷的意味，更突顯死亡的沉寂，相對於無聲無息的死亡，連哀樂也是

熱鬧許多，甚至是「興高采烈」了。

★文化符碼：錦連在〈腳〉一詩裡提到如祭典的葬禮，《守夜的壁虎》雖寫在一九五二至一九五七年期間，但是錦連跨越日治、二次戰後兩個不同時代，歷經的葬禮自是不同，在日治時期台灣葬禮受到日本佛教眞宗本派極大的影響，那時台灣很多地方都設有眞宗本願寺，寺方推動「共同墓地的設置、墓標的維護以及舉辦佛教的盂蘭盆節」[42]，企圖改變台灣各族群的殯儀習俗，但是台灣由國民黨政府統治之後，消除日本化、建立中國化的政策，影響到各個層面，殯儀業也回到過去台閩喪葬活動的習俗，「是由一系列的儀式所組成，而非單一的典禮。整個過程可分爲三個階段：即『殮』（淨身入棺）、『殯』（停棺祭拜）、與『葬』（造墳入土）。」[43]

錦連的忘年文學知己張德本，也曾就〈腳〉一詩提過精闢分析，張德本同樣針對死亡的靜止世界與外面鑼鼓喧囂的世界相互對比（即使用象徵符碼分析方式），剖析詩作裡包容生死兩個完全不同天地的眞義：

> 詩人透視死亡從靜足的停格，感應死的力量，自成一寂隔的世界，小鑼大鼓喧鬧外圍，滿足存活者冗繁的祭儀，荒謬著節奏躁動的人間，自成一誇浮的世界。活人始終在吵亂中迎送不可抗拒的死亡，詩人從辨證「寂隔」與「浮誇」的刹那間，領悟死亡的極致背面彷彿蘊含抽象的可能再生。[44]

這樣以現實生活裡具體的死亡樣貌，再現時間流逝與生命

---

42 范純武：〈日本佛教在日治時期台灣「蕃界」的佈教事業——以眞宗本願寺派爲中心的考察〉，圓光佛學學報，第四期（1999.12），頁253-278。
43 台灣地區殯葬禮俗簡介，http：//homework.wtuc.edu.tw/~wenlurg/csld/d-07.htm。
44 同註22，頁87。

衰敗這兩者緊密結合又互相對比的景況，在〈母親和女兒的照
片〉一詩中，有著極高藝術性的展演，筆者認為這首詩不但是
錦連電影詩、圖象詩、前衛詩技巧的綜合體，更是整本詩集裡
對於時間、死亡兩大主題的代表作：

照片裡的女兒成為人妻的時候
母親就會變成滿臉皺紋的梅干婆婆

人妻成為滿臉皺紋的梅干婆婆時
母親的骨骸就在土中開始腐化

滿臉皺紋的梅干婆婆往生的時候
照片就會變成Sepia的暗褐色[45]

★闡釋符碼：錦連在〈母親和女兒的照片〉，不再假借
小昆蟲、小動物為媒介以論述他的生命觀，而是直接展現在現
實生命裡，歲月流轉與物體衰敗的流動過程，錦連巧妙運用照
片裡的圖像與現階段的生命物像轉變，做為時間無情往前奔走
的憑證，照片女兒──人妻──母親──滿臉皺紋及往生梅干
婆婆，這四者互相輪迴轉動，以簡短詩行，突顯佛家所說生、
老、病、死的生命階段，詩裡的生命和時間呈現線性的發展，
但是該詩同樣可以逆轉過程來看，往生梅干婆婆──照片女兒
──人妻──母親，又是一個輪迴的替換。

★情節符碼：這是以一個女性生命故事為精彩情節的詩
作，詩裡主角的女兒隨著時間的流轉而變為人妻，母親也老化
為滿臉皺紋的梅干婆婆，當人妻變成梅干婆婆時，母親的屍骨

45　同註1，頁207。

開始在土中腐化，當所有一切都逝去的時候，連照片都抵擋不住時間的衝擊，開始出現藥水原來的褐色，這樣人生的變化，就是該詩最生動又極具悲劇性的情節以及題材了，尤其詩人只挑選最重大的生命轉折書寫，那些沒有書寫到的人生情節，更讓讀詩者有更廣闊的想像空間。

★意素符碼：〈母親和女兒的照片〉與〈腳〉一樣，都以時間無情流逝與肉體衰敗（死亡）為兩大主題的詩作，而〈母親和女兒的照片〉的主角看似是四個人，他們輪流擔任人生每一階段的角色，事實上她們是同一個人，在每個年齡層裡扮演不同角色，不過無論如何，當她們的生命到了盡頭時，成了在地底下逐漸腐化的骨頭，詩人勾勒出時間在每個人身上的轉變，每個人都有機會扮演詩裡的角色，原來這些角色都只是時間雕塑下的產物，人們的肉體隨著歲月的流動逐漸垂垂老矣，時間只要一動，任何事物都隨即變化，時間以及它所帶動的生命死亡或重生，成了內隱在該首詩裡的兩大樑柱。

★象徵符碼：詩裡的四個人物，雖是同一個人隨著年齡而分飾的人生角色，彼此成了強烈對比，人在時間洪流裡所產生的生命遞遭演變，形成了此詩最龐大的文學象徵圖騰，詩裡女兒、人妻、母親、梅干婆婆這四個角色的對比，從生理巨大變化（女兒到人妻的性愛）、到孕育生命的母親（人妻到母親的懷胎十個月），到面臨死亡的梅干婆婆（曾孕育新生命如今即將死亡的母親），實際上，還有那具在地底下腐化的母親骨骸，以及那些拍下每個年齡層角色外貌形態的照片，處處展現女生隨著時間流逝而產生生理及外貌的巨大變化，在時間這面魔鏡的照映下，四個人生階段的女性，成了人們生命輪迴轉變的永恆象徵。

★文化符碼：錦連在詩裡，以照片做為貫穿全詩主軸的重要見證，先是照片裡的女兒出現，然後開始跳接到每個年齡

身分的演變，最後詩末又回到同一張照片上面，經過歲月的洗禮，原先那張女兒照片，已成為褪色之後的深褐色，突顯就連當時視為生活科技的代表「照相技術」，也無法抵擋時間的衝撞。事實上，照相已是當時生活流行文化的重要背景之一，根據學者研究，第一張在台灣出現的照片，目前被收藏在法國奧賽美術館，拍攝年代大約在一八五○年，這很有可能是台灣地區最早的攝影作品[46]，到了錦連身處的日治時代、光復初期，拍照留影在當時算是十分流行，各地都設有「寫真館」，甚至日本政府廣泛發行照片式的風景明信片，「一九○○年後，日人准許發售明信片，為台灣風情人物存留不少已消失的鏡頭，整本書包含有風景、名勝、溫泉、老街、舊港、荒城、宗教、神社、經濟、教育、交通、原住民、生活習慣、民族運動與日本軍隊」[47]。

除了以五種符碼分析〈母親和女兒的照片〉，詩論家張德本論述該詩時，也有著極為透澈的看法：

「女兒」、「人妻」、「母親」、「梅干婆婆」四位一體的身分意象，在時間的遞遭裡先後完成，從首行的照片到末行的照片變成暗褐色，世代終始循環，生存與骨化的歷程，被詩的情境壓縮出時間的逼力，Sepia用做墨水或水彩尤指舊時印照片用的顏色，深褐色幻浮照片上，彷彿殘留人生曾經活過的薄淡血氣，照片捕捉剎那的記憶……[48]

學者在討論錦連的電影詩與圖象詩中，通常論述詩人其他

---

46 周文，〈以歷史的眼光鳥瞰台灣攝影的發展〉，台灣美術1999年4月號，頁74-82，周文認為，「依據王雅倫小姐所著《法國珍藏早期台灣影像》此書指出，在法國奧賽美術館蒐集一張1850年拍攝的台灣影像，很有可能是台灣地區最早的攝影作品，屬實的話，攝影在台灣很早就有發展線索。」

47 同註46。

48 同註22，頁83。

詩作，較少提及〈母親和女兒的照片〉一詩，事實上，該詩大量借用跳接、前輯及分鏡等電影技巧，讓文字展現更強烈的影像感，此外，該詩雖未使用到圖象詩的技術，詩人以照片裡的女兒影像出發，讓閱讀者心中，產生一幅幅自然產生的女兒、人妻、母親等圖象，可以如此說，錦連捨棄電影詩、圖象詩的形式，卻直接取用電影詩、圖象詩的精髓，以極具意象的文字動能，將時間和死亡的議題，攤開在眾人面前，展示一部屬於人生的文字紀錄片，詩人快速剪輯，從將女性一生的所有重要鏡頭，快速地播放在我們心海裡，錦連的詩寫了不止是想像中女兒的人生，而是所有人必將在經歷過的人生，在碩大無法抵擋的時間巨人面前，人們不停不停活過了每一個角色，從出生到死亡，最後必將又從死亡重生。

四、唯有詩才能穿透衰亡與歲月的聯結——小結

正當我們探究錦連《守夜的壁虎》詩集裡，有關時間與死亡的主題時，不要忘記，詩集本身即呈現了穿越時光的種種變化，從寫作時間來看，我們足足穿過了五十年的歲月，從五十年前年輕詩人私密地以日文寫詩，到後來詩作遭受水淹等等轉折，最後在廿一世紀初，詩人才有機會將自己書寫的詩作翻譯成漢文，進而出版如今我們所閱讀的詩集。

錦連在詩行裡，以小動物、小昆蟲為主角，架構出生命場域的意象演變，並且直接坦然面對自我的死亡，議論最摯愛親友的生死命運，詩人更以一連串的意象與符碼操作，呈現時間變動與生命消長兩相對比的永恆議題，〈壁虎〉裡大掛鐘（時間）VS小壁虎（詩人自喻）；〈母親和女兒的照片〉裡青澀女兒（新生）VS腐化的母親屍骨（死亡）；〈腳〉一詩中死人冰冷的腳（肉體衰亡）VS喧鬧人間（空間的存在現實）；〈某日午後〉一再撞牆的蒼蠅VS〈蛾群〉撲向烈火的蛾群，

這一首又一首的詩作，大都以時間與死亡鋪陳出詩世界的天與地。

除了詩集穿透五十年歲月，錦連在半世紀以來，更面臨人生種種的巨大轉變，如同詩人在〈母親和女兒的照片〉一詩裡，以女兒角色擬寫的女性人生變化，如今成了另一個男性版本，詩人歷經了兒子、人夫、父親以及老先生等所有的人生角色，詩人外表看似垂垂老矣，他卻老早在五十年前，即以詩行跨越了時間嚴格的限制，輕輕躍入永恆，詩作並沒有照片會褪色的效應，詩作是抗時光的不銹鋼體。

錦連的詩創作，歷經如此豐沛的歲月冶煉，成爲詩史上「異質的存在」，這種存在，正如學者所論述：

> 錦連從戰前寫到戰後、從日文寫到中文，發軔於浪漫主義，歷經現代主義洗禮，再回歸現實主義，半個多世紀以來，錦連對詩文的執著，至今不渝……，還在現代主義形式上有極其前衛的創新與實驗，在詩內容上有著緊扣政治現實與社會脈動的體現，……他以大量抒情詩作傾訴因時代氛圍及個人命運接踵的悲愴感知，洋溢存在主義質地的詩作風格中，潛藏時代性、政治性、社會性批判意識……[49]

最後，我們閱畢《守夜的壁虎》詩集，將它闔起時，卻或多或少仍聽到時間長河的潺潺水流，生命死亡的哀號，也或遠或近的傳入耳裡或隨風遠颺，但是就如同詩人〈夜車〉一詩裡所描寫的，我們彷彿就端坐在那節在子夜裡急速奔行的夜車，窗外有繁星、蟬鳴以及眾多魂魄，我們身坐其中，瀏覽著時間

49　同註5，首頁論文摘要。

與空間的迅速移動，只是不知坐在火車裡的自己，何時會變成下車的鬼魂？

但究竟這一切，到了終點時都已不重要了，我們面對無法抗拒的時間，以及總有一天會來臨的死亡，詩人只以詩行打造自己的傑作，抵抗死神的招手及現實時光的無情，僅以錦連的詩做此論文的總結：

咬緊牙根
唇破又滲出血來
它也可以算是一種傑作吧！

因為叉開雙腿站著想阻擋現實
是比死亡更有尊嚴的[50]

50　同註1，頁241。

錦連研究相關書目

李桂媚整理

一、錦連作品

（一）著作書目 （依出版時間排列）

1. 陳金連，《鄉愁》，彰化：新生出版社，1956。
2. 錦連，《挖掘》，台北：笠詩刊社，1986。
3. 錦連，《錦連作品集》，彰化：彰化縣立文化中心，1993。
4. 錦連，《守夜的壁虎》，高雄：春暉，2002。
5. 錦連，《夜を守りてやもリガ……》，高雄：春暉，2002。（日文詩集）
6. 錦連，《支點》，高雄：春暉，2003。（日文詩集）
7. 錦連，《海的起源》，高雄：春暉，2003。
8. 錦連，《那一年（1949年）錦連日記》，高雄：春暉，2005。

（二）發表於《文學台灣》的詩作與文學回憶 （依出版時間排列）

1. 錦連，〈神秘——我的畫廊·第一幅〉，《文學台灣》47期，2003.07，頁156-157。
2. 錦連，〈滴落的〉，《文學台灣》47期，2003.07，頁157。
3. 錦連，〈守靈——我的畫廊·第二幅〉，《文學台灣》48期，2003.10，頁162。
4. 錦連，〈門牌〉，《文學台灣》48期，2003.10，頁162-163。
5. 錦連，〈無人世界——我的畫廊·第三幅〉，《文學台灣》49期，2004.01，頁186。
6. 錦連，〈Rotary System〉，《文學台灣》49期，2004.01，頁187。

7. 錦連，〈老闆是素人畫家——我的畫廊·第四幅〉，《文學台灣》50期，2004.04，頁154-155。

8. 錦連，〈立法院〉，《文學台灣》50期，2004.04，頁155。

9. 錦連，〈犁頭庄誌異〉，《文學台灣》51期，2004.07，頁130-131。

10. 錦連，〈深夜——我的畫廊·第五幅〉，《文學台灣》51期，2004.07，頁131。

11. 錦連，〈京都寫景——哲學步道〉，《文學台灣》52期，2001.10，頁172-173。

12. 錦連，〈左耳——我的畫廊·第六幅〉，《文學台灣》52期，2001.10，頁173。

13. 錦連，〈大海——我的畫廊·第七幅〉，《文學台灣》53期，2005.01，頁154。

14. 錦連，〈台灣〉，《文學台灣》53期，2005.01，頁154-155。

15. 錦連，〈拐角〉，《文學台灣》54期，2005.04，頁139-140。

16. 錦連，〈昔日〉，《文學台灣》54期，2005.04，頁140。

17. 錦連，〈海邊咖啡座——我的畫廊·第八幅〉，《文學台灣》55期，2005.07，頁152。

18. 錦連，〈攝氏三十八度七〉，《文學台灣》55期，2005.07，頁152。

19. 錦連作，周華斌譯，〈台灣和福田正夫〉，《文學台灣》56期，2005.10，頁39-41。

20. 錦連作，周華斌譯，〈貝沼隊與TAREKI〉，《文學台灣》56期，2005.10，頁43-52。

21. 錦連，〈新巴比倫遺跡——我的畫廊·第九幅〉，《文學台灣》56期，2005.10，頁170。

22. 錦連，〈夢醒〉，《文學台灣》56期，2005.10，頁170。

23. 錦連，〈無家可歸（外一首）〉，《文學台灣》57期，2005.12，頁140-141。

24. 錦連，〈溪流和花——我的畫廊·第十幅〉，《文學台灣》57期，2005.12，頁141。

25. 錦連作，錦連、周華斌譯，〈關東軍·糖果球·紅電燈〉，《文學台灣》58期，2006.04，頁21-31。

26. 錦連，〈吾師·土屋文雄先生〉，《文學台灣》59期，2006.07，頁

28-36。

27. 錦連，〈新創世紀——「現代寓言」之二〉，《文學台灣》59期，2006.07，頁75-76。

28. 錦連，〈歲暮的午后——重讀《有個傻瓜的一生》〉，《文學台灣》59期，2006.07，頁76。

29. 錦連，〈異象——「現代寓言」之三〉，《文學台灣》60期，2006.10，頁98。

30. 錦連，〈回鄉〉，《文學台灣》60期，2006.10，頁99。

31. 錦連，〈從海南島還鄉的小林伍長〉，《文學台灣》61期，2007.01，頁84-93。

32. 錦連，〈搬家——宿昔青雲志蹉跎白髮年〉，《文學台灣》61期，2007.01，頁125-126。

33. 錦連，〈二刀流——「現代寓言」之四〉，《文學台灣》61期，2007.01，頁126。

34. 錦連，〈台籍日本軍逃兵〉，《文學台灣》62期，2007.04，頁77-92。

35. 錦連，〈城堡（外一首）——「現代寓言」之五〉，《文學台灣》62期，2007.04，頁112。

36. 錦連，〈儀式〉，《文學台灣》62期，2007.04，頁113。

37. 錦連，〈塞翁失馬〉，《文學台灣》63期，2007.07，頁35-43。

38. 錦連，〈有木麻黃的海濱〉，《文學台灣》63期，2007.07，頁67。

39. 錦連，〈地圖——「現代寓言」之六〉，《文學台灣》63期，2007.07，頁68。

40. 錦連，〈空襲警報〉，《文學台灣》64期，2007.10，頁46-55。

41. 錦連，〈黑熊——「現代寓言」之七〉，《文學台灣》64期，2007.10，頁116-117。

42. 錦連，〈入暮——父親忌日〉，《文學台灣》64期，2007.10，頁117-118。

43. 錦連，〈章魚壺·洞穴·麻雀三百隻〉，《文學台灣》65期，2008.01，頁40-45。

44. 錦連，〈下場——「現代寓言」之八〉，《文學台灣》65期，2008.01，頁95-96。

45. 錦連，〈白雲之歌〉，《文學台灣》65期，2008.01，頁96。

46. 錦連，〈鐵道怪談〉，《文學台灣》66期，2008.04，頁15-23。

47. 錦連，〈驛舍〉，《文學台灣》66期，2008.04，頁79-80。

48. 錦連，〈劇終——「現代寓言」之九〉，《文學台灣》66期，2008.04，頁80-81。

二、一般評論（依編者筆畫排列）

1. 上官予編，〈錦連一首／關於夜的〉，《十年詩選》，台北：明華書局，1960，頁180。

2. 中國現代文學大系編輯委員會編，〈錦連詩選〉，《中國現代文學大系詩選》，台北：巨人，1972，頁317-324。

3. 方群、孟樊、須文蔚編，〈錦連趕路〉，《現代新詩讀本》，台北：揚智，2004，頁172-173。

4. 北原政吉編，〈陳金連町／蛾群／龜裂〉，《台灣現代詩集》（日文），日本：熊本市書房，1979，頁89-94。

5. 北影一，〈錦連輾死〉，《台灣詩集》（日文），日本：土曜美術社，1986，頁34。

6. 向陽編著，〈錦連日夜我在內心深處看見一幅畫／蚊子淚〉，《台灣現代文選新詩卷》，台北：三民，2005，頁48-52。

7. 李敏勇，〈錦連的詩日夜我在內心深處看見一幅畫〉，《台灣詩閱讀——探觸五十位台灣詩人的心》，台北：玉山社，2000，頁48-53。

8. 李敏勇編選，〈日夜我在內心深處看見一幅畫〉，《啊，福爾摩沙》，台北：本土文化，2004，頁34-37。

9. 李漢偉，〈台灣新詩「政治議題」的現實關懷〉，《台灣新詩的三種關懷》，台北縣：駱駝，1997，頁35-91。

10. 岩上，〈吐絲的蜘蛛——詩人錦連先生的文學歷程與成就〉，《詩的存在——現代詩評論集》，高雄：派色文化，1996，頁197-210。

11. 岩上，〈錦連和他的詩〉，《詩的創發：現代詩評論集》，南投：投縣文化局，2007，頁304-312。

12. 岩上，〈錦連詩中的生命脈象訊息與意義——以創作前期為探討範圍〉，《詩的創發：現代詩評論集》，南投：投縣文化局，2007，頁277-303。

13. 岩上主編，〈錦連〉，《笠下影：笠詩社同仁著譯書目集》，台北：笠詩

社，1997，頁34-35。

14. 林亨泰主編，《台灣詩史「銀鈴會」論文集》，彰化：台灣磺溪文化學會，1995。

15. 林明德等編，〈錦連趕路〉，《中國新詩選》，台北：長安，1982，頁227-228。

16. 林瑞明編，〈錦連・序詩／鐵橋下／龜裂／他〉，《現代詩卷I》，台北：玉山社，2005，頁237-245。

17. 桓夫，〈詩的心象〉，《現代詩淺說》，台中：學人，1979，頁73-83。

18. 真理大學台灣文學系主編，《福爾摩沙文學・錦連詩作學術研討會論文集》，台北縣：真理大學台灣文學系，2004。

19. 國立編譯館主編、陳明台編著，〈錦連蚊子淚／軌道〉，《美麗的世界》，台北：五南，2006，頁110-113。

20. 張德本，《台灣鐵路詩人錦連論》，台北縣：北縣文化局，2005。

21. 張默，〈從錦連到紀小樣——《天下詩選》入選詩作十四家小評〉，《台灣現代詩筆記》，台北：三民，2004，頁294-308。

22. 張默，〈詩的鑑賞舉隅〉，《飛騰的象徵》，台北：水芙蓉，1976，頁21-32。

23. 張默、瘂弦主編，〈錦連的詩〉，《六十年代詩選》，台北：大業書店，1961，頁211-216。

24. 張默編，〈錦連（1928～）的詩〉，《現代百家詩選（新編）》，台北：爾雅，2003，頁120-123。

25. 笠詩社主編，〈陳金連〉，《美麗島詩集》，台北：笠詩社，1979，頁29-30、76-77、116-117、154-155、193-194、224-225。

26. 笠編輯委員會，〈錦連挖掘／蚊子淚〉，《華麗島詩集》（日文），日本：若樹書房，1971，頁11-13。

27. 莫渝，〈錦連◎趕路〉，《笠下的一群：笠詩人作品選讀》，台北縣：河童，1999，頁145-147。

28. 陳千武，〈錦連的詩・軌道龜裂〉，《詩的啟示——文學評論集》，南投：投縣文化局，1997，頁34-39。

29. 陳幸蕙編著，〈錦連（1928～）／軌道、無題、海嘯——車過通霄海邊〉，《小詩星河：現代小詩選2》，台北：幼獅，2007，頁69-71。

30. 陳明台，〈清音依舊繚繞——解散後銀鈴會同人的走向〉，《台灣文學研

究論集》，台北：文史哲，1997，頁67-84。

31. 彭瑞金，〈錦連——吝於吐絲的蜘蛛詩人〉，《台灣文學50家》，台北：
玉山社，2005，頁319-321。

32. 曾貴海，《戰後台灣反殖民與後殖民詩學》，台北：前衛，2005。

33. 趙天儀、李魁賢、李敏勇、陳明台、鄭炯明編選，〈錦連作品〉，《混聲
合唱——「笠」詩選》，高雄：春暉，1992，頁157-172。

34. 鄭炯明編，《台灣精神的崛起》，高雄：文學界，1989。

35. 蕭蕭、張默編，〈錦連（1928～）輾死〉，《新詩三百首（1917～
1995）》（上冊），台北：九歌，1995，頁409-413。

36. 鍾肇政編，〈錦連〉，《本省籍作家作品選集第十輯新詩集》，台北縣：
文壇社，1965，頁441-449。

37. 瘂弦主編，〈颱風與嬰兒錦連〉，《天下詩選1923～1999》（I），台
北：天下遠見，1999，頁213-217。

38. 瘂弦等編，〈錦連的詩〉，《創世紀詩選》，台北：爾雅，1984，頁
21-22。

三、期刊或研討會論文（依作者筆畫排列）

1. 王萬睿，〈現代性：從壓抑與反思的歷史開始——試論錦連詩中「火車」
意象的現代意義〉，國立成功大學台灣文學研究所碩士生論文發表會論文
集，2003.12.6。

2. 王靜祥，〈追尋流轉在鋼軌上的密碼：2005年9月3日No.41週末文學對談
錦連VS張德本〉，《台灣文學館通訊》9期，2005.10，頁48-54。

3. 江明樹，〈孤獨與寂寞共舞——許錦連的詩集「守夜的壁虎」〉，《古今
藝文》29卷3期，2003.05，頁79-84。

4. 江明樹，〈蹲伏在後窗的觀察者——評錦連電影詩及其他〉，《福爾摩
沙文學·錦連詩作學術研討會論文集》，真理大學，2004.11.07，頁163-
180。

5. 呂興忠，〈不撒謊的詩人：錦連先生〉，《文訊》第125期，1996.03，頁
72-75。

6. 李友煌，〈時代的列車——台灣鐵道詩人錦連〉，《高市文獻》18卷1
期，2005.03，頁67-99。

7. 李敏忠，〈存在的震顫——評錦連50年代「即物」詩的抒情優位〉，《2003府城文學獎作品集》，台南市立圖書館，2003.11，頁348~381。

8. 李魁賢，〈存在的位置——錦連在詩裡透示的心裡發展〉，《越浪前行的一代——葉石濤及其同時代作家文學國際學術研討會論文集》，高雄：春暉，2002，頁233-255。

9. 李魁賢，〈存在的位置——錦連在詩裡透示的心裡發展〉，《福爾摩沙文學·錦連詩作學術研討會論文集》，真理大學，2004.11.07，頁1-16。

10. 阮美慧，〈論錦連在台灣早期現代詩運動的表現與意義〉，《真理大學台灣文學研究集刊》7期，2004.12，頁23-48。

11. 阮美慧著，〈《笠》與現代主義：笠詩社成立的一個側面〉，《笠》225期，2001.10，頁82~117。

12. 阮美慧著，〈跨越語言一代詩人的文學特質及其在台灣詩史上的地位〉，《笠》217期，2000.06，頁116-136。

13. 周華彬，〈以詩的鏡頭拍攝出視覺化的世界——試論錦連的電影詩及類電影詩〉，《福爾摩沙文學·錦連詩作學術研討會論文集》，真理大學，2004.11.07，頁145-162。

14. 周華斌，〈寫在生活現場——錦連先生（せんせい）介紹與訪談記〉，《笠》241期，2004.06，頁36-47。

15. 孟樊，〈台灣現代詩的理論與實際〉，《創世紀》100期，1994.09，頁47-59。

16. 孟樊，〈承襲期台灣新詩史（下）〉，《台灣詩學》學刊6號，2005.11，頁79-105。

17. 岩上，〈錦連和他的詩〉，《文學台灣》54期，2005.04，頁238-247。

18. 岩上，〈錦連詩中的生命脈象訊息與意義——以創作前期為探討範圍〉，《福爾摩沙文學·錦連詩作學術研討會論文集》，真理大學，2004.11.07，頁109-128。

19. 林亨泰，〈我們時代裡的中國詩（三）〉，《笠》56期，1973.08，頁54-57。

20. 林亨泰，〈笠下影：錦連〉，《笠》5期，1965.02，頁6-8。

21. 林盛彬，〈必也狂狷乎？真性情而已！——專訪錦連先生〉，《文訊》233期，2005.03，頁138-144。

22. 林盛彬，〈現代詩話——錦連詩集「守夜的壁虎」〉，《笠》232期，

2002.12，頁135-141。

23. 林盛彬，〈論錦連「以詩論詩」的詩想〉，《福爾摩沙文學·錦連詩作學術研討會論文集》，真理大學，2004.11.07，頁25-42。

24. 張德本，〈台灣鐵路詩人錦連的現代美學——他的詩觀與對意象主義、圖象電影詩及超現實的實踐〉，《福爾摩沙文學·錦連詩作學術研討會論文集》，真理大學，2004.11.07，頁67-108。

25. 張德本，〈流轉在鋼軌上的密碼：台灣鐵道詩人錦連〉，《源雜誌》46期，2004.05-06，頁30-36。

26. 張德本，〈台灣鐵路詩人錦連的現代美學（上）——他的詩觀與對意象主義、圖象電影詩及超現實的實踐〉，《台灣文學評論》5卷2期，2005.04，頁97-125。

27. 張德本，〈台灣鐵路詩人錦連的現代美學（下）——他的詩觀與對意象主義、圖象電影詩及超現實的實踐〉，《台灣文學評論》5卷3期，2005.07，頁34-61。

28. 張德本，〈台灣鐵路詩人——錦連的鐵路詩〉，《文學台灣》47期，2003.07，頁189-220。

29. 張德本，〈台灣鐵路詩人——錦連詩的形上思考與批判性〉，《文學台灣》55期，2005.07，頁262-304。

30. 張默，〈現代詩壇　沉錄（上）〉，《文訊》25期，1986.08，頁190-203。

31. 郭楓，〈守著孤獨、守著夜、守著詩——錦連篇〉，《福爾摩沙文學·錦連詩作學術研討會論文集》，真理大學，2004.11.07，頁43-66。

32. 郭楓，〈堅決不舉順風旗的獨吟者——論錦連作品的特立風格〉，《鹽分地帶文學》16期，2008.06，頁134-161。

33. 陳明台，〈硬質而清澈的抒情——純粹的詩人錦連論〉，《笠》193期，1996.06。

34. 陳采玉，〈錦連青年時期詩語言之特色〉，《高苑學報》10期，2004.07，頁187-197。

35. 陳嘉惠，〈我的爸爸錦連〉，《笠》139期，1987.06，頁80-81。

36. 黃建銘，〈冬日的午後，與詩人錦連在鳳山聚首〉，《台灣文學館通訊》11期，2006.06，頁54-58。

37. 葉笛，〈複眼的詩人錦連〉，《福爾摩沙文學·錦連詩作學術研討會論文

集》，真理大學，2004.11.07，頁181-192。

38. 葉笛，〈論《笠》前行代的詩人們〉，鄭炯明主編，《笠詩社四十週年國際學術研討會論文集》，台南：國家台灣文學館籌備處，2004，頁35-76。

39. 趙天儀，〈鄉愁的呼喚——論錦連的詩〉，《台灣詩季刊》3號，1983年12月。（亦收錄在趙天儀，《台灣現代詩鑑賞》，台中市立文化中心，1998.5，頁111）。

40. 趙天儀，〈台灣現代詩欣賞以笠詩社為例〉，台中圖書館編譯，《教育資料叢書31四季活水》，2002.11，頁91-125。可參見網頁http://public1.ntl.gov.tw/publish/education/31/p91.htm：

41. 趙天儀，〈錦連的形象思維與知性舞蹈〉，《福爾摩沙文學‧錦連詩作學術研討會論文集》，真理大學，2004.11.07，頁17-24。

42. 蔡秀菊，〈從苦悶的基調到冷性的諷刺——時代在錦連詩作中留下的刻痕〉，《福爾摩沙文學‧錦連詩作學術研討會論文集》，真理大學，2004.11.07，頁129-144。

43. 蔡秀菊，〈舊相簿裡的青春寫真——評錦連的詩集「守夜的壁虎」〉，《笠》232期，2002.12，頁7-11。

44. 蔡依伶，〈家在鳳山，錦連〉，《印刻文學生活誌》22期，2005.06，頁138-145。

45. 錦連，〈發現新的詩語〉，《笠》20期，1967.08，頁43-44。

46. 錦連，〈開始寫詩的動機〉，《笠》20期，1967.08，頁43。

47. 薛建蓉紀錄，〈台灣鐵路詩人——流轉在鋼軌上的密碼〉，《明道文藝》357期，2005.12，頁127-139。

48. 謝韻茹，〈夢與土地的詠歎調：錦連小評〉，《笠》260期，2007.08，頁143-144。

四、學位論文 (依作者筆畫排列)

1. 王慈憶，《戰後台灣現代詩中的文化認同研究——以「跨語詩人」及「渡台詩人」為觀察比較》，國立中正大學台灣文學所碩士論文，2007。

2. 李友煌，《異質的存在——錦連詩研究》，國立成功大學台灣文學研究所碩士論文，2004。

彰化學

3. 阮美慧，《笠詩社跨越語言一代詩人研究》，東海大學中國文學研究所碩士論文，1997。

五、報紙 (依作者筆畫排列)

1. 中央社，〈明道大學召開錦連詩作學術研討會，慶賀詩人80壽慶〉，可參見網頁http://www.cna.com.tw/postwrite/cvpread.aspx?ID=16894。
2. 呂珮瑜，〈錦連詩路歷程現身說法〉，《台灣時報》11版，2006.08.06，可參見網頁http://163.32.124.5/kcrm/images/literature/lit_00_17_05.jpg。
3. 岩上，〈吐詩的蛛蜘——錦連先生的文學歷程與成就〉，《自立晚報·本土副刊》，1991.01.17。
4. 莫渝，〈悲哀的本質〉，《國語日報》5版，1999.10.06。
5. 利玉芳，〈溫暖的心：欣賞錦連的詩〉，《台灣新聞報·西子灣副刊》，2001.09.13，可參見網頁http://ws.twl.ncku.edu.tw/hak-chia/l/li-giok-hong/kim-lian-si.htm。
6. 應鳳凰，〈錦連的短詩〈蚊子淚〉〉，《國語日報》5版，2002.11.05。
7. 聯合報副刊·聯副文訊，〈明道大學召開學術研討會為詩人錦連賀80壽慶〉，《聯合報》E3版，2008.05.01。

2008.07.01製

國家圖書館出版品預行編目資料

錦連的時代——錦連新詩研究 / 蕭蕭、李佳蓮編.——
—初版.——臺中市：晨星，2008.12
面；　公分.——（彰化學叢書；12）
含參考書目及索引

ISBN　978-986-177-239-4　（平裝）

1.陳金連　2.臺灣詩　3.詩評

863.51　　　　　　　　　　　　　　　97018935

彰化學叢書
012

錦連的時代──錦連新詩研究

編著	蕭　　蕭　・　李　佳　蓮
主編	徐　惠　雅
排版	王　廷　芬
總策畫	林　明　德　・　康　　原
總策畫單位	彰　化　學　叢　書　編　輯　委　員　會

發行人	陳銘民
發行所	晨星出版有限公司
	台中市407工業區30路1號
	TEL：04-23595820　FAX：04-23597123
	E-mail：morning@morningstar.com.tw
	http：//www.morningstar.com.tw
	行政院新聞局局版台業字第2500號
法律顧問	甘龍強律師
承製	知己圖書股份有限公司　　TEL：（04）23581803
初版	西元2008年12月10日

總經銷	知己圖書股份有限公司
	郵政劃撥：15060393
	（台北公司）台北市106羅斯福路二段95號4F之3
	TEL：（02）23672044　FAX：（02）23635741
	（台中公司）台中市407工業區30路1號
	TEL：（04）23595819　FAX：（04）23597123

定價 300 元
ISBN 978-986-177-239-4
Published by Morning Star Publishing Inc.
Printed in Taiwan
版權所有，翻譯必究
（缺頁或破損的書，請寄回更換）

請填妥後對折裝訂，直接投郵即可，免貼郵票。

407
台中市工業區30路1號
晨星出版有限公司

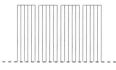

請沿虛線摺下裝訂，謝謝！

更方便的購書方式：

1 網站：http://www.morningstar.com.tw
2 郵政劃撥　帳號：15060393
　　　　　　戶名：知己圖書股份有限公司
　請於通信欄中註明欲購買之書名及數量
3 電話訂購：如為大量團購可直接撥客服專線洽詢

◎ 如需詳細書目可上網查詢或來電索取。
◎ 客服專線：04-23595819#230　傳真：04-23597123
◎ 客戶信箱：service@morningstar.com.tw

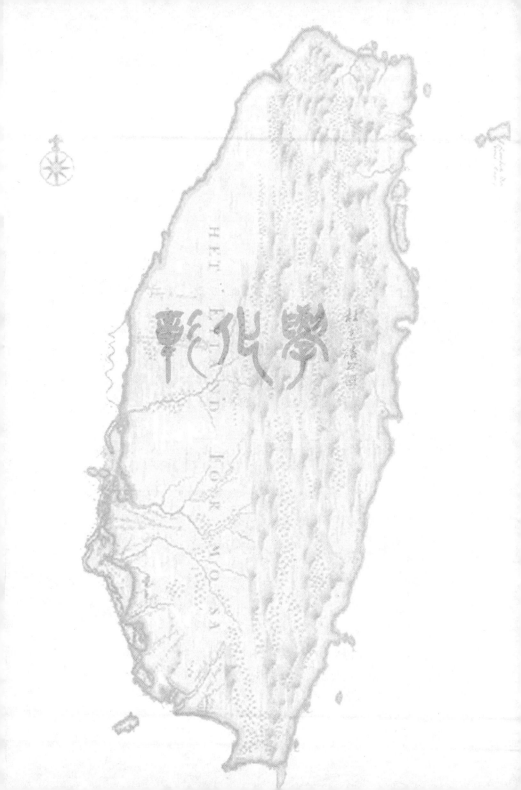

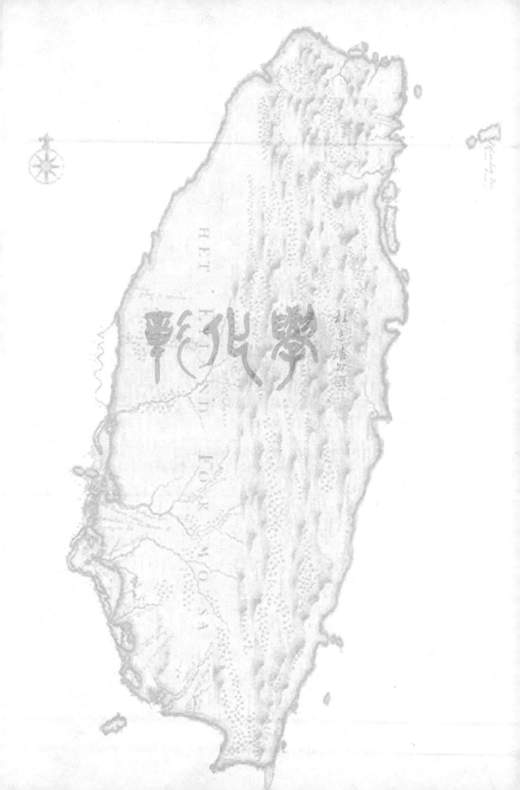